UNA MADRE NON ABBASTANZA BRAVA

LIBRI DI NICOLE TROPE

In lingua italiana

La famiglia oltre la strada

La figliastra

La madre casalinga

Una madre non abbastanza brava

Una madre se sempre

In lingua inglese

His Double Life

The Day After the Party

The Truth about the Accident

The Stay-at-Home Mother

The Foster Family

His Other Wife

The Stepchild

The Mother's Fault

The Family Across the Street

Bring Him Home

The Girl Who Never Came Home

The Life She Left Behind

The Nowhere Girl

The Boy in the Photo

My Daughter's Secret

NICOLE TROPE

UNA MADRE NON ABBASTANZA BRAVA

Tradotto da Mara d'Arcangelo

Bookouture

L'edizione originale è stata pubblicata nel 2024 con il titolo "Not a Good Enough Mother" da Storyfire Ltd. che opera come Bookouture.

Edizione italiana pubblicata da Bookouture, 2025
Prima edizione Febbraio 2025

Un'edizione di Storyfire Ltd.
Carmelite House
50 Victoria Embankment
London EC4Y 0DZ

www.bookouture.com

Il rappresentante legale nel SEE è Hachette Ireland
8 Castlecourt Centre
Dublin 15 D15 XTP3
Irlanda
(e-mail: info@hbgi.ie)

ISBN: 978-1-83618-734-9
eBook ISBN: 978-1-83618-733-2

A tutti i miei appassionati lettori che attendono con impazienza ogni mio romanzo.

Grazie per il vostro sostegno.

PROLOGO

Ufficialmente si parlerà di suicidio.

Non ci sono segni di lotta. Nessuna traccia di scasso. La bottiglia vuota di vodka e la confezione schiacciata di sonniferi portano alla conclusione più ovvia. Nessun messaggio, ma non sempre ci sono messaggi. Talvolta le persone si tolgono la vita perché non sanno più come comunicare al mondo che sono infelici.

Non c'è più nulla da dire.

Sarà avviata una breve indagine.

Rimarranno i suoi cari, persone devastate dall'accaduto che si interrogheranno. *Perché non sapevamo nulla? Perché non ci ha detto niente?*

Queste, tuttavia, non sono le uniche domande che occorre porsi.

Quando scopriranno che aveva perso un lavoro che amava, si dovranno chiedere il perché.

Quando verranno a sapere che un misterioso amante le aveva spezzato il cuore, si dovranno chiedere chi fosse quest'uomo.

E quando tutti i segreti che custodiva verranno svelati, si dovranno chiedere chi non voleva che la verità venisse a galla.

Coloro che l'hanno amata dovranno lottare contro la confusione e il senso di colpa, ma non porranno le domande giuste, per questo ufficialmente si parlerà di suicidio...

UNO

GRACE

In clinica, verso la fine del mio ricovero, si parlava molto di strategie di coping.

«Che cosa farete durante i periodi di stress, quando sentirete il bisogno impellente di tornare alla vostra droga preferita?»

Meditare, tenere un diario, chiamare il telefono amico o lo psicologo, fare una passeggiata, fare dell'esercizio fisico, prendersi cura di sé con un bagno caldo e profumato al lume di una candela. Queste sono le risposte corrette. Lo so perché le ho sentite ripetere più volte.

Alla fine ho imparato a dare le risposte giuste. Le risposte che il mio analista avrebbe accolto con sorrisi e cenni di approvazione.

La meditazione, però, non fa altro che amplificare il rumore nella mia testa – i pensieri più mostruosi si scontrano tra loro, diventando sempre più assordanti, finché non sento il bisogno di mettermi a gridare.

Non amo fare passeggiate se non ho una meta da raggiungere e l'esercizio fisico non mi interessa.

Tenere un diario mi irrita, specialmente quando lo rileggo. La piagnona che ha scritto della sua sofferenza non ha nulla a che fare con me. Ogni stucchevole frase me la fa detestare sempre di più.

Non voglio più avere a che fare con il telefono amico o con lo psicologo. Non ho più nulla da dire a nessuno. Ho parlato a lungo tra me e me e torno sempre sullo stesso punto: la mia vita come la conoscevo non esiste più e non posso riaverla indietro.

Quindi come diavolo faccio a stare lontana dalla mia droga preferita quando lo stress di tutti i giorni mi prende a schiaffi in faccia?

So esattamente come – non che lo abbia mai detto al mio analista.

Molto semplicemente, devo ricordarmi chi ero prima.

Ho una foto di me che mi porto sempre dietro, infilata in una tasca o in una borsa. I miei capelli sono onde lucenti, il make-up è perfetto, i vestiti sono morbidi e costosi. È una foto di me prima che la mia vita andasse completamente a rotoli, la me che avrei voluto essere per sempre, la me che pensavo sarei stata per sempre. Sono seduta alla scrivania e ho davanti a me una bottiglia di champagne, di quelle molto costose con l'etichetta dorata. Avevano scattato la foto per festeggiare un mio successo. Sto sorridendo alla macchina fotografica, alla persona che sta scattando la foto e mi ricordo con esattezza ciò che pensavo in quel momento: *Ce l'ho fatta, ce l'ho fatta davvero.*

Mi sentivo come devono sentirsi gli scalatori quando arrivano in vetta, come i corridori quando tagliano il traguardo per primi, come un attore che si inchina davanti a un pubblico che gli tributa un'ovazione.

La foto è stata scattata in un freddo giorno d'inverno, con una pioggia scrosciante che scendeva lungo le finestre del mio ufficio, la città fuori offuscata. Dentro, però, mi scaldavano il condizionatore e il bagliore del mio successo. È stato uno dei giorni più belli della mia vita.

E quando tutto diventerà troppo difficile, e lo so che a un certo punto accadrà, tirerò fuori la foto e la guarderò.

Contemplerò il sorriso sul mio volto e la luce nei miei occhi e mi ricorderò che un tempo io ero quella donna. E posso esserlo ancora.

Era difficile guardare la foto durante i primi giorni in clinica, difficile guardare qualcuno che aveva il mondo ai suoi piedi. Ai miei occhi quella donna non aveva un sorriso genuino, ma tronfio, il make-up non era perfetto, ma simile a una maschera, i capelli non erano lucenti, ma acconciati male. Avrei voluto entrare nella foto e scuoterla. *Non hai idea*, volevo gridare, *non hai la minima idea.*

Non provo più quelle cose, però. Ora mi piace la donna che sono stata. Provo un profondo affetto per lei e per tutto ciò che ha dovuto sopportare.

Sarò di nuovo lei.

E non mi importa se qualcuno dovrà soffrire affinché ciò accada.

DUE

AVA

Arriverà mai il momento in cui le cose mi sembreranno più facili? Pensa mentre si arrabatta per uscire dall'auto con le braccia cariche di fascicoli.

Di sicuro non può diventare più difficile di così.

Si rimprovera per aver pensato questa cosa. Ci sono persone nel mondo che stanno combattendo battaglie molto più grandi della sua. Lei e Finn godono di buona salute, i bambini anche, hanno una casa e del cibo, letti confortevoli e soldi sufficienti a coprire i loro bisogni. Sta vivendo la vita che aveva sempre immaginato, eppure ogni singolo giorno è una lotta.

Ci sono milioni di donne che lavorano a tempo pieno e riescono a gestire la casa, a educare i figli e hanno tutto sotto controllo. Perché lei non può essere come loro? Perché, tra tutte le persone che conosce, lei è l'unica la cui vita sembra un perenne caos? Che cos'ha che non va?

Appena apre gli occhi la mattina, il suo primo pensiero è sempre *Mio Dio, un'altra giornata da affrontare.* E odia sé stessa per averlo pensato. Ha molto più di quanto non abbiano la maggior parte delle persone, così tanto di cui essere grata.

Destreggiandosi con i documenti tra le braccia, chiude

l'auto, assicurandosi ancora una volta di avere tutto ciò che le occorre, quindi si dirige verso l'ascensore.

Sarà tutto più semplice quando avrò un nuovo assistente, dice tra sé e sé. E dato che ripetersi in testa pensieri positivi aiuta, continua a farlo mentre sale fino al sesto piano, dove è situato il suo ufficio.

Sarà tutto più semplice quando le bambine saranno un po' più grandi.

Sarà tutto più semplice quando Finn riuscirà finalmente a vendere un quadro.

Sarà tutto più semplice quando saprò che Collins non verrà promosso a mio superiore.

Sarà tutto più semplice quando avrò sistemato i problemi con i fornitori.

Sarà tutto più semplice quando smetterà di fare così caldo.

Sarà tutto più semplice quando...

La porta dell'ascensore si apre e Ava abbandona i suoi pensieri positivi.

Alla reception, Collin è chino sul banco e sussurra qualcosa all'orecchio di Melody, che risponde con una risatina.

Non va bene. Non dovrebbe farlo. Melody è molto più giovane di lui, lui è il suo capo e in ogni caso non è giusto comportarsi così sul posto di lavoro.

Ava vorrebbe dire qualcosa, ma in ogni caso non lo farà davanti a Melody. Mentre i fascicoli si fanno sempre più pesanti tra le sue braccia, Collin se ne va passandosi le dita tra i capelli castano scuro, rivelando il grigio sempre più evidente.

Insieme alla barba leggermente incolta, non fanno altro che rendere Collin ancora più attraente. Era già un bell'uomo dieci anni prima, quando Ava aveva iniziato a lavorare per la Barkley Education and Training, e con il tempo era addirittura diventato più bello, cosa alquanto ingiusta. Dieci anni fa Ava pesava dieci chili in meno, aveva una pelle luminosa e la capacità di passare la notte tra un locale e l'altro, per poi presentarsi al lavoro il giorno successivo fresca come una rosa. Dieci anni fa Ava era Melody, ricopriva la sua stessa identica posizione.

«Giorno, Ava.» Melody sorride con dolcezza e Ava ricambia.

«Ma guardala, porta il lavoro a casa. Che brava. dice Collin, con uno dei suoi tipici sorrisi. Più un ghigno che un sorriso. «Avevo parecchio in arretrato. L'assenza di Emily ha reso le cose difficili. Sarebbe possibile avere James a disposizione per un po' oggi o domani o uno di questi giorni – almeno finché non trovo un nuovo assistente?», domanda Ava. La settimana precedente aveva chiesto tre volte a Collin di lasciarle il suo assistente, James, ma lui aveva continuato a rispondere che questa settimana sarebbe andata meglio.

«James è molto impegnato con le mie cose, Ava. Oggi sei alle prese coi colloqui tutto il giorno, no? Troverai qualcuno, sono certo.»

«Collin, ho davvero bisogno di qualc...»

«Oh, perdonami, devo proprio rispondere.» dice, tirando fuori dalla tasca il telefono mentre con la mano le fa cenno di non parlare.

Ava sospira e Melody alza le spalle in segno di solidarietà, poi il telefono della reception squilla e Melody risponde rapida. «Barkley Education and Training, come posso aiutarla?»

Ava si dirige verso il suo ufficio, dove sulla scrivania sono ammucchiate pile di carte dal giorno prima.

Lascia cadere i fascicoli nell'unico quadrato di scrivania ancora vuoto e sprofonda nella sedia.

Sarà tutto più semplice, ricorda a sé stessa.

Sarà tutto più semplice.

TRE

Cara bambina mia,

ti scrivo per dirti che mi dispiace, mi dispiace tanto, e per spiegare. Voglio spiegarti tutto ma immagino che per farlo io debba iniziare dal principio.

Quando sei nata, ti hanno posata sul mio petto. È così che inizia la maggior parte dei racconti sulle nascite. Le parole "quando sei nata", però, non dicono nulla del dolore del travaglio, dell'agonia che vivi quando una creatura fuoriesce dal tuo corpo o dell'intensa furia dell'amore profondo che mi ha travolta non appena ti ho vista. Dopo il primo pianto, sei rimasta in silenzio, sbattevi le palpebre mentre cercavi di adattarti al mondo.

So che molte donne confessano di riuscire a capire le proprie madri solo quando a loro volta hanno dei figli.

A me è parso di capirla ancor meno e ho trovato ancora più sconcertante il modo in cui mi ha trattata.

Mi sono chiesta se lei abbia provato lo stesso amore intenso e profondo quando sono nata io o se fosse piena di rabbia e disgusto nei miei confronti già allora.

Non avrei mai voluto separarmi da te. Avrei voluto proteggerti e prendermi cura di te.

Mia madre non sembrava provare le stesse cose nei miei confronti. Questo lo so, nonostante i ricordi dei primi anni di vita siano filtrati dai miei occhi di bambina. Alcuni li ho rimossi, ma posso raccontarti quello che mi ricordo, le immagini che la mente ha trattenuto. Mia madre non indossava mai pantaloni, preferendo abiti attillati dai colori neutri, i capelli castani erano domati a colpi di lacca e legati in uno stretto chignon basso.

Mi ricordo che una volta eravamo al supermercato, avevo tre anni e chiesi se potevo avere un dolcetto. Ho ancora davanti agli occhi le tavolette di cioccolato lì in bella mostra, ricordo quanto ero tentata dalla scura dolcezza che quegli incarti viola e rossi e dorati promettevano.

«Ti prego, mamma.» dissi.

«No.» rispose lei.

Non sedevo nel carrello, ma camminavo a fianco a lei, così, nonostante il suo rifiuto, la mia mano sembrò agire per conto proprio e afferrò un'enorme tavoletta viola.

Mia madre non disse nulla. Pagò la tavoletta di cioccolato in cassa e me la lasciò portare a casa, pensai di aver ottenuto una piccola vittoria.

Ma una volta a casa, tirò fuori la tavoletta dalla busta della spesa e me la mise davanti agli occhi. «Ho detto di no, ricordi?» disse, e poi strappò via l'incarto. L'intenso profumo di cremoso cacao e zucchero riempì l'aria e la mia bocca si inondò di saliva.

«Ho detto di no.» disse, staccando un quadretto di cioccolato e gettandolo nel cestino.

«Ho detto di no.» ripeté gettando via un altro quadretto. Continuò così finché l'intera tavoletta di cioccolato non fu nel cestino divisa in singoli quadretti e poi, mentre guardavo, prese uno spray insetticida e lo spruzzò sul cioccolato all'interno del cestino.

«In questa casa controlliamo i nostri bisogni e obbediamo ai genitori.» disse. «Ora vai in camera tua.»

Niente cena quella sera. Niente bagno, né storia della buona notte.

Mi ignorò completamente, era come se non ci fossi. Quando mio padre tornò a casa, aprii la porta della cameretta, sperando che lui l'avrebbe convinta a farmi uscire, invece lo sentii dire «Sì, hai ragione, cara. Deve imparare.»

Il mattino seguente mi trascinai in bagno e poi tornai in cameretta finché non venne a prendermi.

«Che cosa devi dirmi?» domandò.

«Scusa.»

«Che cosa avevo detto?»

«Avevi detto di no.» risposi.

Annuì e mi fu permesso di uscire per mangiare.

Non presi mai più una tavoletta di cioccolato. Non la chiesi nemmeno.

QUATTRO
GRACE

I colloqui di lavoro non piacciono a nessuno. Dopo il primo incontro, il datore di lavoro è già annoiato, e ciascun candidato vuole a tutti i costi piacere e sentirsi apprezzato. Tutti quanti sorridono e annuiscono troppo. Tutti quanti mentono.

Il potenziale dipendente mente quando dice di sapere fare gioco di squadra e di nutrire un profondo interesse per il processo di produzione di una scatola o per come l'ottimizzazione del motore di ricerca possa incidere positivamente sul fatturato o ancora per l'importanza della mailing list – o per qualsiasi altra cosa di cui si occupa l'azienda. Mentono quando dicono di essere contenti di fare gli straordinari anziché passare il tempo a sognare le prossime vacanze.

Il datore di lavoro mente quando dice che la propria azienda è un ambiente di lavoro fantastico, dove tutti sono sempre felici e credono che il compenso sia adeguato. Ovviamente sto generalizzando, ma di solito le cose funzionano così.

Non riesco nemmeno a ricordare quanti colloqui ho sostenuto da quando, a sedici anni, ho iniziato a cercare lavoro. Una dozzina, almeno. Ho imparato in fretta a personalizzare il mio curriculum, a dire ciò che conviene e qualche volta a mentire. Solo quando strettamente necessario, certo.

Il colloquio di oggi, però, è diverso. Oggi Ava Green penserà di sottopormi a un esame, ma in realtà sarò io a esaminare lei. La sto osservando da tempo ormai, la tengo d'occhio su internet grazie ai social network. Lei però non lo deve venire a sapere. Un capo non vorrebbe mai anche solo supporre che un suo dipendente conosca aspetti della sua vita che vanno al di là delle informazioni generali, eppure so così tanto di Ava Green. Molto più di quanto lei possa credere.

Controllo un'ultima volta il rossetto nello specchietto retrovisore, un bronzo chiaro che mette in risalto le labbra quanto basta. Prima portavo rossi intensi, marroni scuri, sfumature di rossetto che attiravano lo sguardo. Come assistente, però, devo rimanere sullo sfondo, esserci e al tempo stesso non esserci. Non sarebbe opportuno oscurare il mio capo.

Esco dall'auto, sentendo il caldo di febbraio a Sidney che mi piomba addosso, grata di non dover fare troppa strada.

L'edificio in cui lavora Ava Green si trova in centro. Ventisette piani di uffici, pieni di ogni tipo di business immaginabile. Su un piano ci sono gli avvocati che condividono l'edificio con uno studio di dentisti che si trova su un altro piano e un'agenzia di modelle su un altro ancora. La lista va avanti. Deve essere elettrizzante entrare in ascensore e non sapere mai con esattezza chi potresti trovarti davanti.

O forse è elettrizzante all'inizio, ma poi diventa fastidioso quando la mattina del lunedì vorresti solo essere da qualche altra parte.

Controllo il cartellone accanto all'ascensore per essere sicura di dover salire al sesto piano.

Un uomo arriva e si mette accanto a me, alza per un momento gli occhi dal telefono offrendomi un timido sorriso. Lascio cadere lo sguardo a terra. Oggi ho i capelli raccolti, ma sento che apprezza la piacevole sfumatura ramata – è una tinta, ma non è necessario che lo sappia. Indosso un tubino grigio aderente, comodo ed elasticizzato; su una donna più formosa metterebbe in evidenza le curve, ma per me è abbondante. Collera e stress bruciano una straordinaria quantità di calorie.

Ci sono giorni in cui mi scordo di mangiare. In clinica i pasti erano a orari prestabiliti e là mangiavo giusto per passare il tempo, ma da un paio di settimane vivo da sola e mangio solo quando ne sento la necessità. Non ho mai voglia di cibi nutrienti. Piuttosto preferisco mangiucchiare qualche cracker e del formaggio, pezzetti di frutta, cose che non hanno bisogno di una gran preparazione.

Cucinare per una sola persona mi fa sempre sentire patetica, quindi non mi ci metto neanche.

Gli uffici della Barkely Education and Training occupano tutto il sesto piano e ci sono un sacco di persone che vanno di qua e di là con l'aria di essere impegnati in qualcosa di importante.

La receptionist è intenta a limarsi le lunghe unghie rosse mentre parla a qualcuno attraverso l'auricolare. «Sì, no, sì, capisco. Lo riferisco e sono sicura che Ms Green la richiamerà non appena avrà terminato la riunione. Sì, entro oggi. No, temo di non poterle dare un orario preciso, ma stia tranquillo, si metterà in contatto con lei. Grazie, a risentirci.»

Preme un pulsante sull'auricolare e alza gli occhi al cielo prima di notarmi.

«Oh.» Un rossore le colora il viso quando si accorge della mia presenza.

«Benvenuta alla Barkley Education and Training. Come posso aiutarla?» Un sorriso raggiante. Ha folti capelli neri e occhi azzurri, il top bianco è aderente al seno generoso e l'unico bottoncino fatica a mantenere tutto quanto nascosto. Me la immagino come la ragazza più popolare della scuola, quella con cui tutti volevano uscire.

Un lavoro da receptionist dev'essere un tantino svilente per lei, ma sono certa che abbia una pagina Instagram affollata dove in migliaia la definiscono "semplicemente meravigliosa".

Attendo solo un istante, fissandola, finché non si agita sulla sedia. «Sono qui per il colloquio con Ava Green.» dico.

«Oh.» Rilassa le spalle. Non sono importante. «E il suo nome è?» domanda con un tono appena sprezzante. Lei dopo tutto un lavoro ce l'ha. Io sono solo una delle tante persone che sperano di lavorare per Ava Green. Ho visto che su LinkedIn quaranta candidati avevano mandato i propri curriculum per la posizione di assistente personale.

Non si dovevano disturbare. Questo lavoro è mio ma la giovane receptionist non deve saperlo.

«Sono Grace Enright.» esclamo amabilmente. *Stupida ragazzina.*

«Ottimo,» dice, mentre le dita ticchettano sulla tastiera, «si sieda pure, Ms Green sarà qui a momenti.» Indica, senza guardarmi, una serie di poltroncine in pelle marrone chiaro allineate contro la parete.

Non mi va di sedermi. Preferirei camminare, scaricare un po' di questa tensione, ma faccio come mi è stato detto.

Ho con me una sottile cartella porta documenti in pelle e la apro, controllo ancora una volta il mio curriculum stampato. È un'accozzaglia di menzogne ma sono convinta che mi sarà utile per creare un punto di contatto con Ava Green. Nella mia vita precedente, la più grande dote che avevo era sapere all'istante ciò di cui una persona ha bisogno e quello che vuole sentirsi dire.

Le referenze sono verificabili perché ho dei favori da riscattare. In fondo è tutto ciò che mi rimane – favori – e anche questi si stanno esaurendo rapidamente.

Un giovane uomo mi passa accanto stringendo una ventiquattrore malconcia e mordendosi il labbro inferiore. Raggiunge l'ascensore e preme con violenza il pulsante per la discesa. Immagino che il suo colloquio non sia andato bene. Mentre entra in ascensore, fisso di nuovo il mio curriculum e faccio un gran respiro prima di riporlo nella cartella.

Una folata d'aria e l'aroma muschiato mi avvertono della presenza di qualcuno e quando alzo lo sguardo vedo Ava Green in piedi davanti a me. Noto subito tre cose.

Ha i capelli biondi a caschetto ma all'altezza della scriminatura spicca la ricrescita grigia, segno che non ha avuto tempo di andare dal parrucchiere per un ritocco alle radici e che quindi ha poco tempo per sé. Ha trentacinque anni e i capelli grigi indicano che la sua vita è più stressante di quanto dovrebbe essere.

Indossa una gonna azzurra, un po' troppo attillata, e c'è una piccola macchia sulla camicetta bianca con cui l'ha abbinata. So che ha dei bambini ma non ne conosco l'età, perché non pubblica le loro immagini sui social network – atteggiamento comune a molte giovani madri negli ultimi tempi – ma ora so che è probabile siano molto piccoli. I bambini piccoli sono un appiccicume perenne.

Noto delle leggere macchie di sudore sotto le braccia anche se l'aria dell'ufficio è gelida, quindi Ava è stressata e di fretta.

Perfetto, penso. *Sono arrivata giusto in tempo.*

«Sono Ava Green.» dice, tendendo la mano.

Mi alzo e gliela stringo. «Grace Enright.»

«Mi segua, Grace.» dice, allontanandosi.

La seguo diligente nel suo ufficio, dove regna il caos. Sulla scrivania torreggiano pile di fogli, i cassetti sono aperti, il suo telefono segnala in continuazione l'arrivo di messaggi o notifiche e ci sono due tazze semivuote di caffè freddo, la schiuma del latte in superficie.

«Mi spiace davvero.» dice, vedendo che osservo ogni dettaglio. «Oggi è stata una giornata folle qui. Gran parte dei miei formatori sono a casa malati e sono stata tutta la mattina al telefono per cercare dei sostituti. In mezzo a tutto ciò sto facendo i colloqui. Prego si sieda.» dice mentre indica l'unica sedia libera.

«Dev'essere difficile.» dico io, facendo quanto mi ha chiesto ed estraendo il mio curriculum dalla cartella.

«È assurdo,» dice, sedendosi alla scrivania in vetro, «per questo mi serve un'assistente. Emily, la mia ex assistente, è in congedo di maternità da tre settimane e, nonostante avessimo iniziato a cercare molto prima che se ne andasse, ancora non sono riuscita a trovare nessuno. Ho ancora molti colloqui da fare, però.» si affretta ad aggiungere per evitare che io pensi di esserle indispensabile.

Eppure ha già detto troppo. E ha *effettivamente* bisogno di me.

«Sa qualcosa dell'azienda?» chiede, appoggiandosi allo schienale della sedia in pelle nera.

Tengo ancora stretto tra le mani il mio curriculum, ma non me l'ha chiesto, quindi lo appoggio in grembo. «So che offrite formazione e orientamento professionale agli studenti delle scuole superiori. I vostri formatori visitano le scuole di tutta l'Australia e propongono agli studenti due giorni di test attitudinali per verificare i loro punti di forza e le loro competenze. Ogni studente riceve risultati personalizzati. Il tutto viene supportato da risorse inviate ai tutor per l'orientamento scolastico di ogni scuola.»

«Esatto, ottimo.» dice Ava. Sembra sollevata che io abbia un'infarinatura di base del suo lavoro. «Non è che abbiamo inventato noi questo modello, ma siamo molto attivi nella ricerca di brevi esperienze lavorative che siano adatte alle aree di competenza di ogni studente. Abbiamo un enorme bacino di aziende e professionisti che lavorano con noi, ma occorre una buona dose di coordinazione e di capacità di mantenere i rapporti...» Il suo telefono squilla, una canzone vivace e ritmata con delle voci di bambini in sottofondo – forse la sigla di qualche programma televisivo. Si interrompe e afferra il telefono. «Oddio,» mormora, «mi deve scusare Grace, sì?» dice, facendo scorrere il dito sullo schermo e poggiando il telefono all'orecchio mentre gira la sedia dall'altra parte.

Ascolta per un momento. «Non posso andare a prenderla, Finn. Sto facendo i colloqui e ho un sacco di lavoro.» sussurra. «Non posso proprio andarmene.»

Termina la chiamata e rigira la sedia, lascia cadere il telefono sulla scrivania e scuote la testa.

«Mi perdoni non ho preso il suo curriculum» dice, sporgendosi sulla scrivania.

Glielo porgo e la guardo mentre legge. Si scusa troppo, ma del resto è un tratto tipicamente femminile. Passiamo il tempo a scusarci. Finché non possiamo scusarci più.

«Perché ha lasciato il suo ultimo impiego?» domanda.

«Sarò sincera con lei.» dico.

Annuisce, un fremito di preoccupazione le compare sul volto. Parlo velocemente, prima che possa cancellarmi dalla lista dei possibili candidati.

«Si trattava, come può dedurre dal nome, di un'azienda, un gruppo, che aveva una catena di centri estetici. Ero un'assistente della direttrice generale e, nel corso dello scorso anno, ho notato che molte clienti si lamentavano dei nostri servizi. La CEO aveva iniziato a tagliare le spese assumendo estetiste veramente giovani e utilizzando prodotti di scarsa qualità e le clienti riportavano eruzioni cutanee e inestetismi della pelle.»

Ava si distende appoggiandosi allo schienale, le sopracciglia lievemente aggrottate mentre ascolta. È interessata. Bene.

«Capisco che dovesse tagliare le spese, ma sembrava che stessimo truffando le nostre clienti. Quando lavoro per un'azienda mi sento responsabile dell'operato di quell'azienda, anche se sono solo un'assistente. Mi piacerebbe che le persone per cui lavoro agissero con una certa etica. Ho mantenuto dei buoni rapporti con Liza, la mia superiore, ma sapevo che era necessario andarmene. I tagli alle spese non erano responsabilità sua e Liza era frustrata almeno quanto me, ma lei è una madre sola e ha bisogno di mantenere il lavoro.» Guardo Ava annuire in segno d'approvazione. Sto premendo tutti i tasti giusti e sento il mio corpo rilassarsi perché so che quello che dico le piace.

«Mi dispiaceva lasciarla, ma non volevo renderle le cose complicate al lavoro.»

Liza mi darà ottime referenze. Ha un grosso debito con me.

«Mi pare ragionevole.» dice Ava e mi pare colpita. Dovrebbe esserlo. È una storia convincente.

«E le piacerebbe continuare a lavorare come assistente? Ha maturato molta esperienza e potrebbe aspirare a un ruolo più prestigioso, un ruolo con un compenso più alto.»

Ho elencato sette diverse aziende in cui avrei lavorato come assistente, ma conto che chiami soltanto Liza e Geoff. Geoff è uno dei miei cugini. Lo vedo di rado, ma quando ero all'apice della carriera veniva spesso da me per chiedere piccoli prestiti che sapevo non mi avrebbe mai restituito. A Geoff piace la strategia "diventa ricco subito" e siccome è dolce e affascinante, l'ho sempre aiutato. Dopotutto i soldi li avevo.

È un abile bugiardo e ha subito accettato di aiutarmi a trovare un lavoro. Risponderà al telefono cellulare con la frase «Trident Risorse Umane» tutti i giorni finché non gli dirò di smettere.

Mi rendo conto che Ava sta aspettando una risposta. Uno dei pregi della mia droga preferita è la sua capacità di rallentare per bene il cervello, così riesco a concentrarmi su una cosa alla volta. Altrimenti i miei pensieri fanno a gara gli uni con gli altri.

«Capisco, ma sono sempre stata felice di dare il mio supporto rimanendo dietro le quinte. Lavorare bene è impossibile se non c'è qualcuno che si occupa delle cose meno importanti della vita, tipo le scartoffie.» dico, indicando con la mano la sua scrivania in disordine.

«Su questo ha ragione.» dice con un sorriso.

«In qualità di assistente personale non avrei alcun problema ad aiutarla con le faccende che occorre sbrigare. Nessun incarico è troppo complesso o troppo semplice. Il mio lavoro consiste nel permetterle di avere lo spazio necessario per brillare nel suo di lavoro.»

C'è uno sguardo che hanno le persone, un'espressione che appare per un istante sul loro volto e che mi fa capire di aver detto proprio la cosa giusta. È un insieme di sollievo, gioia e serenità, come se la persona stesse pensando, *Riesci a vedermi, riesci davvero a vedermi e sai esattamente quello di cui ho bisogno.* È quella l'espressione che compare sul volto di Ava e so di averla in pugno.

«Questo è l'atteggiamento che ci vuole.» dice lei. «È raro trovarlo al giorno d'oggi. La maggior parte delle persone pensano a sé stesse.»

«Sì, ma se ognuno pensa solo a sé stesso, come facciamo a funzionare come società? Non possiamo essere tutti l'ape regina. Io sono un'ape operaia e sono contenta di esserlo.»

«Vero.» concorda lei, mentre sulla scrivania il telefono squilla all'impazzata.

«Prego, risponda pure.» dico. «Non è un problema aspettare.»

Ava annuisce e prende la chiamata. Sento che qualcuno piange dall'altra parte. «Adesso calmati e dimmi tutto.» ringhia Ava, poi mi guarda e la vedo avvampare. Penso stia parlando con una delle formatrici, perché la voce sembra quella una giovane donna ma non di una bambina.

«Oh, ma è terribile.» dice mentre ascolta. «Di quale scuola si tratta? Ah giusto, e l'insegnante era nell'aula? Ok, indagherò. Hai fatto la cosa giusta Jamie, ora vai via, me ne occuperò io, promesso.»

Termina la chiamata. «I ragazzi di quinta possono essere davvero brutali con le formatrici più giovani. Non avevo scelta, dovevo mandare Jamie e lei li ha sentiti bisbigliare qualcosa sul suo aspetto e ridere di lei. Ora mi tocca chiamare il preside e non ho idea di cosa gli dirò, visto che sono sempre stati una buona fonte di guadagno. Di solito mando un formatore uomo.»

«Povera ragazza.» dico. Vorrei tanto intervenire e dire ad Ava quello che penso su come dovrebbe essere gestita questa situazione, ma il lavoro non è ancora mio. Serro le mani e senza essere notata conficco un'unghia nel palmo di una mano per ricordarmi di avere pazienza.

Non voglio che Ava pensi che le sto calpestando i piedi ancora prima di essere assunta. Ho diciassette anni più di lei ma ora non sembriamo avere così tanti anni di differenza. A trentacinque anni la pelle di Ava appare disidratata e gli occhi sono gonfi e cerchiati dalle occhiaie. Credo che non stia né mangiando né dormendo bene.

«Devo parlarne con il preside. Non fa nulla se perdiamo l'affare con la scuola. Non può essere che i ragazzi se la cavino con dei comportamenti del genere al giorno d'oggi.» dice, scrivendo un appunto su un pezzetto di carta.

«Sono d'accordo.» dico. «Il mondo è cambiato.»

«Verissimo.» conviene, annuendo.

Dà un'altra occhiata al mio curriculum.

«Senta, Grace,» dice alzando lo sguardo, «ho altri colloqui in programma, ma nessuno ha tanta esperienza come lei. Ho bisogno di qualcuno che si metta subito all'opera e penso che questa persona sia lei. Proviamo per una settimana e poi vediamo come va?»

«Avrei...» inizio a dire, indugiando qualche secondo così che possa completare l'informazione lei stessa.

«Di sicuro avrà altri colloqui e offerte da vagliare.» si affretta ad aggiungere.

«Sì, ma... credo che uno sappia quando sta facendo la cosa giusta, dunque una settimana di prova andrà benissimo.» dico.

«Quando puoi cominciare?», chiede con un sorriso radioso, osservando la sua scrivania.

Voglio dirle che posso iniziare subito. Muoio dalla voglia di mettere le mani sulla sua scrivania, ma non sarebbe una buona idea farsi vedere così disperata.

«Posso essere qui già domani mattina.» dico.

«Fantastico.» sospira alzandosi. «Ci vediamo domani allora.»

Mi osserva uscire e passare accanto alla giovane receptionist che farebbe bene ad accrescere il suo livello di professionalità, se vuole tenersi il posto.

Ava pensa di avermi appena assunta, ma è esattamente il contrario.

Ha bisogno di me, e non appena quel suo favoloso marito mi incontrerà, realizzerà che anche lui ha bisogno di me. In realtà l'intera famiglia ha bisogno di me ed è meraviglioso essere indispensabili.

Sono al settimo cielo mentre entro nell'auto, percorro la strada per uscire dal centro e guido per quaranta minuti per arrivare nel posto dove vivo.

Domani prenderò la metro.

Mentre parcheggio l'auto di fronte al mio palazzo, ricevo un SMS da Liza.

Ho ricevuto una chiamata da una donna di nome Ava
Green, ho tessuto le tue lodi.
Spero che questo significhi che non dovrò più farlo. Non
mi piace affatto mentire.

Un lampo di irritazione mi fa digrignare i denti. Liza mi deve molto più che delle semplici buone referenze. Le invio una risposta di fuoco.

Immagino che le avrai detto che sono compe-

*tente e perfettamente in grado di svolgere
quel lavoro. Questa non è una bugia.*

*Spero proprio che tu sappia cosa stai facendo, Grace.
L'ultima cosa di cui hai bisogno è che questa situazione
ti esploda in mano.*

Grazie per la premura.

Liza non risponde a questo messaggio, non lo farebbe mai. Non è una che regge il confronto. Non lo ero nemmeno io prima che tutto andasse a rotoli.

Una volta a casa, pulisco l'appartamento da cima a fondo. È già scintillante, ma polvere e sporcizia potrebbero annidarsi ovunque. Devo fare in modo di trovarle e farle sparire.

Mentre sposto una piantina, un minuscolo scarafaggio esce correndo da dietro al vaso. Caccio un urlo, alzo la mano e lo schiaccio, lo schiaccio, lo schiaccio. «Come ti permetti?», sbotto. «Come ti permetti di invadere il mio spazio?» Vedo il volto di lei mentre sferro un colpo dopo l'altro, finché non rimane più nulla.

Una volta lavata la mano, sono calma e posso continuare serenamente le mie pulizie.

Domani sarà un nuovo giorno e un nuovo inizio.

Non vedo l'ora.

CINQUE
AVA

Dopo aver riposto l'auto in garage, Ava spegne il motore e lascia cadere la testa sul volante, concedendosi un momento di silenzio. Ora Ava lavoratrice stacca ed è il turno di mamma Ava, anche se è oltremodo esausta. Chiude gli occhi e si immagina come sarebbe entrare in casa e trovarla splendente e silenziosa, così da potersi versare un bicchiere di vino, levare i tacchi alti e sprofondare nel divano in pelle, prendendosi il tempo di ripensare alla giornata appena trascorsa e iniziare a pianificare il giorno successivo, senza dover fare altro che ordinare una cena a domicilio.

Poi alza la testa e la scuote, il senso di colpa la porta a sospirare. Non vuole una casa vuota, neanche per sogno.

«Forza, forza.» dice ad alta voce, recuperando le energie da qualche parte dentro di sé per uscire dall'auto ed entrare a casa, dove subito inciampa in un paio di scarpe da ginnastica viola che si illuminano con lucine rosa lampeggianti. Si piega, le raccoglie e le ripone nella scarpiera. *Quante volte ho detto che le scarpe bisogna metterle nella scarpiera? È proprio qui davanti.*

In cucina i piatti sono impilati nel lavello, la lavastoviglie ancora piena a metà di piatti puliti, uguale a come l'aveva lasciata la mattina stessa quando si era resa conto di quanto fosse in ritardo.

Uno strillo dal piano di sopra è seguito dal rimbombo dei passi e infine Hazel e Chloe fanno la loro comparsa in cucina, entrambe con i visi coperti di rossetto.

«Oh no.» geme lei.

«Ciao Mamma.» dice Hazel. «È tutto a posto, stavamo solo giocando a travestirci e papà ha detto che potevamo fare quello che volevamo a patto di lasciarlo al suo dannato lavoro.» Hazel ha gli occhi marrone scuro e i capelli neri come suo padre e ha pure ereditato i suoi zigomi sporgenti, Chloe invece è più simile ad Ava, i capelli biondi e fini, gli occhi azzurri e le fossette a completare il sorriso. Entrambi i visi sono coperti con il rossetto scuro che lei predilige e Ava sa che è proprio quello costoso che aveva lasciato sul mobiletto quella mattina, mentre si affrettava a prepararsi per il lavoro.

Sono passate le 18 e ovviamente nessuna delle bambine ha ancora fatto il bagno o cenato.

«Non toccate nulla.» dice Ava mentre entrambe si avvicinano per abbracciarla. Cerca nella dispensa un pacchetto di salviettine umidificate e cerca con fatica di pulire i visi e le mani delle bambine senza che loro la tocchino. Alla fine ci rinuncia e prende la cinquenne Hazel con un braccio e la treenne Chloe con l'altro e avanza battagliando sulle scale fino al bagno. «Lo sai che non potete prendere i miei trucchi, Hazel, non va bene. Mi servono quando vado al lavoro.» Il tono è stridulo, ogni parola piena di rabbia.

«Ma era solo un pochino.» dice Hazel, la cui faccia è completamente imbrattata di colore rosso vino.

Mette giù entrambe le bambine, inserisce il tappo nella vasca e apre l'acqua. «Entrate.» ordina, mentre si assicura che l'acqua sia alla giusta temperatura. Le bambine stanno in silenzio, obbedienti si svestono e vanno dentro. Stanno sedute nell'acqua mentre la vasca si riempie, si scambiano sguardi spaventati e Ava si sente la madre peggiore del mondo. Prende le bolle e le spruzza in acqua, così le bambine possono giocare. «È l'ora delle bolle.» canticchia. Poi si siede sul pavimento e le guarda.

Dopo dieci minuti sente Finn che le chiama. Si concentra sul respiro, cercando di non lasciare che lacrime di sfinimento e disperazione affiorino. Ogni sera arriva a casa e la situazione è questa, non importa quante volte faccia notare che non è giusto. Ogni sera. Il suo viaggio di ritorno a casa è sempre colmo di ansia per tutte le cose che dovrà fare una volta arrivata.

I suoi giorni non finiscono mai. Iniziano e basta. Non avrà alcun momento per sé stessa fino a sera inoltrata e poi tutto ciò che può sperare è avere qualche ora di sonno ininterrotto. Questo se è fortunata. Se una delle bambine si sveglia durante la notte, Finn continua a dormire. E se gliene parla il mattino seguente lui dice, «Sto con loro tutto il giorno. Di notte vogliono te.»

«Siamo quassù.» grida Hazel e Finn sale le scale ed entra in bagno.

«Oh cielo, che cosa avete fatto voi due monelle?», ride.

«Seriamente?», sbotta Ava, alzandosi. «Appena tornata dal lavoro, le trovo conciate così.»

«Mi spiace stavo finendo un pezzo sul quale lavoro da un po'. Mi sentivo davvero ispirato. Pensavo che avrebbero visto un film alla televisione. Hazel, mi avevi detto che avreste guardato un film.» dice, la voce priva di qualsiasi rimprovero. È perlopiù divertito dalla faccenda.

Hazel fa spallucce mentre gioca con le bolle. «A Chloe non piaceva.»

«Hai detto loro di lasciarti al tuo dannato lavoro.» dice Ava, con un tono di voce acuto, quasi isterico. È esausta oltre ogni limite possibile.

«Beh, sì, lo sai come sono i bambini. Dovevo concludere, ma

ora ho finito. Perché non ti cambi? Lo sai che hai una macchia sulla camicetta?»

Ava esce dal bagno per evitare di scagliarsi contro suo marito.

Si chiude a chiave nel bagno interno alla camera e apre la doccia. Sotto l'acqua scrosciante fa una lista di rimostranze contro suo marito.

Lo fa in silenzio, anche se in realtà vorrebbe urlargliele in faccia. Lo fa perché vuole salvaguardare il matrimonio, anziché chiedere il divorzio, e perché le sue figlie possano crescere in modo diverso da come è stato per lei. Lo fa perché vorrebbe gridare e piangere ma ha due bambine che hanno bisogno che lei sia la loro madre stasera e per sempre.

Non pulisce casa. Non fa il bucato. Lascia le bambine abbandonate a sé stesse. È convinto che il suo lavoro abbia valore, nonostante nessuno gli compri un quadro da un anno. Non gli interessa se tutt'intorno regna il caos. Ovviamente non ha preparato nulla per cena. Continua a trovare divertente ogni marachella fatta dalle bambine...

L'elenco va avanti per altri cinque minuti, finché alla fine si calma.

Finisce con, *ti odio, ti odio, ti odio e voglio il divorzio.* Non lo odia e non vuole il divorzio.

Ama Finn. Ha solo bisogno che sia un vero compagno di vita.

Per bilanciare la deplorevole lista, ne fa un'altra mentre se ne sta sotto l'acqua a guardare le dita raggrinzirsi. *Ama le bambine e loro lo adorano. È divertente e gentile con chiunque incontri. Sono ancora attratta da lui anche dopo sette anni di matrimonio. È carino con mia madre anche quando lei è sgarbata con lui.*

Fa il miglior arrosto di agnello. Vive alla giornata e talvolta ho bisogno che qualcuno mi ricordi di vivere alla giornata.

Esce dalla doccia, indossa dei pantaloncini e una maglietta e trova le bambine sedute sul pavimento dell'altro bagno, avvolte negli asciugamani, la vasca svuotata e macchiata dai rimasugli di rossetto. Chloe tiene in mano un tubetto di dentifricio che Ava afferra e ripone nel mobiletto, sollevata dall'aver scongiurato un altro disastro.

«Dov'è il papà?» chiede Ava.

«Ha detto che ha bisogno di un dannato drink per affrontare tutto questo caos.

Cos'è caos, mamma?»

Hazel scimmiotta suo padre alla perfezione, è tutta orgogliosa di ricordarsi esattamente le sue parole. Finn ritorna in bagno con una birra in mano. «Ho aperto una bottiglia di vino – hai l'aspetto di una che avrebbe bisogno di un bicchierino.» dice con un sorriso. La sua noncuranza sbalordisce Ava.

«Parte del fascino di mio figlio,» Ava ricorda ciò che la madre di Finn, Doreen, le disse durante il loro primo incontro, «è la capacità di rimanere fuori dalla mischia. È sempre calmo, sempre sereno. Sei una ragazza fortunata.» Doreen vede suo figlio attraverso le lenti rosa della madre adorante. È affascinata da Finn, come del resto chiunque altro.

Finn si scontrò, invece, con suo padre Sam durante tutta l'infanzia. Sam non trovava per nulla divertenti le sue continue bravate che lo fecero sospendere da scuola. Tuttavia, qualsiasi forma di disciplina cercasse di istillare in lui era annullata dalla moglie, che considerava il figlio uno spirito libero e creativo che aveva bisogno del tempo e dello spazio giusto per esprimersi.

Finn è un artista talentuoso, nessuno può negarlo, ma il mondo è pieno di persone talentuose e per riuscire a sfruttare questo talento devi lavorare sodo, uscire nel mondo e saper vendere te stesso e il tuo talento. Finn ama il suo lavoro ma non è molto propenso a compiere il passo successivo, ovvero vendere il suo talento. Non scende a compromessi e non si autopromuove. Ha qualche contatto e, quando ne discutono, la rassicura dicendo che uno di quei contatti sarà il suo lasciapassare per la fama e la ricchezza. «Quando sarà il momento giusto, riuscirò a fare una mostra e poi sarà tutto più facile.» aveva detto. Sarà Finn a decidere quando arriva il momento giusto e, fino a quel momento, è responsabilità di Ava farli vivere con un tetto sopra la testa.

Sì, sono una ragazza fortunata, ricorda a sé stessa.

Esce dal bagno e scende in cucina, dà una ripulita e butta in pentola gli spaghetti per la cena che condirà con il ragù in scatola.

La lavatrice è piena di vestiti da lavare, ma ora non può neanche considerare l'idea di occuparsene.

Le bambine sono irrequiete durante tutta la cena e fino alle 20.30 non è possibile metterle a letto. Finn si occupa della favola della buona notte – gli piace molto questo momento ed è davvero bravo a fare le voci – nel frattempo Ava pulisce e prepara per entrambe il pranzo da portare a scuola. Svuota gli zaini e, in quello di Hazel, trova un messaggio risalente a due settimane prima, che ricorda ai genitori la fiera di fine estate che si terrà a scuola. È domani. Sa che Hazel deve portare qualcosa per lo stand delle torte.

Ava fruga nella dispensa e trova una torta già fatta, di quelle che si comprano al supermercato, è passato solo un giorno dalla data di scadenza. Prepara la glassa e la ricopre tutta di Smarties. Dovranno accontentarsi.

«Guardatela, la piccola casalinga.» esclama Finn, entrando in cucina,

Ava si morde la lingua perché sa che, se dicesse qualcosa, Finn la guarderebbe con quegli occhioni da cucciolo ferito.

E poi si lancerebbe nella sua solita tiritera: *Non volevo figli. Eravamo d'accordo che ci saremmo entrambi concentrati sul nostro lavoro. Rinuncio al mio tempo per stare a casa con le bambine in modo che tu possa andare a lavorare. Ho compro-*

messo la mia carriera e la mia creatività per la tua di carriera. Non sono tagliato per queste cose e sto provando davvero a far funzionare tutto. Le nostre bambine sono felici e amate e tu arrivi a casa tutte le sere piena di rabbia e di lamentele.

Io porto a casa i soldi, vorrebbe gridargli in risposta, ma non l'ha mai fatto. È lei che porta a casa i soldi, ma è pur sempre lei che voleva avere figli. Hazel era in programma, Chloe è stata una meravigliosa sorpresa e Ava le ama con tutta sé stessa, ma ora è sull'orlo della pazzia, non solo a casa ma anche al lavoro. Se non altro da domani avrà una nuova assistente, così si spera che almeno il lavoro torni a essere sotto controllo.

«Perché stai facendo questa cosa a quest'ora di sera?» chiede, divertito.

«È per lo stand delle torte di domani.» risponde secca.

«Uhm, beh, sembra abbastanza bella. Vado a lavorare ancora un po'. Dovresti vedere questa tela, è incredibile.»

Ava interrompe quello che stava facendo e guarda il marito. Come è possibile che non ci arrivi? Come può farglielo capire? Contempla la possibilità di prendere la torta e tirargliela in faccia, ma ciò comporterebbe il doversi mettere in auto per andare a comprarne un'altra.

«Ti serve una mano qui?»

«No, sono a posto.» dice Ava, perché la torta è pronta e la cucina è pulita, e ormai sa che sarebbe comunque inutile e così Finn se ne va lasciandola in cucina.

Lei va a letto prima di lui e, nello spegnere la luce, getta uno sguardo alla foto di famiglia che tiene sul comodino, ricordando a sé stessa tutto ciò che ha.

Sono la famiglia perfetta nella loro casa a due piani in uno dei quartieri residenziali, ma Ava sta annegando e anche se grida aiuto, Finn non la salverà.

Lascialo, sembra dirle il mondo intero, ma poi cosa accadrebbe? Dovrà pagargli il mantenimento per le figlie, perché è lui la figura parentale primaria al momento. In più non si fida al punto da lasciargliele a tempo pieno, quindi cosa accadrebbe alle bambine? Ava è intrappolata nella sua vita e nel matrimonio come se fosse una madre casalinga. Potrebbe divorziare e prendere una tata, mettere le bambine al doposcuola, ma sarebbe così ingiusto nei loro confronti. Alle bambine Finn mancherebbe tantissimo se non potessero vederlo tutti i giorni e lui stesso sarebbe devastato, anche se avere figli non faceva parte del suo progetto di vita. Come si fa a distruggere un matrimonio e una famiglia e mantenere un lavoro full-time? Sarebbe tutto in capo a lei. Dovrebbe trovare un avvocato, organizzarsi per vendere la casa e impacchettare tutto una volta che sarà venduta.

«È un eterno bambino.» disse la sua amica Lucy dopo averlo incontrato per la prima volta otto anni prima.

«Ti sembra così perché è un artista. È molto gentile e dolce e mi fa ridere.» obiettò Ava.

«Tutto molto bello, per ora.» disse Lucy, mentre si toglieva gli occhiali per pulirli, scrutando bene le lenti finché non furono immacolate, «ma a breve sarai al comando di una grossa azienda e ti serve un vero compagno, se vuoi avere dei figli con lui. Non te ne fai nulla di un bambino con cui avere dei figli.»

«Crescerà non appena arrivano i figli, come tutti gli uomini.»

«Ava,» disse Lucy, posando la mano sul braccio di Ava, «sono sposata con un neurochirurgo che gioca a scacchi e qualche volta, quando mi chiede dov'è la crema per le irritazioni da pannolino, vorrei dargli un pugno – è nello stesso posto da quando Charlie è nato. Finn è piacevole e davvero un bell'uomo ma divertiti con lui, non sposarlo.»

Ava, però, era già innamorata degli sguardi ardenti di Finn e del suo lieve accento irlandese, che ha mantenuto nonostante viva in Australia da ventitré anni, da quando di anni ne aveva cinque. Quando Finn fece ad Ava la proposta di matrimonio, Lucy smise di criticarlo e si impegnò a diventare la damigella d'onore più solidale che potesse esserci.

Dopo il matrimonio, fu tutto perfetto per un po'.

Ava aveva insistito affinché avessero un figlio, uno solo, e Finn aveva accettato perché l'amava. Aveva immaginato che le cose avrebbero funzionato, che sarebbe andato tutto bene e fu così all'inizio, ora però Ava non sa più cosa fare. Tutta la sua vita sembra fuori controllo, una trottola impazzita.

Le viene in mente Grace a cui oggi ha fatto il colloquio, così ben curata nel suo tubino grigio. La donna ha almeno quarantacinque anni, forse di più, ma è davvero attraente con i folti capelli ramati e quegli occhi verdi. Ava si è sentita trasandata a confronto. Magari, però, riuscirà davvero ad aiutarla ad avere tutto sotto controllo al lavoro, in questo modo Ava potrà avere lo spazio mentale necessario per capire cosa fare riguardo alla situazione che c'è a casa.

Non aveva mai assunto nessuno così velocemente finora, soprattutto prima ancora di aver verificato tutte le referenze, ma c'è qualcosa in Grace, qualcosa che l'aveva persuasa che si trattasse della scelta giusta. La sua ex datrice di lavoro poi aveva tessuto le sue lodi, confermando che Grace aveva lasciato l'azienda perché non voleva avere problemi con la CEO.

Ava aveva condotto molti colloqui per quel posto di lavoro e tutte le volte che concludeva un colloquio, aveva la sensazione che il candidato volesse utilizzare la posizione di assistente come trampolino di lancio per qualcos'altro. Non è comune trovare qualcuno che voglia rimanere in quel ruolo a lungo termine. Assumere Grace è stata una buona decisione, ne è sicura. Se solo fosse altrettanto immediato risolvere la situazione a casa.

Chiude gli occhi e conta i respiri, inspirando ed espirando

per calmarsi. Il problema è rimandato all'indomani, ora ha bisogno di riposarsi.

Mentre si assopisce, vede un'immagine di Grace che le sorride.

Grace migliorerà le cose; Ava ne è sicura.

SEI

Cara bambina mia,

sono cresciuta in un quartiere residenziale borghese, pieno di persone che vivevano il sogno australiano di una casa con terreno. Mio padre era elettricista di professione e aveva abbastanza lavoro da tenersi occupato sei giorni alla settimana. Mia madre stava a casa a occuparsi di me, affinché diventassi la giovane donna che entrambi volevano che fossi. Mi mandarono alla scuola pubblica del quartiere, perché così diceva la legge e loro non hanno mai disobbedito a una legge. Non bevevano né fumavano, mangiavano dolci raramente e sembravano trarre piacere dalla privazione. Anche il Natale assumeva una forma dimessa, se si eccettua il calore e la generosità di mia nonna Ida, la madre di mio padre. I miei avrebbero preferito andare in chiesa e consumare una semplice cena, ma mia nonna ci ospitava sempre, addobbando la casa di decorazioni e presentando una tavola imbandita di pietanze deliziose.

Se chiudo gli occhi, posso ancora rievocare il sapore della sua crema pasticcera fatta in casa con una spruzzata di brandy, che versava sul ricco e speziato pudding natalizio. Tornavo *sempre a casa con più doni da parte sua che da parte dei miei genitori. Loro prediligevano regali utili, come una sciarpa o un nuovo cappotto. Lei mi viziava con giocattoli e, man mano che crescevo, con profumi e libri.*

Quando di tanto in tanto condividevamo il pranzo domenicale con lei, cucinava solitamente l'agnello arrosto – la carne un po' dura e asciutta, ma sempre buona con l'intingolo.

Eppure quando tentava di servire a mio padre l'intingolo, mia madre interveniva e rifiutava al posto del marito.

«Strano, John, ti è sempre piaciuto l'intingolo.» diceva mia nonna.

«Non più. Te l'ho già detto.» rispondeva mio padre.

Si ripeteva la stessa scena al momento del dessert o per qualsiasi altro dolce. Mia madre si opponeva per conto mio e di mio padre, lasciando mia nonna confusa e agitata.

«Ti è sempre piaciuto il dessert, ti è sempre piaciuta la birra, ti è sempre piaciuto il cioccolato accompagnato al tè.» Povera donna.

Quando dopo pranzo l'aiutavo con i piatti in cucina, mi dava sempre, in segreto, una porzione di dessert che finivo in fretta, assaporando ogni boccone.

I miei genitori andavano a messa la domenica, ma preferivano perlopiù pregare a casa. Mi era stato detto di pregare quando mi svegliavo, prima di mangiare qualsiasi cosa e infine alla sera. Dovevo confessare i miei peccati a Dio ogni qualvolta ci fosse l'opportunità di farlo.

Sono cresciuta credendo che Dio mi stesse sempre osservando e che fosse quasi sempre deluso da me.

Pensavo che la scuola sarebbe stata una bella avventura. Immaginavo di farmi degli amici e di vivere esperienze che andavano oltre quelle del mio piccolo mondo. Mia madre, però, mi mandò il primo giorno di scuola dell'infanzia vestita con una divisa due volte più grande della mia taglia, con i capelli pettinati nel modo in cui li portava sempre lei – uno chignon da matrona. Ridicolo su una bambina di cinque anni con la divisa informe.

Diventai subito una da prendere di mira. Non avevo amici ma mi piaceva stare in classe e poter andare in biblioteca. Dal momento in cui ho imparato a leggere, mi sono sempre seduta volentieri da sola durante la pausa pranzo a leggere i libri in biblioteca, ma non li portavo mai a casa, perché non volevo che i miei criticassero quello che leggevo.

Mi gustavo i libri che la nonna mi comprava per Natale o per i compleanni, leggendoli più e più volte e poi nasconden- doli in fondo all'armadio nel caso mia madre decidesse di buttarli via, cosa che accadde una volta, con il pretesto di inse- gnarmi a tenere le cose preziose nascoste al sicuro.

I miei genitori non leggevano romanzi. Di rado guarda- vano la televisione e, se lo facevano, si trattava quasi sempre di telegiornali. Di sera mio padre leggeva il giornale e mia madre gli sedeva accanto facendo le parole crociate. Erano giovani, ma sembravano più vecchi di decenni per via del loro atteg- giamento.

Due volte alla settimana dopo scuola, mia madre giocava a bridge con alcune donne del vicinato e io stavo con la nonna per tutto il pomeriggio. Mi donava tutto l'amore e la gentilezza che mi mancavano, mentre mi riempiva di leccornie.

C'era una spiegazione, ovviamente, del perché i miei geni- tori conducessero una vita tanto austera, del perché avevano bisogno che ascoltassi senza batter ciglio, del perché fosse così importante che io non disobbedissi mai.

Avevano entrambi clamorosamente rovinato la loro vita e speravano di impedirmi di fare la stessa cosa, speravano di redi- mersi diventando i cittadini più esemplari di tutta l'Australia, poco importa se ciò implicasse una certa dose di crudeltà.

Quando ero piccola non ne sapevo nulla. Sapevo solo che in casa mia c'erano molte regole e che venivo punita se le trasgredivo. Sapevo anche che era possibile commettere più peccati di quanti avrei mai potuto immaginare. Quando crebbi, mia nonna mi confidò una parte della verità. Cominciai così a capire che il più grande peccato dei miei genitori ero io. Ero responsabile della caduta in disgrazia di mia madre.

«Come mai ho solo te come nonna?» mi ricordo di averle chiesto una volta. Avevo circa dieci anni e avevo notato che la maggior parte dei bambini nella mia classe parlava dei nonni al plurale.

«I genitori di tua madre erano...» sospirò, rimettendosi i capelli a posto, anche se i suoi ricci corti e stretti non si erano mai mossi granché. «Beh, erano diversi. La educarono in modo tale che diventasse una brava ragazza e avevano molte aspettative nei suoi confronti, come ogni genitore. Erano una famiglia molto religiosa. Il padre di tua mamma era un pastore della chiesa. Non so di quale chiesa ma so che si trattava di un credo molto rigoroso. Niente balli, niente alcolici, niente televisione. Così tante regole che fai fatica anche solo a immaginarle.» Mi stava preparando una merenda in quel momento, mi porse il piatto e dopo averlo appoggiato sul tavolo della cucina, mi accarezzò i capelli.

«Tua mamma avrebbe dovuto sposare un giovane uomo di chiesa che si stava formando per diventare anch'egli pastore. Il piano era questo. Lei però si innamorò di tuo padre. Era andato là con il suo capo per riparare l'impianto elettrico della chiesa e mi ricordo che tornò a casa dicendomi di aver incontrato una ragazza incantevole.»

Si sedette al tavolo della cucina con me, la sua immancabile tazza di tè davanti a lei. «I suoi genitori non erano contenti. Le dissero di non frequentarlo e lei avrebbe dovuto ascoltarli. Insomma, lo so che è inutile dire ai giovani cosa fare. Va sempre a finire male e i ragazzi, beh, fecero uno scivolone e i genitori di lei non lo tollerarono. La tagliarono fuori dalla loro vita, chiamandola in ogni modo possibile e immaginabile.»

Non capivo cosa intendesse con "scivolone". Immaginavo

che mia madre fosse caduta e i suoi genitori si fossero arrabbiati. Sapevo che se facevo cadere qualcosa o rompevo un
bicchiere per sbaglio, venivo sempre punita per la mia goffag-
gine e dovevo passare ore nella mia stanza, quindi quell'immagine aveva senso nella mia testa.

«Come la chiamavano?» chiesi e la nonna solo allora
sembrò rendersi conto che stava parlando con una bambina di
dieci anni. «Oh, sei qui a sentirmi blaterare. Tutto ciò di cui hai
bisogno è una nonna ed eccomi qui, ti voglio bene quanto mille
nonni messi assieme.»

Non lo capii finché non fui cresciuta, ma mia madre
rimase incinta di me per sbaglio e sentì che doveva tenermi, e
mio padre si sentì in obbligo di sposarla e questo intrappolò
insieme due persone che non erano proprio fatte l'uno per
l'altra.

Penso che a unirli fosse solo il comune disprezzo nei
confronti della loro unica figlia.

Non li rendeva felici neppure la mia dedizione scolastica.
Andavo bene e le insegnanti mi lodavano dicendo che ero
educata ed entusiasta.

«Non lasciare che le parole di elogio di quella donna ti
diano alla testa, signorina.» disse mia madre quando avevo solo
otto anni, dopo un colloquio genitore-insegnante. Mentre
sedevo accanto a mia madre e l'insegnante parlava di come
stavo andando bene, mi ero sentita arrossire d'orgoglio. «Non
sei più brava di chiunque altro e vedi di rigare dritto.»

Fin da piccola ho capito che mia madre mi odiava e, nonostante sappia perché mi odiava, non capisco perché ha continuato a odiarmi per tutto il tempo che ho vissuto con lei. Non
erano gli anni '50 quelli in cui sono cresciuta – erano gli anni
'70 e '80. Aveva la possibilità di tornare al lavoro e farsi strada
nella vita, invece scelse come professione quella di tenermi in
riga. E mio padre si rassegnò a lasciarla fare. Di sicuro all'i-
nizio provò a difendere sua madre, ma so che mia madre portò

avanti una campagna estenuante affinché lui le garantisse assoluta lealtà. Qualche volta, di sera, scendevo dal letto per andare in bagno e rimanevo fuori dalla porta della cameretta in silenzio ad ascoltare mia madre che parlava, cogliendo frasi come, «finirà per rovinare nostra figlia.» e «non ha idea del tipo di vita che dobbiamo condurre.» e ancora «mi mette sempre i bastoni tra le ruote.» Le cose che diceva hanno iniziato ad avere senso quando avevo dieci anni, così ho cominciato a origliare a ogni occasione. Sapevo che poteva parlare così solo di mia nonna e so che il silenzio di mio padre significava che stava facendo propri quei discorsi, ascoltando e accettando il fatto che sua madre non fosse una brava persona. Sono sicura che è cominciato tutto nel momento in cui mia madre ha scoperto di essere incinta di me. Penso che il fatto che mi fosse concesso di far visita a mia nonna significasse che lui si stava ancora aggrappando a un pezzetto della sua vita passata. Gli sono molto grata per questo.

Quando crebbi, avevo circa tredici anni, mia madre passò una settimana a letto e fu in quel momento che mi resi conto dell'origine della sua avversione nei miei confronti.

Nessuno mi disse nulla a parte «lascia riposare tua madre», quindi ovviamente chiesi all'unica persona che mi avrebbe detto cosa stava succedendo.

«Cos'ha che non va?» domandai a mia nonna che era venuta a prendermi per passare un pomeriggio insieme.

«La stessa cosa che ha avuto quando sei nata tu.» spiegò. «Un lungo periodo di profonda tristezza peggiorato dal fatto che suo padre non voleva vederla, poi, proprio quando si stava riprendendo, lui morì. Non lo vide più da quando aveva smesso di parlarle e so da tuo papà che lei sperava sempre di poter riallacciare i rapporti.»

«Quindi è colpa mia se lei è triste?» chiesi a mia nonna.

«Oh no, tesoro, non lo è.» mi rassicurò, ma percepivo una certa titubanza nel tono della voce.

Penso che nella testa di mia madre la morte del padre fosse connessa per sempre alla mia nascita. Quando mi guardava, non vedeva ciò che aveva conquistato – una figlia – ma tutte le cose che aveva perso. Aveva perso la possibilità di vivere la vita che voleva e i legami con la sua famiglia.

Penso che mio padre l'amasse davvero e per questo cercò con tutte le sue forze di diventare il tipo di uomo che la famiglia di lei avrebbe approvato. Immagino che mia madre sognasse di rivedere i suoi genitori un giorno e che loro sarebbero stati fieri dell'educatissima nipote e del modo in cui lei e mio padre aderivano rigorosamente ai dettami che le erano stati impartiti da bambina. Non ci fu mai l'occasione. E sebbene non concepisca il suo disprezzo nei miei confronti, capirò sempre perché avesse bisogno che i suoi genitori riconoscessero che stava conducendo una vita adeguata. Non ho mai smesso di volere la stessa cosa per me.

Mi ricordo di essere stata colpita, a dire il vero schiaffeggiata, una sola volta. Perlopiù mi chiudevano nella cameretta, esclusa dal loro affetto, sminuita, messa in guardia e rimproverata se osavo mostrare il minimo afflato d'indipendenza.

Ciò che accadde non avrebbe dovuto sorprenderli più di tanto, eppure penso che ciò che provarono quando iniziai a comportarmi male fu principalmente... sgomento. Non capivano come tutte le loro regole e le loro imposizioni avessero fallito. Ancora oggi non lo capiscono.

Mi sveglio prestissimo, il corpo pieno di energia per affrontare la nuova giornata. Per prima cosa mando un messaggio a Cordelia.

Buongiorno tesoro. Ti auguro una splendida giornata.

Risponde nel solito modo.

Smettila di scrivermi.

Queste parole mi trafiggono sempre il cuore. La mia bellissima bambina, capelli biondi e occhi color cioccolato, non mi ha più parlato da quello che ho iniziato a chiamare "l'incidente".

Durante la terapia, indicai "l'incidente" come la causa del fatto che mia figlia non voglia più avere niente a che fare con me, ma lo psicologo disse, in quel modo calmo e misurato che aveva, «Penso che se sei onesta con te stessa, Grace, ammetterai che quello che è successo sia stata la goccia che ha fatto traboccare il vaso per Cordelia e non la causa principale del tuo allontanamento.»

«Uhm.» risposi, che era quello che dicevo quando volevo mandare il dott. Gordon a farsi fottere.

Mi occorre più di un'ora per prepararmi. Voglio essere perfetta. Mentre mi scruto allo specchio, mi rendo conto che i capelli hanno bisogno di essere ritinti. Il mio colore naturale minaccia di fare capolino e non posso permetterlo.

Sono sicura che se tornassi al mio colore naturale, vedrei un sacco di grigio. A parte questo, però, non credo di sembrare una cinquantaduenne. Sono proprio in forma smagliante, come dice il mio nuovo parrucchiere. Penso si tratti di genetica – perché dopo tutto ciò che ha passato il mio corpo, sarebbe impossibile avere l'aspetto di una quarantenne anziché di una cinquantenne.

Il cielo è di un azzurro vivo mentre salgo sulla metro, il calore che si alza dal binario a ondate. Senza dubbio il viaggio di ritorno a casa sarà alquanto detestabile, con i vagoni pieni di gente sudata per il caldo e l'intera giornata lavorativa alle spalle, ma ora si sente solo l'aroma dei profumi e dei dopobarba e il chiacchiericcio sui programmi per il fine settimana. È solo martedì, ma l'estate fa desiderare il week end ancora di più.

Sei anni fa non avrei mai immaginato di viaggiare su una metro per andare al lavoro. Avevo un'auto e un autista. Bert mi passava a prendere davanti a casa tutte le mattine alle 8. Il giornale e il caffè – latte di mandorla, spruzzata di caramello – mi aspettavano sempre puntuali. Bert aveva quasi ottant'anni e lavorava per me solo perché così rimaneva attivo. Ora sono preoccupata per lui, ma penso anche di averlo deluso. Ho deluso molte persone. Spero che abbia trovato qualcun altro a cui fare da autista. Gli avrei trovato un nuovo lavoro se qualcuno avesse risposto alle mie chiamate dopo ciò che è successo. Al giorno d'oggi è molto semplice eliminare una persona dalla propria vita. I nomi compaiono sullo schermo del telefono, puoi rifiutare la chiamata, bloccare e cancellare il contatto lì e altrove. Mi pare che tutti quelli che bazzicano il mondo degli affari l'abbiano fatto con me. Ed è solo da quando sono uscita dalla clinica che ho avuto la forza di ricordare ad alcuni di loro quello che mi devono.

Mi sento come se anche la mia famiglia mi avesse rimossa eppure, nonostante quello che dicono tutti, non credo fosse solo colpa mia. So chi incolpare per tutto quello che mi è andato storto nella vita. So di sicuro chi incolpare.

Alle 8.30 mi presento davanti a Melody, la receptionist, la quale sta sfogliando le pagine di una rivista. Ava mi ha detto che si inizia alle 9, ma Melody è già qui, quindi dovrebbe lavorare.

«Buongiorno, Melody.» dico e lei lèva lo sguardo dalla rivista, alzando le sopracciglia. «Ava mi ha detto il tuo nome. Sono Grace, come ti accennavo ieri, e comincio oggi come assistente di Ava. Immagino che il suo ufficio sia aperto, giusto?»

«Uhm... sì ma non puoi andarci.» dice Melody. «Ava non c'è ancora e non vorr...»

Prima che possa finire la frase, la porta dell'ascensore davanti alla reception si apre e ne emerge un uomo. Sembra avere circa cinquant'anni, capelli folti di un castano brizzolato, barbetta volutamente incolta e occhi azzurri.

«Collin, lei è Grace.» si affretta a dire Melody. «È la nuova assistente di Ava e vuole andare nel suo ufficio, ma le ho detto che deve aspettare che arrivi Ava.»

Collin mi squadra da capo a piedi; una luce negli occhi rivela il suo interesse. «Giusto, Ava mi ha accennato di aver trovato una nuova assistente. Spero che riuscirai ad aiutarla. È davvero un tantino,» agita la mano, «disorganizzata al momento.»

Dal sito so che la CEO della Barkley Education and Training è una donna, Patricia Riley. È spesso via perché sta cercando di sponsorizzare l'azienda e i loro prodotti oltreoceano. Sta lavorando, leggo, per aprire un ramo dell'azienda a Londra.

Gli affari di tutti i giorni sono gestiti congiuntamente da Ava Green e Collin King e sono sicura, senza neanche doverci pensare troppo, che se verrà aperta una nuova sede a Londra, Patricia dovrà mettere o Collin o Ava in una posizione di potere, dando per scontato che sarà lei a gestire l'apertura della nuova sede aziendale.

Sorrido a Collin. «È un piacere conoscerla.» dico. Non ho fatto una ricerca approfondita su di lui, ma dando un'occhiata alla sua mano vedo che non ha la fede nuziale. «Farò del mio meglio per essere d'aiuto.»

«Ottimo,» dice, allungando la mano, «anche per me è un piacere conoscerti.» Lascio che mi afferri la mano per stringerla con decisione.

«Aspetterò Ava nel suo ufficio.» e senza aspettare la conferma di nessuno, mi allontano.

Di sicuro ci saranno dei moduli da compilare e tutta una serie di informazioni da sapere prima di iniziare a tutti gli effetti il lavoro. Ma per il momento, potrei almeno dare una pulita generale.

L'ufficio è nello stesso caos in cui versava ieri. Lascio la borsa su una sedia e inizio aprendo le tende e portando via le tazze di caffè mezze vuote. Mi limito a impilare le carte in modo ordinato, anziché spostarle. Ava vorrà spiegarmi come si deve procedere.

Appena prima delle 9, vado in cucina e preparo una tazza di caffè macchiato senza zucchero. So che prende il caffè con il latte ma non sono certa dello zucchero, così lo sistemo con una bustina di dolcificante su un piccolo piatto insieme al cucchiaino.

Poi vado ad aspettarla nei pressi dell'ascensore.

Ava è tre minuti in ritardo, carica di fascicoli e ha anche un portatile e una borsa.

«Buongiorno.» dico mentre si aprono le porte dell'ascensore, allungo le braccia verso i fascicoli e lei me li passa.

«Grace.» dice e nonostante sorrida, percepisco che ha avuto una mattina difficile. La sua camicetta è abbottonata male e i capelli sono raccolti in un codino, un look non proprio adeguato.

La seguo nel suo ufficio e lei si ferma alla porta. «Oh,» esclama, «hai sistemato.»

«Non ho spostato nulla, ho solo ordinato in attesa che mi dicessi con esattezza cosa vuoi che faccia.» dico, un po' esitante.

«E mi hai preparato il caffè.» dice lei, mentre lascia cadere le sue cose su un divanetto grigio.

«Certo.» dico.

«Grazie.» Annuisce e poi si strofina la mano sulla guancia. Ha avuto una mattinata difficile e una gentilezza, seppur piccola, ha un grande impatto.

«Vogliamo cominciare?» chiedo dopo che ha bevuto un sorso del suo caffè – niente zucchero o dolcificante, noto.

«Sì.» dice. «C'è un sacco da fare.»

«Lo so.» rispondo e Ava non sa che non mi riferisco solo al lavoro.

OTTO

AVA

Grace è veloce ed efficiente, brillante e ad Ava sembra che sia subito in grado di anticipare i suoi bisogni.

Trascorrono le prime ore della mattina a organizzare l'ufficio di Ava, classificando e riponendo i documenti in varie pile a seconda dell'urgenza. È così che Ava vuole gestire il suo ufficio, ma da quando la sua ultima assistente – di certo non eccezionale – se n'è andata, è stata sopraffatta da tutto quanto. Il fatto che sia perennemente esausta di sicuro non aiuta.

«Credo di essere la persona più disordinata con cui tu abbia mai lavorato.» dice, sollevando una pila di carte mentre cerca il calendario con i turni per i formatori di due settimane fa.

«Avevi solo bisogno di un'assistente,» dice Grace,

«le persone possono gestire solo un certo carico di lavoro da sole e tu hai dovuto fare tutto quanto.»

«In effetti.» concorda Ava, sentendosi gratificata.

«È quasi ora di pranzo,» dice Grace, «posso prenderti qualcosa da mangiare? Ho visto che c'è una caffetteria deliziosa al piano di sotto.»

«Oh, non mi ero resa conto, ma in effetti ho fame – sicura che non ti spiace?»

«È il mio lavoro.» risponde Grace sorridendo e Ava ringrazia silenziosamente il Cielo per averle mandato Grace. Il suo ufficio è tornato ad essere gestibile e, di conseguenza, anche la sua vita lavorativa.

Si sente bussare alla porta, Ava e Grace alzano lo sguardo.

«Ma guarda un po' le ragazze, si stanno dando da fare.» esclama Collin.

«Cosa posso fare per te, Collin?» chiede Ava, sentendo crescere immediatamente l'avversione che prova nei confronti di quell'uomo. Sembra che le sue giornate scivolino via senza che lui faccia granché, ma è sempre al telefono con Patricia per vantarsi. Ha un'ampia rete di amici dai tempi del liceo e viene introdotto nelle scuole private più grandi e costose con facilità. Fa parte del gruppo dei "vecchi compagni" delle scuole private, ha avuto la strada spianata dai suoi genitori, entrambi avvocati. Fidarsi di lui e rispondere alle sue lusinghe quando aveva appena iniziato a lavorare per la Barkley è stato un errore grave, e Ava non se l'è mai perdonato.

Lei ha dovuto sempre sgobbare nella sua scalata della gerarchia aziendale, da quando era all'ultimo anno delle superiori in una scuola pubblica sottofinanziata e si mise in testa di prendere la laurea in economia. Le cose stanno ancora così.

Ha fatto carriera all'interno dell'azienda partendo dall'incarico di receptionist, è da lì che ha iniziato, nonostante la laurea in economia. Sa che Collin si è risentito di ogni promozione che lei ha ricevuto nel tempo ed è furibondo all'idea di saperla sua pari. Il tono paternalistico che assume con lei è esasperante, ma l'ultima volta che gliene parlò, lui si limitò a farle un sorrisino e a dirle, «Dai, Ava, è solo la tua immaginazione. Pensavo che ci conoscessimo ormai. Non potrei mai, no?» Il modo in cui l'aveva guardata la fece inorridire, così si limitò ad andarsene.

«Credo che chiamare delle donne adulte "ragazze", al giorno d'oggi non sia molto ben visto nell'ambiente lavorativo.» dice Grace con leggerezza.

Collin ride ma una certa dose di insicurezza traspare dalla sua risata.

«Mi scuso,» risponde, «pare che voi donne vi stiate dando un gran da fare.» Come se così fosse meglio.

«Collin, cosa ti serve?» chiede Ava.

«Volevo solo farti sapere che sono riuscito a reclutare il preside della St Augustine. È una scuola importante, Grace, molto prestigiosa. Chiamerò Patricia per dirglielo. Vuoi che la metta al corrente di qualcosa per conto tuo? Se ho capito bene i formatori ti stanno portando via parecchio tempo».

Ava scuote la testa. «No, niente. Ben fatto, Collin. Ottimo lavoro.» Le sue parole non sono sincere e Collin lo sa.

«Beh... si tratta di un vecchio amico, sai.» dice lui, agitando la mano.

«Non è forse tutto più semplice quando non occorre lavorare troppo per riuscire a incontrare le persone giuste?» esclama Grace e offre a Collin il suo sorriso più radioso.

Ava percepisce la confusione di Collin. Grace è molto attraente e lui non sa bene come reagire a una donna attraente che ti insulta, non è nemmeno sicuro che lo stia insultando. Ava vorrebbe gioire. Fa fatica a tenere Collin al suo posto e si ritrova ad avere gli incarichi più complessi, come gestire le centinaia di formatori con cui lavorano perché non sa dirgli di no. Non sa dirgli di no perché non è stata in grado di dirgli di no dieci anni fa, quando hanno iniziato a lavorare insieme. Hanno lo stesso ruolo, ma lei si sente ancora come se Collin fosse il suo capo e pensa sia possibile che lui venga pagato più di lei, cosa a cui lui stesso ha alluso.

Patricia ha fatto sapere a entrambi che sarà lei a capo del ramo aziendale che si prepara ad aprire nel Regno Unito e che uno di loro due sarà promosso a CEO dell'azienda per l'Australia. Ava vuole quell'incarico con tutta sé stessa. Una delle sue fantasie ricorrenti è che Collin sparisca di punto in bianco così da non doverci più avere a che fare.

«Già, beh, continuate pure.» dice e se ne va.

«Beh,» rilancia Grace, «è carino.»

«Sì, ma...» dice Ava, non volendo parlar male di un collega il primo giorno di lavoro di Grace, non vuole che lei pensi che Ava è quel tipo di persona.

«Ma non lo inviterei a cena.» completa Grace e Ava ride.

«Sei fantastica.» esclama lei.

«Grazie, ma ora mangiamo.» dice Grace con un sorriso.

Ava prende il portafogli e porge a Grace la carta di credito aziendale. «Compra qualcosa per entrambe.»

«Sicura?»

«Certo. L'insalata di pollo è quella che preferisco, ma hanno molte opzioni.»

«Perché non ti sdrai sul divanetto per dieci minuti intanto che procuro il pranzo?» le propone Grace con gentilezza.

«È così palese che sono esausta?» chiede Ava. Si sarebbe offesa se avesse avuto le forze, ma le parole sembravano dette in buona fede.

Grace fa cenno con la testa. «Ho visto la foto delle tue bimbe. È dura essere una madre lavoratrice.»

«Ci puoi giurare.» sospira Ava, anche se sente un piccolo campanello d'allarme. Da quando Emily se n'era andata e la sua scrivania aveva iniziato a riempirsi di carte, Ava aveva riposto la fotografia nel primo cassetto, quindi Grace l'aveva aperto mentre era sola nell'ufficio. *Stava di certo sistemando o cercando qualcosa*, si rassicura, subito respingendo qualsiasi fastidiosa preoccupazione.

«Torno presto.» dice Grace e lascia l'ufficio chiudendosi la porta alle spalle con un leggero scatto.

Ava guarda il divanetto. Dovrebbe continuare a lavorare ma... senza pensarci troppo si sdraia, rannicchiandosi su un lato. Chiuder gli occhi solo per qualche minuto. Grace sarà subito di ritorno.

Le sembra passata solo una manciata di secondi quando

sente una mano sulla spalla e apre gli occhi. Per un momento non ha idea di dove si trovi e poi vede Grace. «Oh.» esclama, mettendosi seduta e pulendosi la bocca, in imbarazzo per essere stata colta a dormire così profondamente. «Quanto tempo ho dormito?»

«Solo quindici minuti, che è il tempo ideale per sentirsi riposati ma non intontiti.» dice Grace e Ava si rende conto che in effetti si sente così. Se si appisola la domenica pomeriggio, di solito si sveglia sentendosi più stanca di prima, ma ora si sente del tutto sveglia, pronta a lavorare. «La tua insalata è sulla scrivania.»

«Grazie.» Ava si siede alla scrivania e apre la confezione di insalata, prende la forchetta che è posata accanto alla ciotola e si avventa sul cibo.

Grace si volta per andarsene. «Ti lascio mangiare in pace.» dice.

«No, non andartene,» la rincalza Ava, «siediti, fammi compagnia. Raccontami qualcosa di te.»

«Non ho molto da dire in realtà.» dice Grace, sedendosi e aprendo la sua ciotola di insalata. «Non sono sposata e non ho figli. Mi sono sempre dedicata molto al lavoro.»

«Oh.» esclama Ava, incerta se esprimerle solidarietà.

«Ma dimmi di te piuttosto.» dice Grace. «Che età hanno le bambine?»

Ava prende la foto dal cassetto e la mette in bella mostra, dove le piacerebbe che fosse sistemata quando la scrivania non sarà più coperta di documenti. È una delle sue preferite perché è stata scattata in un caldo giorno estivo, proprio dopo che le bambine erano uscite dalla piscina, e Finn è riuscito, non si sa come, a inquadrarle da vicino in modo da prendere non solo i loro splendidi sorrisi, ma anche le goccioline d'acqua sui loro capelli. Sembravano delle sirene. Finn è un maestro nel fotografare le bambine. I loro amici gli chiedono sempre di fare le foto ai compleanni e Ava una volta gli aveva suggerito di provare a guadagnarsi da vivere sfruttando questo suo talento, ma Finn l'aveva zittita con una risata. «Certo, come se mi abbassassi a fare un lavoro del genere.» aveva detto.

«Hazel ha cinque anni ed è bella impegnativa, Chloe ha tre anni ed è silenziosa ma determinata.» dice Ava mentre guarda la foto, sentendosi il cuore gonfio di amore.

«Sembrano adorabili. Hai una tata o sono a scuola?»

L'ultimo boccone di insalata di pollo sembra difficile da inghiottire mentre pensa a quella mattina, quando ha trovato Finn crollato sul divano con le mani ricoperte di pittura asciutta. Quando si sente ispirato capita che lavori tutta la notte e Ava sa che è inutile provare a svegliarlo. Meglio rassegnarsi a fare tutto da sola.

Solo dopo aver lasciato le bambine a scuola si era specchiata e resa conto che non aveva nemmeno pettinato bene i capelli, cercando di rimediare con un veloce codino brutto a vedersi e poco adatto ai suoi capelli corti. Quando era arrivata al lavoro il cuore le batteva all'impazzata per l'ansia e dentro di sé ribolliva di rabbia nei confronti di Finn.

Poi, però, Grace era lì che l'aspettava e c'era del caffè appena fatto sulla scrivania, e in qualche modo tutto le era apparso più semplice.

«Hazel va alla primaria e Chloe alla scuola materna. Mio marito, Finn, è un artista e si occupa delle bambine durante il giorno, quando sono a casa... Beh, dovrebbe occuparsene.» Ava arrossisce a questa confessione molto personale.

«Sono delle bellissime bambine.» dice Grace, facendo cadere lo sguardo sulla sua ciotola vuota. Si alza e la ritira, facendo lo stesso con quella di Ava. Ava si sforza di ricordare l'ultima volta che qualcuno, Emily inclusa, si è preso la briga di ritirare un piatto vuoto o una tazza per suo conto. «Adesso mi sbarazzo di queste cose e riattacchiamo con il lavoro.»

Ava si accosta alla finestra per guardare la città. Il cielo è di un azzurro intenso e sa che lì fuori senza aria condizionata fa davvero caldo, i marciapiedi bruciano e l'aria è asfissiante. Con un guizzo di gioia si rende conto che stasera sarà a casa prima delle 18 grazie a tutto ciò che lei e Grace sono riuscite a portare a termine. Magari riuscirà a portare le bambine a fare una nuotata.

L'estate è volata via e le sembra di aver lavorato per quasi tutto il periodo.

«Bene.» esclama Grace mentre rientra in ufficio. «Cerchiamo di risolvere la questione formatori?»

Alla fine della giornata Grace è riuscita a sistemare venti formatori in diversi hotel, cosicché possano far visita alle scuole di tutto il Paese. Ad Ava sembra che siano riuscite a fare il lavoro di una settimana in appena un giorno.

Alle 17 e cinque Ava dice, «Per oggi abbiamo fatto abbastanza, credo. Sei stata eccezionale, Grace.»

«Sono contenta che tu sia soddisfatta.» replica Grace.

«Hai qualche programma per stasera?» chiede Ava mentre si preparano per uscire.

«Programmi?» risponde Grace. «No, nessuno.» Qualcosa nel modo in cui lo dice fa pensare ad Ava che Grace si senta sola. Si rammenta di quando le ha detto di non essere sposata e di non avere figli.

A volte ad Ava la vita pare caotica, ma quando arriva a casa c'è la sua famiglia ad aspettarla. Sa che tornare a casa ogni giorno e trovare un appartamento vuoto non le farebbe affatto piacere.

«Beh, ci vediamo domani.» chiosa Grace.

«Sì, grazie per il lavoro che hai fatto oggi. Mi sembra che vada già molto meglio.»

«Mi fa piacere, sono qui per darti l'aiuto di cui hai bisogno.»

Fa un cenno col capo ed esce dall'ufficio.

Ava dà una rapida occhiata in giro per assicurarsi di non aver scordato nulla, ammira la scrivania pulita con una pila ordinata di documenti che l'indomani verranno passati in rassegna.

Tutto è al proprio posto e non potrebbe essere più colma di gratitudine per aver finalmente trovato una nuova assistente.

NOVE
GRACE

Procedo a grandi falcate lungo le strade bollenti verso la stazione, cercando di non trovare irritanti tutti quelli che incontro. L'atmosfera è rilassata – sembra che l'Australia intera rallenti durante il periodo estivo. Le persone sono meno stressate, il calore fa sembrare tutto pesante e lento.

Ero una di quelle persone prima, nonostante lavorassi quasi tutta l'estate. Lavoravo anche tutti i fine settimana.

Me ne pento ora, ma è solo una delle tante cose di cui mi pento. Invece di lasciare che la mente rimugini, elenco una serie di cose per le quali sono riconoscente. *Sono grata del lavoro, grata del fatto che Ava abbia creduto a Liza, grata di avere un posto dove andare e qualcosa da fare, grata di piacere ad Ava.*

Sono sulla banchina in attesa di salire sulla metro con l'aria calda che si propaga attraverso la stazione. Non ho molta voglia di tornare a casa, ma quanto meno lì ho un condizionatore funzionante.

Avrei potuto prendere in affitto un posto più grazioso, ma quello che ho scelto mi sembra adatto a una assistente.

È giusto che viva proprio in questo condominio. La vicina che abita di sotto lavora in un supermercato, lo so solo perché esce di casa con una divisa. È il posto per quelli che si vedono ma non si vedono, quelli che sono essenziali ma non si fanno notare.

Ho scelto l'appartamento per via della vicinanza con il centro di recupero. Non ci tornerò, non ci tornerò mai più, ma per qualche ragione sento la necessità di rimanere nei pressi, non si sa mai. Ci passo accanto in auto mentre vado al supermercato e ogni volta ricordo a me stessa che non permetterò più alla mia vita di sfuggirmi di mano.

Quando sarà tutto finito, troverò un posto più bello dove sistemarmi. L'unica cosa che non mi manca sono i soldi. Eppure quel vecchio proverbio secondo cui i soldi non comprano la felicità è assolutamente vero. Ho un quantitativo consistente di denaro sul conto, ma nient'altro. Tutto il resto l'ho perso. Ho perso la mia azienda, la mia casa, mia figlia, mio marito e la mia reputazione. Ho venduto l'azienda per molto meno del suo reale valore, ma era pur sempre una somma considerevole. Liza Hong, la donna che l'ha acquistata, ha accettato di fornirmi delle referenze se qualcuno l'avesse chiamata. Con Liza ci conosciamo da anni, lavoravamo nello stesso settore e ci rispettavamo reciprocamente, come donne d'affari e colleghe. La convinsi a lasciare un'altra azienda per venire a lavorare per me e sembrava che insieme avremmo potuto conquistare il mondo intero.

Ora è Liza la proprietaria della mia azienda e tutto ciò che prova nei miei confronti è compassione. Detesto essere commiserata. Per adesso, però, mi tocca tollerare la pietà. Liza è scettica rispetto alla mia volontà di reinventarmi come assistente invece di ritirarmi a vita privata e vivere dei risparmi che ho accumulato.

«Perché vuoi lanciarti di nuovo nel mondo degli affari, Grace?» mi chiese dopo che avevo lasciato la clinica. «Non è per i soldi e, dopo tutto quello che è accaduto, di certo non vorrai ricominciare da capo, no?»

«Non riesco a spiegarlo Liza.» le dissi. «Voglio lavorare e se questo significa ricominciare da zero, va bene. Ti chiedo semplicemente di dire, a chiunque chiamerà, che sono stata un'ottima dipendente.»

«Ma perché candidarsi per un lavoro così umile?»

«Ho i miei motivi.» risposi e ce li ho.

«Cosa succede se ti scoprono?»

«A quel punto perderò il lavoro e tornerò dove sono ora. Non ti ho chiesto di dare un parere critico sulle mie scelte. Ti chiedo un aiuto e me lo devi.»

«D'accordo.» sospirò.

C'è da dire che, senza dubbio, mi ha dato delle ottime referenze. Ava non ha ritenuto necessario chiamare Geoff, ma aspetto ancora un po' prima di dirgli che può smetterla di rispondere al telefono nel modo in cui l'avevo incaricato di fare.

Come avevo ipotizzato, durante il viaggio di ritorno, l'odore di sudore e di altri fluidi corporei rende l'aria all'interno del vagone irrespirabile. Cerco di distanziarmi il più possibile dal mio compagno di viaggio, un omone con la camicia umidiccia. Cerco di respirare attraverso la mano, ma gli odori sgradevoli sono dappertutto. È un sollievo uscire dalla metro. Si percepisce che l'estate sta finendo. L'aria della sera ha perso quel caldo opprimente e ora è proprio piacevole. Per diverse settimane durante il giorno farà ancora caldo, ma le notti si rinfrescheranno pian piano nei mesi autunnali.

Non ho fame, ma so che devo mangiare, così mi fermo a un ristorante di sushi dove ho pranzato un paio di volte perché sono sempre pieni di clienti, indice del fatto che le pietanze sono fresche. Una volta a casa mi godo la croccantezza degli involtini alle verdure preparati con sapienza e la pungente sapidità della salsa di soia. Il cibo in clinica era pesante, pieno di zuccheri e amidi, riuscivo a mangiarne solo piccole porzioni.

Ci sono stata sei anni. Sei lunghi anni. Era necessario che rimanessi, non solo per liberarmi della mia droga preferita, ma anche per assumere la terapia che mi avrebbe resa accettabile agli occhi del mondo esterno. Ho imparato molto su me stessa e mi sono resa conto che, l'unica cosa di cui non sarà mai possibile privarmi, è la mia determinazione a essere chi voglio essere. Il dottor Gordon parlava a lungo di perdono e di sguardo rivolto al futuro ed ero d'accordo con tutto quello che diceva. Gli dissi che non ero più arrabbiata, non pensavo più alla vendetta, volevo solo vivere la mia vita in pace, passando i miei giorni a cercare di rimediare gli errori fatti. Volevo a tutti i costi convincere il dottor Gordon ad apprezzarmi e a fidarsi di me e ce l'ho fatta, perché ora sono qui a mangiare sushi e a lavorare per Ava Green.

Dopo cena pulisco di nuovo, lasciando che l'opera di ripristino dell'ordine svolga la sua azione calmante. Ho arredato l'appartamento con mobili poco costosi, prodotti in serie. Non c'è nulla di bello in nessuno dei pezzi che ho scelto, dal divano grigio foderato con stoffa resistente, al tavolino in legno accompagnato da sedie con schienale a croce dipinte di bianco.

Quando me ne andrò, lascerò tutto qui per il prossimo fortunato, o sfortunato, inquilino.

Cerco di evitare che la mente torni alla casa dove vivevo con mio marito e mia figlia, ma è dura. È uno di quei momenti in cui darei qualsiasi cosa per un drink, qualsiasi cosa pur di sentire il fresco bruciore dell'alcol che scende lungo la gola e sapere che ci vorrà un niente per ritrovarmi intorpidita e frastornata. Ricordo il sollievo del primo sorso, che arrivava sempre con la consapevolezza che presto la mente avrebbe rallentato il passo e i tremendi pensieri che mi ribollivano dentro si sarebbero zittiti.

Dispongo sul letto gli abiti per domani, scegliendo le scarpe e la cintura adatte al vestito azzurro chiaro. Ho sette tenute da ufficio accettabili che posso alternare durante la settimana lavorativa, così da non dover fare il bucato tutti i giorni. Sono tutti di buona fattura, ma nulla a confronto dei vestiti che possedevo prima. Tutte quelle stampe e quei tessuti meravigliosi sono andati ormai. Un giorno mi comprerò di nuovo dei capi del genere, ma per quelli che sono i miei obiettivi attuali, tutto ciò che mi occorre sono abiti pratici. Mia madre diceva «Una signora deve sempre presentarsi al meglio.» Era sempre in ordine con i capelli ben acconciati e le unghie curate. E l'espressione accigliata.

In clinica con lo psicologo abbiamo parlato molto di madri. Era un bell'uomo con un viso piacente, ma aveva un'aria affaticata, come se fosse stanco di portare il peso dei problemi di tutte quelle persone fragili. Nessuno pensa che uno psicologo usi davvero il tipico cliché «parlami di tua madre,» ma lui lo fece.

«Mia madre era severa, ma voleva il meglio per me.» era tutto quello che riuscivo a dire. Non ero lì per parlare davvero dei miei problemi. Ero lì per passare gli anni e tornare alla mia vita.

Ho educato Cordelia in modo diverso da come sono stata educata io, non che lei si ricordi qualcosa adesso, o forse non vuole ricordare.

Mia figlia si concentra sugli errori che ho commesso, sul mio unico plateale fallimento. Non si ricorda il momento del bagnetto, quando insieme facevamo le bolle con il sapone ole giornate sportive della scuola, dove non mancavo mai, sebbene mi toccasse fare i salti mortali per riuscire a esserci. Si è dimenticata delle storie che le leggevo, delle coppe di gelato che preparavamo insieme prima di accoccolarci sul divano per vedere un film.

Chiudo gli occhi e immagino la mia bambina, vedo il sorriso sul suo volto il giorno in cui ha terminato gli esami di scuola, sento ancora l'abbraccio che mi ha dato e la fragranza lievemente floreale del profumo che portava. Allora aveva già cominciato a chiedermi di ridurre l'alcol.

All'inizio con finta noncuranza mi faceva notare che stavo bevendo troppo e poi arrivava a parlarmi dei problemi di salute che comporta l'eccessivo consumo di alcol, finché si arrabbiò e mi disse che sarei morta lasciandola senza una madre. «Mamma, ti sei addormentata di nuovo sul divano.» diceva, oppure, «Devi proprio bere tutto quel vino in una sola settimana?» o ancora, «Lo sai vero che l'alcol è un veleno e non dovresti assumerlo tutti i santi giorni.»

Le rispondevo sempre che stavo bene, che era tutto sotto controllo, ma sapeva che non era così. Aveva qualche idea sul perché avessi iniziato a bere, ma era convinta che fosse una crisi immaginaria perché suo padre era un bugiardo molto convincente. Pensava che le mie paranoie fossero dovute al fatto che bevevo e non ha mai creduto a una parola di quello che le dicevo.

D'altro canto nemmeno io ho mai ascoltato nulla di quello che diceva lei. Ero intrappolata nella mia stessa disperazione e nessuno riusciva a stabilire un contatto con me, adesso però Cordelia non vuole nemmeno che le parli e mi chiedo se la mia morte l'avrebbe resa felice. Spero di no. L'amo ancora con tutto il cuore. So che se solo riuscisse a capire le ragioni dietro tutto quello che è accaduto, mi perdonerebbe, ma prima deve permettermi di parlarle così da poterle spiegare.

L'abbraccio trionfante che mi diede il giorno in cui finì gli esami è stato l'ultimo che ho ricevuto da lei, l'ultima volta che ha voluto parlarmi. Aveva diciott'anni. Sei anni senza parlare con un figlio sono tanti. Ogni giorno il mio corpo è tormentato dal desiderio di avere un contatto con lei e non mi ci abituerò mai.

Senza pensarci tiro fuori dal freezer della cucina la bottiglia di vodka.

Svito il tappo e inspiro profondamente, l'odore di medicinale mi penetra nei polmoni, rinvigorendo i sensi. Poi richiudo, avvitando stretto il tappo.

«Vedi.» dico ad alta voce. «Non sono un'alcolizzata.» Faccio di queste parole la mia verità e il mio conforto. Non ero un'alcolizzata. Non sono un'alcolizzata. Sono una persona che è stata spinta verso la bottiglia dall'assoluta disperazione. *Non è forse quello che dice chiunque abbia delle dipendenze?* Sento che chiede il dottor Gordon, ma scaccio via le sue parole. So chi sono.

Soddisfatta di sentirmi pronta per domani, siedo sul divano e mando un messaggio a Cordelia.

Spero che tu abbia avuto una buona giornata, tesoro.

Lei risponde immediatamente.

Devi smetterla di scrivermi.

Penso che aspetti i miei messaggi. Mi odia e non vuole avere nulla a che fare con me, ma sono sua madre e ha bisogno di sapere che sono lì ad aspettare che mi perdoni. Non ha bloccato il mio numero anche se sarebbe stato facile farlo.

Siamo ancora unite, mia figlia e io, e ha bisogno di sapere che io la penso ogni giorno. Credo che la rassicuri e questa povera ragazza ha bisogno di essere un po' rassicurata. Anche la sua vita è cambiata in modo radicale. Dopo l'accaduto, dopo che è finito il processo, l'unica cosa che riusciva a concepire era lasciare il Paese.

È andata a Londra per un periodo, ma ora so che è tornata in Australia, vive a Melbourne, cosa che ho dedotto cercando il nome di un bar immortalato in uno dei suoi post su Instagram. Non so perché abbia deciso di andare là, visto che non ha molti amici a Melbourne, ma forse Sidney rievocava troppi ricordi negativi. So che sta con il suo ragazzo e so anche che non è la persona giusta per lei.

Con me non ha mai condiviso nulla della sua relazione ma la seguo su Instagram, ovviamente con un altro nome, e ho visto il modo in cui lui commenta i suoi post. Mentre gli amici di

Cordelia si complimentano per le foto, lui sembra preferire un sarcasmo irriverente che non mi piace.

Sotto una foto in cui si è ritratta mentre cercava di scegliere tra due vestiti, i suoi amici davano pareri generali, commentando che, in sostanza, sia il vestito verde lungo con motivo floreale, sia quello blu più corto erano splendidi, ma lui invece ha scritto, *Mia cara Cordy, non hai già abbastanza vestiti?* Lei odia essere chiamata Cordy. Ha fatto seguire la frase da una serie di emoji che ridono, come se lei fosse ridicola.

Sotto la foto di lei in piedi davanti al suo nuovo ufficio presso lo studio di design dove lavora, ha commentato, *Non avrei mai pensato che la laurea ti avrebbe aperto qualche strada, baby, ma guardati adesso.*

Ancora una volta aveva fatto seguire la frase dalle sue emoji preferite. Non l'ho mai incontrato. Ma non mi piace.

Ci penso un attimo prima di digitare la risposta per Cordelia. Non è corretto che mi dia la colpa di tutto e una parte di me vuole gridare all'ingiustizia, vuole sottolineare tutto quello che ho subito prima di arrivare alla vendetta. Eppure non servirebbe a nulla. Sto cercando disperatamente di riavere mia figlia nella mia vita e così rispondo nel solito modo.

Sai che non posso farlo. Ti voglio bene e so che sei arrabbiata con me. Lo capisco.

Aspetto così a lungo la risposta che comincio a pensare che la conversazione sia terminata così, ma alla fine un messaggio me lo manda, rancoroso e feroce e pieno di tutto il suo dolore.

Dio santo, ma che problema hai? Hai ucciso mio padre. Dovresti essere in prigione. Ti odio.

Non so bene cosa rispondere, così le mando la risposta standard che le invio da sei anni a questa parte, tutte le volte che tira fuori la questione.

Ti voglio bene e mi spiace che tu stia soffrendo.

Non volevo che morisse. Era il padre di Cordelia e una ragazza ha bisogno di suo padre, anche quando è già adulta.

Credo che non fosse mia intenzione. Volevo solo che avesse lo stesso trattamento che lui aveva riservato a me.

Volevo solo distruggere tutto ciò che amava e in cui credeva, nello stesso modo in cui lui aveva distrutto tutto ciò che amavo e in cui credevo.

È stato un incidente.

Credo.

DIECI

AVA

La prima settimana e mezzo dall'assunzione di Grace passa in un lampo e la nuova assistente è proprio la persona che Ava aveva sperato d trovare.

Grace arriva prima di lei tutti i giorni e tutti i giorni è lì ad aspettare Ava non appena le porte dell'ascensore si aprono.

I formatori si rendono conto subito che possono chiedere aiuto a Grace per tutto ciò che riguarda le cose pratiche, come prenotare gli hotel, e così Ava non è più tempestata di messaggi da parte loro e ha lo spazio e il tempo di concentrarsi su altre cose, cose che spera faranno una buona impressione su Patricia, come ad esempio attirare nuovi clienti.

La vita a casa, invece, è ancora fuori controllo e si ritrova a desiderare di essere in ufficio, dove tutto è pulito e in ordine e Grace non mette in discussione le sue decisioni.

Quando un mattino arriva furiosa e stressata perché Finn aveva promesso che avrebbe lavato la divisa scolastica di Hazel e poi non l'aveva fatto, con la conseguenza che Hazel per il quarto giorno di seguito indossava la stessa divisa, macchie incluse, Ava non può fare a meno di lamentarsi con la sua assistente.

«Non riesco proprio a capire... Gliel'ho chiesto due volte e mi ha pure detto di averlo fatto, mi ha detto che le divise erano pulite.» brontola mentre Grace siede aspettando pazientemente che Ava le dica cosa occorre fare quella mattina.

Grace schiocca la lingua. «Ho lavorato per molte donne che erano anche madri e so che non importa quante ore una passi in ufficio, ci saranno molte altre ore di lavoro quando torna a casa.

Si chiede così tanto alle donne, un tempo dovevamo stare a casa e fare figli, ora però dobbiamo fare figli e lavorare e subire tutta la pressione psicologica della gestione di una famiglia.

È magnifico aver ottenuto l'emancipazione femminile, ma a me sembra che tutto ciò che ha veramente significato per noi è che abbiamo ancora più lavoro da fare. Non ho figli, ma molte delle mie amiche sì e ho visto quanto è difficile. I loro figli sono cresciuti ormai, ma quando erano piccoli... era molto faticoso.»

«Beh, insomma, io volevo dei figli.» dice Ava, sentendosi in colpa per aver parlato male di suo marito. «Penso che Finn sarebbe stato contento anche senza, ma adora le bambine ed è molto bravo con loro, solo non è una persona pratica.»

«E ciò rende tutto più faticoso per te.» incalza Grace e, anche se Ava si detesta per aver detto qualcosa di spiacevole su suo marito, non può negare che faccia piacere parlare con qualcuno che ti capisce. Lamentarsi di Finn con Lucy le è sempre parso sleale ma, in un certo senso, dato che con Grace non è così in confidenza, spingersi un po' oltre nel parlare del suo matrimonio le sembra meno grave.

Dopo poco più di due settimane da quando ha assunto Grace, un giovedì mattina mite, quando le porte dell'ascensore si aprono, Ava sa che Grace sarà lì ad accoglierla. Sa che sulla sua scrivania c'è una tazza di caffè appena fatto e un elenco delle cose più importanti che oggi dovranno passare in rassegna. La settimana scorsa Grace ha proposto che entrambe scrivessero il proprio elenco e poi lo confrontassero la mattina successiva, in modo tale che ogni cosa sia sotto controllo e nulla sfugga. La vita lavorativa di Ava è calma, serena e ordinata come non lo era mai stata prima d'ora. Non è passato molto tempo, ma le sembra che lei e Grace lavorino insieme da anni e anni.

Ha persino avuto il tempo di chiamare due istituti femminili prestigiosi e prendere un appuntamento per far visita alle due presidi, così da proporre il loro programma formativo.

Le porte si aprono e Grace è lì dove Ava si aspetta che sia, le braccia aperte per ricevere la sua borsa del computer.

«Buongiorno.» dice Grace calorosamente. Oggi indossa una gonna grigia attillata con una camicetta color crema. Ava ha iniziato a fare più attenzione ai vestiti che indossa la mattina, quando ne ha il tempo, e questa mattina è trascorsa senza grandi intoppi, perché Finn era sveglio e le aveva detto che sarebbe riuscito a gestire la colazione e a portare le bambine a scuola anche senza di lei.

«Sicuro?» gli aveva chiesto, sorpresa.

Ha alzato le spalle. «So che pensi che io non veda quanto possono essere impegnative queste mattine, ma in realtà lo so. Farò riposare un po' le tele, così per un giorno o due non devo lavorare di notte e la mattina riesco a essere in piedi a dare una mano. Voglio aiutarti, Ava. Non sempre faccio le cose nel modo giusto, ma ci provo. Ci provo a fare le cose per bene...»

Era strano che Finn parlasse in quel modo, così strano che Ava non sapeva cosa rispondere. Il telefono che aveva in tasca si era messo a vibrare. Lui l'aveva tirato fuori e, dopo aver dato un'occhiata, scuotendo la testa l'aveva riposto nella tasca.

«Qualcosa non va?»

«No, figurati.» aveva risposto. «Ora preparati con calma che penso io a tutto.» aveva detto mentre metteva del cibo sano nei contenitori per il pranzo.

Ava gli aveva sorriso e l'aveva premiato con un rapido bacio, euforica per il fatto di riuscire a fare una doccia e vestirsi senza l'ansia di dover tener d'occhio la lancetta dell'orologio. Oggi indossa un abito nero aderente senza maniche, i capelli e il make-up sono curati. Emana professionalità da tutti i pori.

«Giorno, Grace.» risponde.

«Ah, Ava.» esordisce Collin, che aspetta accanto alla scrivania della reception. «Volevo proprio parlarti del tuo appuntamento alla Redwood High.»

«Di che si tratta?» chiede Ava, protendendo il mento in avanti, subito sospettosa e pentendosi immediatamente di aver parlato a Collin dell'incontro con Ms Vale, la preside.

«Volevo dirti che ho incrociato Amber Vale ieri sera a cena. Vive vicino a me ed entrambi abbiamo una predilezione per lo stesso ristorantino italiano. Abbiamo fatto una bella chiacchierata riguardo al programma e ha accettato di fare un tentativo, quindi non c'è bisogno che la incontri.» Il suo sorriso è così arrogante che Ava vorrebbe solo prenderlo a schiaffi.

«Collin...» inizia, incerta su come continuare perché il fuoco della rabbia le sta bruciando dentro.

«Che fortuna che Ava abbia predisposto tutto per te.» interviene Grace.

«Beh... non ha proprio...» inizia Collin.

«Fatalità vuole che Ms Vale abbia appena chiamato lasciando un messaggio per Ava in cui la invita a parlare alla loro giornata delle professioni come esempio di donna che ha forgiato la propria strada verso il successo nel mondo degli affari.»

Collin arrossisce e Ava vuole gioire.

«Beh, penso...» dice lui.

«Che è meglio sia una donna a parlare a una platea di sole ragazze e la penso come te.» dice Ava, ritrovando la voce e reprimendo la rabbia che prova nei confronti di Collin. «Ti auguro una buona giornata, Collin.» dice, voltandosi e seguendo Grace nel proprio ufficio.

Una volta seduta dietro la scrivania con la porta chiusa, chiede, «Ma è vero?»

Anche Grace si siede ed esita un istante. «Quando mi hai chiesto di fare un po' di ricerca, ho visto che settimana prossima ci sarà la giornata delle carriere, era scritto sul loro sito. Posso chiamarli e far presente che sei disponibile a fare un intervento.»

Ava si muove sulla sedia. Non approva le menzogne nella maniera più assoluta, ma sa che Grace voleva solo proteggerla.

«Mi sembra una buona idea. Ma, Grace, è meglio non...»

«Mentire, lo so. Mi scuso ma lui è così...» Grace agita la mano e Ava annuisce. Non c'è bisogno che dicano nulla.

Ava beve un sorso del suo caffè e prende un bel respiro. «Bene, ho visto che hai fatto un elenco, io pure.» dice accendendo il computer per trovare la propria lista. «Vediamo cosa occorre fare subito e poi puoi chiamare la scuola e chiedere se posso andare a fare una chiacchierata con le ragazze. Coinvolgerle è una buona idea e posso anche discutere con Amber Vale del programma.»

Dopo che la lista di incombenze è stata espletata, Grace lascia l'ufficio e Ava apre la casella di posta per vedere se è arrivato qualcosa mentre lei e Grace lavoravano. C'è una mail di Patricia, la CEO.

Ciao Ava,

Tutto sta andando per il meglio nel Regno Unito ed entro questa settimana dovrei poter firmare un contratto di locazione per alcuni uffici. So che tu e Collin siete consapevoli che il mio trasferimento nel Regno Unito implica il dover designare un CEO australiano che supervisioni le operazioni.

Quindi questo è solo un preavviso per comunicarti che prenderò una decisione da qui alle prossime due settimane.

Saluti, Patricia

Ava si sente sprofondare. Sia lei sia Collin sapevano che era nell'aria ma ora che è ufficiale, sembra tutto molto più concreto. È in competizione diretta con Collin per l'incarico dirigenziale.

Con un tempismo perfetto, Collin fa capolino nel suo ufficio. «Hai visto l'email?» chiede.

«L'ho vista.» dice Ava.

«Che vinca il migliore eccetera eccetera.» dice, regalandole un ampio ghigno malizioso.

«O la migliore.» risponde Ava, sorridendo a denti stretti.

«Sì, certo.» dice lui e se ne va, ovviamente contrariato per non aver avuto la reazione sperata.

Ava sospira, lieta che sia quasi ora di pranzo. Ha bisogno di una passeggiata, anche se fuori c'è un caldo torrido.

Grace non è alla scrivania. La trova nella cucina intenta a prepararsi una tazza di tè. «Vado a fare una passeggiata.» dice.

«Ok.» risponde Grace dando un'occhiata in corridoio per vedere se c'è qualcuno in arrivo. «Collin è sposato?» chiede.

«Lo è.» dice Ava. «Perché?» Grace però non risponde.

Se Grace si è presa una cotta per Collin, non va bene.

L'ambiente di lavoro non è un posto per le relazioni sentimentali.

Se Grace ha veramente una cotta per lui, il rendimento nel lavoro che svolge per Ava potrebbe risentirne. «È sposato da vent'anni.» dice Ava e Grace annuisce.

«Pranzerai fuori?» chiede Grace.

«Può essere. Posso chiederti perché ti interessa sapere di Collin?»

Grace la fissa e Ava vorrebbe essersi presa il tempo di formulare la domanda con maggior tatto.

«Nessun motivo.» risponde Grace con un sorriso.

Ava vorrebbe insistere, perché deve pur esserci un motivo per cui ha fatto quella domanda, ma sa che non può. Grace e Collin hanno più o meno la stessa età. È possibile che provi interesse per lui.

«È sposato.» ripete Ava, sperando che Grace capisca quello che intende dire, perché a Collin importa poco di avere moglie e figli e Ava lo sa fin troppo bene.

UNDICI

GRACE

«Capisco.» rispondo e Ava mi fissa per un attimo e poi annuisce e se ne va. Sono contenta di stare da sola per un po'.

Sorseggio il mio tè e rimugino su ciò che so di Collin. È un uomo molto attraente. È da un po' che faccio caso agli uomini e nemmeno ci penso.

Forse sono troppo giovane per rimanere sola per sempre, ma non riesco a figurarmi di nuovo insieme a qualcuno.

Credo sia meglio se rimango single, almeno finché non porto a termine ciò che devo fare.

Melody irrompe in cucina, oltrepassandomi senza dire una parola per aprire il frigo e prendere uno yoghurt.

Tira via la pellicola e prende un cucchiaino, mentre mangia rimane appoggiata al ripiano.

Do una rapida occhiata in giro per essere sicura di non aver lasciato in disordine e poi mi avvio verso la porta della cucina.

«È carino Collin, vero?» dice Melody. So che si sta rivolgendo a me perché non c'è nessun altro.

«Immagino di sì.» dico.

«Ho visto come lo guardi.» sorride compiaciuta.

Non sono che tipo di risposta si aspetti, così mi limito a guardarla mentre si riempie la bocca di yoghurt.

«Sei sposata?» chiede.

«No.» rispondo.

«Dev'essere difficile essere single alla tua età.» dice, mischiando lo yoghurt.

«Non è così male.» dico. «Ognuno ha le sue esigenze.»

«Questo è sicuro, se avessi la tua età e fossi single, non so come farei.»

«Beh...» esordisco.

«Eppure mi sembra che tu te la passi bene, hai un gatto o simili? Se fossi single alla tua età di sicuro avrei un gatto. Collin ti trova carina.»

«Oh.» dico.

«Per esser una signora di una certa età lo sei, attraente intendo. E... hai uno di quei volti che mi sembra aver già visto da qualche parte.» Mi studia mentre lecca lentamente il cucchiaino.

«Beh,» dico, «di sicuro non hai mai visto la mia faccia prima d'ora.» Sento il cuore accelerare mentre mi osserva.

«Chissà.» dice lei, ma non rispondo.

Mi volto e lascio la cucina per tornare alla mia scrivania.

«Se avessi la tua età e fossi single, mi prenderei un gatto.» ripete ridendo, ma la ignoro.

Lei e Collin hanno una storia? È gelosa perché Collin le ha detto che sono carina?

È così insicura che mi verrebbe da riderle in faccia, ma so meglio di chiunque altro che gli uomini tradiscono senza nemmeno pensarci. Per un momento provo compassione per la moglie di Collin, una donna che potrebbe sapere, oppure no, di essere sposata con qualcuno che sembra flirtare con la receptionist e forse si spinge anche più in là.

Mi chiedo se sospetti qualcosa e, se sì, che cosa abbia intenzione di fare.

Accendo il computer e scaccio via Melody dai miei pensieri. Sono sicura che Collin e sua moglie siano perfettamente felici.

Ma poi penso che lo eravamo anche io e mio marito, fino a quell'orribile giorno.

DODICI

AVA

Ava esce dall'edificio e, una volta fuori, respira a fondo l'aria bollente. Il calore la colpisce in faccia e si pente subito di aver lasciato il suo ufficio fresco, così ripiega rapidamente in una caffetteria dove l'aria condizionata è al massimo. Ordina un caffè e un sandwich e si accomoda a un tavolo in disparte, accendendo il telefono e concedendosi per qualche istante di scrollare distrattamente animaletti carini e video per bambini.

Quindici minuti dopo ha finito il suo sandwich con insalata di avocado e si sente in grado di affrontare il resto della giornata. Passare un po' di tempo fuori dall'ufficio è sempre d'aiuto.

Si accorge che il tovagliolo di carta che aveva in grembo è caduto, quindi si piega per raccoglierlo. Quando ritorna seduta, la porta della caffetteria si apre e Collin entra insieme a Melody, la mano poggiata sulla schiena come a guidarla verso un posto a sedere.

Li osserva mentre si sporgono l'uno verso l'altra, a separarli solo il tavolino del bar, sussurrano. Si alza con l'intenzione di andarsene, facendosi vedere e salutandoli prima di uscire dalla caffetteria. Mentre si avvicina al tavolo, però, una donna con in braccio un bambino urlante intralcia la sua visuale e in mezzo alle parole «Voglio gelato, voglio gelato.» sente Melody parlare.

«Non so se è la cosa giusta da fare.» dice la giovane donna e mentre Ava supera il tavolino, Collin risponde, «Fidati, è l'unico modo per ottenere ciò che vogliamo.»

Con il cuore che le batte all'impazzata, si ritrova fuori dalla porta, sulla strada, camminando nel caldo soffocante in direzione dell'ufficio. Di cosa stavano parlando quei due? Che cosa vogliono? Stare insieme? Vanno a letto insieme? È possibile. Certo che è possibile, anche se Melody ha la metà dei suoi anni ed è un grosso problema se vanno a letto insieme per via dello squilibrio di potere tra i due. Melody di sicuro sa che è sbagliato, ma Collin trascorre una quantità di tempo inaudito a parlarle, appollaiato sulla sua scrivania. Proprio come aveva fatto con Ava quando lei aveva iniziato a lavorare per l'azienda. Si ricorda com'era godere delle sue attenzioni. Quei suoi occhi azzurri hanno qualcosa di magnetico e Ava ricorda bene con quanta cura si vestiva ogni mattina, controllando la propria immagine riflessa allo specchio della sua stanzetta nell'appartamento condiviso con sua madre, cercando di immaginare che cosa avrebbe pensato Collin del suo aspetto.

«Ti metti proprio in ghingheri per questo lavoro da receptionist.» ricorda che le disse sua madre Pam una mattina.

«Si dice che bisogna vestirsi per il lavoro che si vuole, non per quello che si ha,» le rispondeva Ava «e io voglio arrivare a gestire l'intera azienda un giorno.»

«Oh, Ava tesoro, lo so che ne hai le capacità, ma non ti devi dimenticare delle cose che rendono la vita degna di essere vissuta. Un marito e dei figli sono ciò che dovresti volere più di tutto.»

«Ma se non desiderassi solo quello, mamma? Non voglio essere solo una moglie e una madre, voglio di più dalla mia vita.»

Per un attimo sua madre le era apparsa così sconvolta che Ava si era subito sentita in colpa per averlo detto. «Per me, era tutto ciò che contava.» aveva detto sua madre. Ava era cresciuta sapendo che sua madre desiderava ardentemente avere altri figli, ma non accadde mai, così, come da manuale, i suoi genitori si erano separati quando lei aveva undici anni.

Sua madre è rimasta single da allora.

Dieci anni fa, seduta dietro la scrivania della reception, Ava rispondeva alle chiamate e indirizzava gli avventori verso le persone giuste, ma è consapevole che una parte di lei era sempre in allerta, pronta a rilevare la presenza di Collin, sempre in attesa che passasse di lì.

Mentre entra nell'edificio, le viene in mente una festa di Natale di dieci anni fa. Una serata in cui si godeva le gioie dell'alcol senza limiti. Non aveva ancora incontrato Finn ed era molto ubriaca.

Allora la Barkley Education and Training era un'azienda molto più piccola, con la metà dei dipendenti che ha ora.

Ava lavorava alla reception da pochi mesi e non vedeva l'ora di dimostrare che la sua laurea in economia valeva più di questo. Era Patricia ad averla assunta, ma a malapena le lanciava un'occhiata, mentre entrava e usciva dalla sede. L'unica persona amichevole era Collin. Si fermava a chiacchierare tutte le mattine, scambiavano giusto qualche parola e una volta le aveva persino offerto il caffè.

L'edificio dove l'azienda aveva sede necessitava di una bella riqualificazione, ma aveva un'enorme terrazza sul tetto con una vista che dava sul porto. La festa di Natale era in pieno fermento e Ava era al suo quinto cocktail quando Collin l'aveva avvicinata.

Dieci anni fa Ava era bionda e snella, i suoi grandi occhi azzurri venivano notati da qualunque uomo incontrasse. I capelli erano sciolti lungo la schiena e in occasione della festa aveva indossato un vestito da cocktail nero scintillante e attillato che era un tantino troppo corto per un evento aziendale.

«Davvero incantevole.» aveva esclamato Collin, offrendole

uno dei suoi bei sorrisi. Era stata attratta da Collin sin dal primo momento, ma sapeva che era sposato. A dire il vero sua moglie era proprio lì intenta a parlare con Patricia dall'altra parte della terrazza.

«Grazie,» disse Ava, inchinandosi con una risatina.

«Abbiamo preparato alcuni omaggi per lo staff.» disse. «Verresti giù ad aiutarmi a recuperarli?»

«Oh, regali, evviva.» rise Ava, sentendosi piacevolmente stordita mentre seguiva Collin verso l'ascensore che li avrebbe portati all'ufficio del piano terra.

Le stava accanto e lei riusciva a sentire l'odore di whisky a ogni suo respiro e la fragranza terrosa del dopobarba. «Sai che sei una delle donne più belle qui.» le sussurrò.

«E tu sei...» iniziò a dire, ma poi lui si avvicinò e la baciò e chissà come sembrò a entrambi una buona idea continuare a baciarsi nel suo ufficio. Aveva un grande divano là dentro, grande abbastanza da potercisi sdraiare in due.

Una volta finito tutto, Collin si era riaggiustato i pantaloni e aveva sistemato la camicia. «Credo sia meglio se non ne parliamo con nessuno, le feste di Natale diventano sempre un po'...» Non finì il pensiero, ma Ava aveva capito esattamente cosa intendeva.

«Certo.» concordò. «Ho solo bisogno di andare un secondo in bagno e poi recuperiamo gli omaggi.»

«Oh, in realtà forse sono già su. Ci vediamo in terrazza.», disse e si defilò dalla porta.

Ava aveva capito subito di essere stata usata. Nel bagno si lavò le mani e sistemò i capelli, ma si rifiutò di incontrare il suo stesso sguardo allo specchio. Si vergognava della sua stupidità.

Non riuscì a guardare in faccia nessuno quando tornò alla terrazza ma, mentre Patricia augurava a tutti un felice Natale, non poté esimersi dal dare un'occhiata in giro e si accorse che la moglie di Collin la stava fissando.

All'inizio Ava distolse lo sguardo, la vergogna si acuiva

mentre pensava a quello che avrebbe detto sua madre se avesse saputo che era andata a letto con il suo capo. Si preoccupò per qualche istante che la potessero licenziare, ma poi si rese conto che Collin non avrebbe mai condiviso con nessuno quanto accaduto.

Era sposato e Ava era single. Era il suo capo. Avrebbe messo a tacere l'intera faccenda.

Quando si tornò al lavoro dopo Capodanno, Collin non le parlava più, se non per impartirle delle istruzioni, e Ava si sentiva investita da un'ondata di vergogna ogni volta che lo vedeva.

Forse oggi l'avrebbe denunciato per quello che aveva fatto e per il modo in cui l'aveva trattata in seguito, ma lei era stata più che consenziente.

Collin non si era più appollaiato sulla sua scrivania ma, in un certo senso, ciò giocò a favore di Ava. Iniziò a concentrarsi sul lavoro, a fare ricerche che pensava avrebbero potuto essere d'aiuto all'azienda e a mostrarle a Patricia, cosa che le permise di ottenere una prima promozione. Si pente del flirt con Collin, ma non di ciò che ne è risultato.

Mentre è in ascensore per fare ritorno al suo ufficio, Ava pensa a come Collin tratta Melody. Avranno già fatto sesso? Melody è entrata in azienda da quasi un anno. Avranno avuto più di un unico incontro?

Se Collin e Melody hanno una storia, occorre che Patricia lo sappia.

Grace è seduta alla sua scrivania, fuori dall'ufficio di Ava, lo sguardo fisso sullo schermo del computer dove sono elencati i nomi dei formatori. «Grace, potresti per favore chiamarmi al telefono la preside Adams?» chiede Ava, consapevole che deve andare avanti con il lavoro. Grace annuisce, cercando subito il numero della preside.

Una volta in ufficio, Ava si siede alla scrivania e rimugina sul problema, poi si rende conto che questo è proprio il genere di cose che le potrebbe far scavalcare Collin in vista della promozione. Non fa certo una bella figura e di sicuro Patricia non vorrebbe mai compromettere la reputazione dell'azienda.

Sarebbe magnifico avere Collin alle sue dipendenze o, ancora meglio, liberarsene così da non dover più fare i conti con l'unico stupido errore commesso dieci anni fa.

Si sente come se le avessero dato in mano una bomba e l'unica domanda da porsi ora è se lei sia in grado di usarla per ottenere ciò che vuole. Si tratta poi davvero di una bomba o sta ingigantendo qualcosa che in realtà è solo un rapporto amichevole?

Di che cosa stavano parlando Melody e Collin? Che cosa si stanno preparando a usare per ottenere quello che vogliono e quello che vogliono è che Ava non riesca a diventare CEO?

«Ho in linea la preside Adams di Edgeworth High.» dice Grace all'interfono, interrompendo la spirale di pensieri di Ava.

«Grazie.» risponde lei e alza la cornetta, preme il numero corretto e saluta la preside. Deve procedere con cautela.

Il sesso è un terreno minato all'interno dell'ambiente lavorativo e non vorrebbe fare l'errore di camminarci sopra. Accusare qualcuno di avere una relazione sconveniente senza avere le prove potrebbe benissimo far saltare la carriera di Ava, anziché quella di Collin.

«Preside Adams,» dice, «grazie di aver risposto.»

Si concentra sulla chiamata, lasciando a un altro momento il problema di Collin e Melody. Quando Patricia dovrà prendere una decisione, Ava vuole che sia il suo lavoro a parlare per lei. Spera solo che sia abbastanza.

Alla fine della giornata Grace e Ava sistemano l'ufficio, in modo che sia tutto pronto per il mattino successivo.

«C'è qualcosa che posso fare stasera per domani?» chiede Grace.

«No, grazie,» sorride Ava, «è già abbastanza il lavoro che fai durante il giorno.»

«Sono contenta che tu sia soddisfatta,» dice Grace, poi il suo telefono vibra nella tasca, lo estrae e guarda lo schermo «Dannazione.» mormora piano.

«Che succede?» chiede Ava, senza pensare che Grace potrebbe risentirsi della domanda.

«La settimana prossima nel mio condominio è in programma una disinfestazione per eliminare le termiti.

Io non ne ho mai trovata una, ma quelli che vivono sotto di me sì. Pensavo che dovesse semplicemente venire qualcuno a spruzzare il prodotto, ma in realtà sembra che debbano isolare l'intero edificio e utilizzare un veleno molto potente. Devo trovare un posto dove stare per cinque giorni.»

«Oh, che seccatura.» dice Ava.

«Già, ma c'è poco da fare. Devo solo prenotare un hotel.»

Magari riesco a trovare qualcosa vicino agli uffici, anche se di solito sono parecchio costosi in questa zona.»

«Eh sì, siamo vicini al centro.» concorda Ava.

«Troverò qualcosa.» dice Grace scrollando le spalle.

Mettono a posto l'ufficio in silenzio, prendono le borse e si dirigono verso l'ascensore, intanto nella testa di Ava frulla un'idea. Finn si arrabbierà, e quindi? Dopotutto è lei a pagare il mutuo.

Scendono insieme in ascensore. Grace si ferma al primo piano per andare verso la stazione della metro, l'auto di Ava invece è parcheggiata sotto l'edificio.

«Ci vediamo domani.» dice Grace, mentre le porte si aprono sul primo piano.

«Uhm, Grace.» dice Ava, sporgendo la testa e impedendo la chiusura delle porte.

«Sì?»

«Ho una stanza. Cioè, si tratta di un piccolo appartamento sopra il mio garage, ha un'entrata autonoma e tutto il resto. È perfetto per una persona. Avevamo un inquilino, ma è andato via quattro mesi fa e Finn dovrebbe trovarne un altro ma... beh, sarei felice che lo prendessi tu per il tempo che ti è necessario. È ammobiliato e tutto ed è completamente separato...», si interrompe, rendendosi conto che sta balbettando.

«Sarebbe stupendo,» dice Grace «grazie mille, ma sei sicura? Ti dovrei pagare un affitto.»

«Non è necessario. È solo per cinque giorni.» Ava sorride, lieta di poter far qualcosa di carino per Grace.

«È molto gentile da parte tua.»

«Ottimo, ne riparliamo domani.» dice Ava, lasciando che le porte si chiudano.

Grace annuisce e saluta.

Una volta in auto, Ava si ritrova di nuovo a rimuginare su ciò che ha sentito del colloquio tra Melody e Collin. Vanno a letto insieme? Sussulta, respingendo l'idea di loro due insieme e poi accende la radio per distrarsi mentre ricorda, ancora una volta, il suo incontro con Collin. Nonostante le preoccupazioni per quello che ha carpito dalla conversazione, si tranquillizza dicendosi che la giornata è stata molto produttiva. Era parecchio tempo che non le sembrava di avere le cose sotto controllo come ora.

Ha trovato davvero l'assistente perfetta e le sembra che Grace possa essere un'amica, oltre che una collega.

Non vede l'ora di conoscerla meglio.

TREDICI

Cara bambina mia,

i bambini cresciuti nel modo in cui sono stata cresciuta io possono finire in due modi, credo.

Possono diventare la copia dei loro genitori o essere radicalmente l'opposto. Non occorre una laurea per sapere quale direzione ho preso io.

Quando iniziai le scuole superiori, mi resi ancora più conto di quanto fosse limitata la mia vita. Di solito a pranzo sedevo da sola e guardavo le altre ragazze chiacchierare e ridere e invidiavo la loro leggerezza e la loro libertà. Il risentimento nei confronti dei miei genitori cominciò a palesarsi nel modo più tipico. Andavo comunque bene a scuola, consapevole che l'istruzione sarebbe stata la mia unica via d'uscita, perché mi avrebbe consentito di andarmene dalla casa dei miei genitori, ma iniziai a rispondere male, a nascondere dentro casa i dolcetti che compravo con i soldi che mi dava mia nonna, a rifiutare di andare a messa la domenica.

«Cosa significa che non vieni?» mi chiese mia madre

quando le dissi per la prima volta che non sarei più andata a messa la domenica.

«Esattamente quello; Ho quattordici anni e non voglio più andarci. Vai tu.»

«Ti alzi da quel letto e ti vesti, signorina,» ringhiò, «o ci saranno delle conseguenze.»

«Che conseguenze? Mi chiudi nella mia camera? D'accordo, ci sono abituata. Non mi dai più da mangiare? Sono abituata anche a quello. Non mi farai uscire con gli amici? Non c'è problema, non ne ho perché tutti pensano che sia strana e sono strana perché voi siete strani.»

Mia madre fece tre passi verso di me, digrignava i denti e il volto era rosso di rabbia, mi diede uno schiaffo in faccia. «Non hai nemmeno idea di quello a cui ho rinunciato per metterti al mondo e me ne pento ogni dannato giorno.» sibilò. Ero abituata a parole tanto crudeli, ma non mi aveva mai colpita prima di allora. Sentivo gli occhi incendiarsi di lacrime ma le scacciai via e la guardai, un sentimento mai provato prima affiorava in me. Mi ci volle un istante per capire cosa fosse. Era una sensazione di trionfo. L'avevo battuta. Le avevo fatto perdere il controllo e ciò che odiava di più al mondo era perdere il controllo. Era il motivo per cui non beveva e non mangiava nulla di dolce. Il motivo per cui faceva attività fisica tutti i giorni e mi teneva al guinzaglio.

Sapeva cosa accadeva quando perdeva il controllo, perché la prova concreta era lì davanti a lei e la fissava negli occhi, con la guancia color porpora. E se avesse perso il controllo, avrebbe perso tutto ciò che era importante per lei.

Continuammo a fissarci, mia madre e io, poi si voltò e uscì dalla stanza, chiudendo la porta e girando la chiave dall'esterno. Non mi importava. Per quanto mi riguardava, avevo vinto io.

Quello è stato solo l'inizio. Mia madre non mi colpì mai

più, ma continuavo a comportarmi in modo tale da spingerla a farlo. Tagliai i miei lunghi capelli in un caschetto altezza spalle, come andava tra le ragazze del mio anno.

Iniziai a rimanere fuori casa dopo la scuola, gironzolavo con altri studenti sperando di essere invitata a unirmi a qualche gruppo. Intrapresi un corso di teatro e iniziai a truccarmi per andare a scuola, tutti i trucchi erano vecchi e regalati da mia nonna. Cercavo di andare a casa sua non appena ne avevo l'occasione. Non mi ha mai mandata via pur sapendo quanto si sarebbe arrabbiata mia madre. Al contrario, mi dava cibo e affetto, oltre che i soldi per comprarmi vestiti nuovi. «Mi raccomando, non lo dire al papà e alla mamma.» diceva, mettendomi dieci dollari in mano e accettando un abbraccio come ringraziamento.

A scuola rimasi quella strana, ma a poco a poco diventai accettabile, anche se avevo dei buoni voti.

Se mia nonna non fosse morta, sarei probabilmente andata a vivere con lei, avrei fatto l'università e avuto una vita normale.

Quando avevo quindici anni, però, tornai a casa da scuola un giorno e trovai entrambi i miei genitori seduti in salotto. Mi aspettavo di dover ascoltare un'altra predica, visto che in quel periodo ne ricevevo una al giorno da mia madre o da mio padre. Vederli insieme però era inusuale.

«Siediti, ci sono delle novità,» disse mia madre, indicando una poltroncina in stoffa di un verde sgargiante. Sembrava... felice. Le guance erano rosee per l'eccitazione e gli occhi scintillavano. Per contro mio padre guardava in basso. Avrei dovuto rendermi conto che era strano che fosse a casa così presto, ma il pensiero non mi aveva nemmeno sfiorata.

«Tua nonna ha avuto un infarto.» disse mia madre.

«Oh no!» ansimai e gli occhi mi si riempirono subito di lacrime. «È in ospedale, sta bene? Possiamo andare a trovarla?»

«È morta.» disse mia madre, sputando fuori la parola con trionfante crudeltà.

«No,» dissi «non può essere.»

«Lo è. A breve ci sarà il funerale. Spero che ti comporterai nel modo opportuno.» disse mio padre, alzandosi e lasciando la stanza.

«Forse ti converrebbe riconsiderare il tuo comportamento, ora che lei non c'è più.» disse mia madre.

Nessun abbraccio consolatorio nella mia famiglia.

Balzai giù dalla poltroncina e corsi in camera mia, mi gettai sul letto e mi abbandonai alla forza dirompente delle mie lacrime di dolore. Ero devastata.

Il funerale si tenne presso la chiesa del quartiere, che era gremita di persone che la conoscevano. Amici della zona dove viveva sedevano accanto al gruppo di donne con cui giocava a bocce e vicino al personale dell'ospizio dove andava a fare volontariato. Il prete parlò di quanto si era impegnata ad aiutare tutti quelli che conosceva, quanto era gentile e disponibile, poi mio padre si alzò e lesse alcuni fatti che la riguardavano, il volto impassibile, senza traccia di emozione. Avrei voluto parlare anche io, ma i miei genitori me lo impedirono, e io ero talmente devastata dalla sua morte che mi limitai ad accettare la decisione. Mi sentivo schiacciata dal dolore, consapevole che avevo perso l'unica persona che mi avesse mai voluto bene per davvero. Non sapevo come avrei fatto a sopravvivere senza di lei.

Durante la sepoltura, mentre la bara veniva deposta sotto terra, mia madre mi sussurrò «È stato lo stress a ucciderla, era sempre così preoccupata per te.»

«Non è vero.» dissi ad alta voce, facendo voltare tutti verso di noi.

«L'hai fatta diventare matta.» disse mio padre, in un tono di voce che riuscivo a sentire solo io.

«*Questo è ciò che accade quando disobbedisci, quando non ti comporti a modo.*» disse mia madre.

Sentii questa consapevolezza imprimersi dentro di me, capii che era la verità e incolpai me stessa per la sua morte, proprio come volevano loro.

Avevo perso il controllo, disobbedito ai miei genitori e l'avevo pagata con la morte dell'unica persona che avessi mai veramente amato. Mia madre aveva fatto la stessa cosa e aveva perso suo padre, la sua famiglia e il suo posto nella società. Penso che gioisse della mia perdita.

Dopo il lutto mi chiusi in me stessa, tornai a fare tutto quello che mi veniva detto, parlavo poco, mangiavo ancora meno, andavo a scuola e tornavo a casa. Non avevo niente e nessuno.

Mentre sedevo in chiesa una domenica, curva su me stessa, mia madre mi diede un colpetto sulla schiena. «*Stai seduta dritta,*» sussurrò feroce e tirai indietro le spalle, mentre una bambina seduta nel banco davanti al mio rideva. Sua madre le sfiorò la testa delicatamente dicendole con un sorriso indulgente «*Tesoro, fai silenzio*».

Non ero mai stata trattata con quell'amorevolezza, non lo sarei mai stata e in quel momento mi domandai se non sarebbe stato meglio se non fossi mai nata.

È terribile per un bambino crescere senza quell' amore.

Questo mi aveva portato a dubitare in continuazione di me stessa e del mio posto nel mondo. Loro non mi avrebbero mai amata, a prescindere da ciò che avrei potuto dire o fare.

Una notte mi svegliai in preda all'angoscia, avevo avuto un incubo in cui mi ero persa in una foresta, tutto intorno a me alberi fitti pieni di radici nodose, foglie scure che si protendevano verso il basso fino a sfiorarmi. Chiamavo mia nonna, anche se sapevo che non sarebbe venuta. Mi sono svegliata con il cuore che batteva all'impazzata e mentre facevo dei respiri profondi per calmarmi, mi resi conto che dovevo fare qualcosa per salvarmi. Nessuno sarebbe arrivato a liberarmi o ad aiutarmi o ad amarmi. Avrei dovuto amarmi abbastanza da riuscire ad andarmene di casa, a crearmi una vita da sola. Non avrei mai potuto prevedere come sarebbero andate le cose, ma è così che funziona il mondo, bambina mia. Pensi di avere un progetto e una direzione da seguire, ma tutto cambia in un attimo.

QUATTORDICI

GRACE

È domenica mattina e il sole filtra attraverso la porta scorrevole in vetro che dà sul balconcino del mio appartamento. Ho una sedia lì fuori, ma non è proprio un posto piacevole dove sedersi.

La vista è su un altro edificio vecchio e, a lato, c'è un vicolo dove i condomini tengono i bidoni della spazzatura. Oggi mi trasferirò nell'appartamento sopra il garage a casa di Ava e non vedo l'ora di immergermi tra i vecchi alberi imponenti e l'erba rigogliosa del suo quartiere.

È stato molto più facile di quanto mi aspettassi.

Sapevo che c'era questo appartamento sopra il garage. Il giorno prima del colloquio, ero passata in auto vicino alla casa e avevo visto un minuscolo cartello sulla finestra dell'appartamentino. L'ho cercato online, ma non l'ho trovato tra quelli in affitto. Forse Ava e Finn speravano che qualcuno vedesse il cartello e provasse a informarsi?

Se non me l'avesse proposto, le avrei detto che un amico mi aveva trovato un posto dove stare. Il condominio dove ho preso in affitto un appartamento sei mesi fa è vecchio, con i mattoni rossi e gli infissi delle finestre in legno. Non c'è nessun problema con le termiti. Se Ava chiedesse, sarei in grado di spiegare nei dettagli il processo di isolamento di un intero edificio in funzione del trattamento anti-termiti. Ho fatto delle ricerche approfondite.

Non ci è voluto molto a preparare una valigia e una borsa da portare a casa di Ava. Le ho detto che sarei arrivata nel pomeriggio. Devo ammettere che uno dei lati peggiori della mia situazione attuale è la noia durante le lunghe giornate del fine settimana, in cui non ho nulla da fare.

Durante i mesi che hanno preceduto il mio soggiorno in clinica dormivo fino a tardi nel week end, mi svegliavo sempre con un forte mal di testa e passavo il resto della giornata intontita cercando di arrivare a sera.

Cordelia aveva diciotto anni ed era via con gli amici per la maggior parte del tempo, a studiare o a far festa, l'una o l'altra cosa. La casa mi pareva fredda senza di lei, anche nelle giornate estive più calde. Ma non la biasimo per aver passato la maggior parte del tempo fuori. Biasimo le persone che sono responsabili del mio alcolismo, della mia disperazione, della mia rovina.

Prendo uno straccio e lo passo sui ripiani dell'appartamento, lasciando che i ricordi mi travolgano, lasciando che il giorno peggiore della mia vita riaffiori. Colpiscono forte, facendo tremare le ginocchia e risalire la bile in gola.

Prendo la vodka dal freezer, svito il tappo e inspiro profondamente, poi mi accascio sul pavimento della piccola cucina.

Puoi anche seppellire un ricordo nel posto più profondo della tua psiche, ma non starà mai fermo lì. Senza preavviso, salirà attraversando il sudiciume del subconscio per sfidarti e, dopo il periodo in clinica, so che è meglio lasciare che accada, lasciare che arrivi e affrontare la cosa. Cercare di fermarlo è ciò che mi ha fatto ricorrere all'alcol. Non posso più permetterlo.

Sono nel mio vecchio ufficio, il mio bell'ufficio con vista sulla città e con Tamara, la mia assistente che risolveva tutti i problemi che nascevano ogni giorno nei miei cinquanta centri estetici.

«Ok, questa è fatta.» Mi ricordo che le dissi dopo che avevamo risolto un guasto nel sistema informatico che impediva ai clienti di prenotare online. Guardai l'orologio. «Sono le quattro passate,» dissi. «Ho bisogno di un caffè, cosa dici?»

«Assolutamente sì.» concordò, regalandomi uno dei suoi sorrisi con le fossette. «Vado.»

«Non usare la cucina, vai da basso alla caffetteria. Penso che ci meritiamo anche un dolcetto – portami un biscotto alle mandorle,» dissi, passandole la carta di credito aziendale e lei sorrise prodigandosi in un saluto militare.

«Ottima idea, capo.» disse e poi lasciò l'ufficio.

Con i miei uffici occupavo un piano di un piccolo edificio in centro. Era nuovo, di cemento liscio e vetro leggermente colorato. L'affitto era stratosferico, ma potevo permettermelo senza problemi. Nel mio ufficio regnavano la calma e l'ordine, avevo una scrivania in legno sbiancato, un divano di pelle bianca su un soffice tappeto grigio. Delle piccole placche in bronzo, una per ciascuno dei cinquanta dei centri estetici, erano allineate sul muro e quando lavoravo fino a tardi ed ero preoccupata del tempo passato fuori casa, facevo scorrere con delicatezza le dita sulle scritte che vi erano incise sopra – Wax to the Max Bondi, Wax to the Max Sydenham, Wax to the Max St Ives – meravigliandomi ogni volta di quello che ero riuscita a fare.

Tamara lavorava per me da due anni. Veniva a cena da me e mi accompagnava alle fiere di bellezza oltreoceano, dove andavamo a cercare prodotti nuovi per i miei centri.

Aveva iniziato a lavorare per me subito dopo l'università, impaziente di mettere a frutto la sua laurea in marketing. Era graziosa, non bella ma graziosa, capelli biondi, sorriso con le fossette e la freschezza della gioventù sulla pelle.

Sono passati diversi anni da allora. È ancora graziosa, ma il candore della giovinezza se n'è andato.

La sto tenendo d'occhio, come faccio con molte altre persone. La vedo su Instagram, leggo i suoi post.

Spesso penso a tutte le persone con cui ho lavorato. Ne sto osservando alcune, ma non tutte. Mi chiedo che cosa dicono quando parlano di me o forse non parlano mai di me. Quando accadde, la mia storia diventò un racconto ammonitore che veniva narrato nei pub e nei ristoranti. Ma sono certa che sia scomparso dalla memoria collettiva ormai.

Annuso di nuovo la vodka, lasciando che il ricordo mi ferisca ancora una volta. Quando quel giorno Tamara uscì dall'ufficio, mi sedetti sulla mia sedia e chiusi gli occhi, pregustando il ricco sapore del cioccolato fondente mescolato con i cornflakes e la frutta secca. Ero stanca, ma di quella stanchezza esaltante, perché avevamo risolto un problema che ci stava tormentando da settimane. Non avevo idea che, in una manciata di minuti, l'esaltazione sarebbe scomparsa, perché mi sarei resa conto che la mia vita intera era una farsa.

Si è trattato di un semplice errore. Incredibile come spesso sia così nella vita – qualcosa di piccolo può portare a qualcosa di enorme, lo sbattere d'ali di una farfalla si trasforma in uno tsunami.

Mi rivedo come ero quel giorno. Indossavo un vestito blu marino con una giacchetta coordinata, il tutto abbinato a un paio di tacchi a spillo neri. I capelli raccolti in uno chignon, senza nessuna ciocca fuori posto, uno stile su cui avevo lavorato molto, al punto che ora mi riusciva perfettamente e in poco tempo.

Guardo indietro e non riesco a credere che allora non ebbi alcun sentore, alcuna avvisaglia di quello che sarebbe successo a breve alla mia vita. Non avevo idea che non avrei più avuto un aspetto così impeccabile, così professionale senza sforzo, come quel giorno.

Il telefono sulla scrivania emise il suono di un messaggio e guardai lo schermo. Uno scherzo del destino, una coincidenza, un piccolo errore e la mia intera vita cambiò per sempre.

Tamara e io avevamo delle custodie del telefono simili, quasi identiche, e quello fu l'inizio del battito d'ali, *flap, flap.*

Non ci pensai, presi semplicemente il telefono pensando fosse il mio e lessi il messaggio. *Flap, flap* fecero le ali della farfalla e si scatenò l'onda che travolse la mia vita.

In cucina, chino la testa ancora una volta sulla vodka, annuso e poi sfioro il bordo con le labbra. Non bevo, però. Non sono un'alcolista. Non bevo, ma lascio che ritorni il ricordo del messaggio che vidi sul telefono e che seppi all'istante non essere il mio.

Ehi raggio di sole, non vedo l'ora di vederti xx

Il mittente era salvato con un nome improbabile, "la luna e le stelle", vomitevole e stupido, ancor più perché sapevo esattamente di chi si trattava. Non potevo sbloccare il telefono quindi non avevo modo di verificare il numero, ma non importava perché avevo già la certezza.

Per qualsiasi altra persona sarebbe stato solo il messaggio di un uomo che Tamara stava frequentando, solo un messaggio dolce, ma sapevo chi era da subito e senza dubbi.

Perché ero io il suo raggio di sole, prima che gli affari andassero così bene, prima che nascesse Cordelia, prima che iniziasse a prendermi in giro per quello che facevo del mio tempo, anziché supportarmi. Io ero il suo raggio di sole.

Ci eravamo incontrati in un giorno freddissimo, all'università. Le nuvole grigie in cielo facevano sembrare le due del pomeriggio le sette di sera mentre andavo a lezione di statistica. Avevo freddo ed ero nervosa e crollai sulla prima sedia disponibile, poi guardai chi mi sedeva accanto e incrociai lo sguardo di un ragazzo dagli occhi marroni e i capelli castani, e sorrisi.

«Ecco un raggio di sole» disse, sorridendomi. Da allora in avanti fui il suo raggio di sole e pensavo che lo sarei stata per sempre. Non era tutto perfetto, ma nessun matrimonio lo è.

Ehi raggio di sole, non vedo l'ora di vederti xx

Fissai le parole, il rumore del telefono di qualche altro ufficio che continuava a squillare era scomparso.

Poteva essere una coincidenza, ovvio. Non è proprio un nomignolo originale per la persona amata. Mentre sedevo alla scrivania con il suo telefono in mano, speravo e pregavo che lo fosse. Non solo perché altrimenti avrebbe voluto dire che mio marito mi stava tradendo, ma anche per via della persona con la quale mi stava tradendo. Le pagavo lo stipendio, passavo le giornate insieme a lei. Lei mi piaceva, dedicavo del tempo a cercare di rafforzare la sua autostima, in modo che potesse crescere professionalmente. Ero un buon capo e credevo di essere anche una brava moglie. Ma se è accaduto tutto ciò, è ovvio che ero un cattivo capo e una cattiva moglie. Secondo Robert non ero la madre migliore che si potesse avere, così quando aggiunsi anche questo mi sentii un fallimento – tre su tre.

Perché mai Tamara avrebbe dovuto farlo altrimenti? Era giovane e c'erano uomini a volontà sulle app che usava, talvolta me ne parlava. Perché farlo?

Quando rientrò con le due tazze di caffè disse, «Ho scordato il telefono. Mi ci vuole uno di questi più di quanto pensassi.»

«Hai ricevuto un messaggio.» dissi. «Pensavo che fosse il mio telefono.»

Il suo sguardo cadde sul telefono che giaceva sulla scrivania, la custodia in argento opaco, come la sua.

«L'ho letto.» Era tutto ciò che occorreva dire.

Lei capì. Appoggiò lentamente i caffè e poi allungò la mano per prendere il telefono che le porsi, lo sbloccò e controllò il messaggio.

«Oh, si tratta solo di un mio amico.» disse con una risatina nervosa.

La guardai dritto negli occhi, incontrai il suo sguardo e

seppi che stava mentendo, a volte lo sai e basta. Il mondo intero mi crollò addosso.

«Certo.» risposi. «Avrei bisogno di...» e non riuscii più a parlare, le emozioni mi travolsero quasi a soffocarmi. Mi alzai, presi la borsa e lasciai l'ufficio, presi l'auto per tornare a casa, ma non andai a casa. Guidai senza meta per un po', la frase, *Ehi raggio di sole, non vedo l'ora di vederti*, mi rimbombava in testa, desideravo le lacrime per liberarmi da quel senso di oppressione che avvertivo nel petto. Ma non riuscii a piangere. Infine mi fermai in un bar per cercare sollievo in un paio di drink.

Ad ogni sorso di vodka tonic sentivo la disapprovazione di mia madre – *i dolori devono essere affrontati, non affogati nell'alcol* – e il disgusto di mio padre – *solo le persone deboli e patetiche si danno alle droghe e all'alcol*. Sentivo la voce di Robert – *ami i tuoi affari più di chiunque altro, più di me, più di Cordelia* – e sentii la voce di Cordelia, la più forte di tutte: *Perché non puoi venire mamma, perché? Tutte le altre mamme ci saranno. Sono più importante della tua conferenza, lo sono.*

Il mio telefono cominciò a squillare e vidi che si trattava di Robert, quindi lo silenziai e lo posai sul bancone, guardandolo mentre bevevo, lo guardavo mentre cercava di trattenermi a sé ancora una volta. Robert non mi chiamava mai durante il giorno. Come madre mi domandai se stava cercando di contattarmi per qualche emergenza che avesse a che fare con Cordelia, ma abbandonai subito l'ipotesi. Aveva cominciato a chiamarmi subito dopo l'accaduto, senza sosta. In ogni caso Cordelia aveva il suo telefono e sarebbe stata l'unica a cui avrei risposto. Si intervallavano chiamate di Tamara, di Liza, di uno dei centri estetici. Per la prima volta in più di dieci anni le ignorai tutte.

Annegai i miei dolori nel bicchiere finché non riuscii più a vedere bene e poi guidai fino a casa, la vista annebbiata, la testa che mi scoppiava. Per fortuna non mi feci male e non ferii nessuno.

Quello venne dopo.

Mi ricordo di essere rientrata in casa all'una di notte inciampando, fregandomene del rumore che facevo mentre salivo le scale in direzione della camera matrimoniale. Mi aspettavo di trovare Robert addormentato, ma era seduto sul letto, sul letto con la testiera imbottita in seta color crema che avevo comprato. La luce del suo comodino era accesa, aveva un libro in mano.

«Immagino che la tua ragazzina ti abbia chiamato per dirti che il segreto è stato scoperto.» biascicai.

«Grace, sei ubriaca,» disse lui. «Ho provato a chiamarti per ore. Dove sei stata?»

«In un bar, Rob... Robbie... Robert. Ho visto il messaggio che le hai mandato, l'ho visto.» urlai furiosa.

«Non so di cosa stai parlando. La tua assistente mi ha chiamato per dirmi che ti stava cercando. Ha detto che sei uscita e non sei più tornata, tutto qui,» agitò la mano, «aveva a che fare con uno dei centri, non so bene. Non ho ascoltato. Che diavolo ti prende?»

Era così sprezzante nel giudicarmi, così sicuro mentre rimaneva seduto nel letto, nessun senso di colpa sul suo volto.

«Vai a letto con lei, con Tamara,» ringhiai. Gesticolavo con le braccia, il mio stomaco si contorceva per l'alcol. Non sopportavo che lui stesse in quella stanza che per me era un santuario lontano dal mondo. Avevo scelto con grande cura quella miscela di bianco e crema, adoravo la sensazione di morbidezza che davano alla stanza il folto tappeto e le tende in seta grezza. Ora però era tutto rovinato dalla presenza di un bastardo adultero.

«Cosa stai dicendo? Sei ridicola e ubriaca fradicia. Sapevo che stavi perdendo il controllo con l'alcol ma adesso stai esagerando. Hai davvero guidato in questo stato? Potevi uccidere qualcuno o te stessa. Fatti una doccia e vai a dormire». Si infilò nel letto, spense la lampada sul comodino e chiuse gli occhi come se stesse per mettersi a dormire in una sera qualunque.

Barcollai verso di lui e gli diedi una manata sulla spalla.

«Non puoi... mentire su questa cosa!» urlai, colpendolo di nuovo.

Si sedette sul letto e mi afferrò la mano prima che gli sferrassi un altro colpo.

«Toccami un'altra volta e ti giuro che te le restituisco.» ringhiò.

«Ti stai rendendo ridicola, Grace. Vai a farti una doccia e mettiti a letto.»

«Ti stai scopando la mia assistente, te la stai scopando.» singhiozzai, retrocedendo e inciampando, mi presi una storta alla caviglia a causa delle scarpe con il tacco alto. Le scagliai via mentre le lacrime mi scorrevano copiose sulle guance. «Come hai potuto Robert? La mia assistente? Come hai potuto?» Il naso cominciò a colarmi e lo pulii con la manica della giacchetta blu marino.

«Non vado a letto con Tamara.» disse piano, un cenno di preoccupazione nella voce, e per un istante pensai, anche nel mio stato alterato e confuso, che forse stava dicendo la verità, che avevo preso un semplice messaggio e l'avevo trasformato in qualcos'altro.

«Stai mentendo.» provai a verificare.

Robert sospirò e si fregò gli occhi come se lo stessi esasperando. «È così che fai tu, Grace. Ti bevi qualche drink e diventi paranoica e aggressiva. Perché stai cercando di distruggere tutto, quando hai quello che vuoi? Perché inventarsi storie?»

«Non... non,» singhiozzai, «non lo sto inventando. L'hai chiamata... raggio di sole e io...» Il mio stomaco si contorse violentemente e mi precipitai in bagno, raggiungendo il water giusto in tempo per svuotarlo.

Piangevo mentre stavo finendo e Robert entrò in bagno. «Oh Grace,» disse, «guardati, datti una pulita per l'amor di Dio.» Poi chiuse la porta, lasciandomi lì.

Vomitai ancora e ancora finché non rimase più nulla dentro

di me, se non bile e disperazione. Poi mi misi sotto la doccia e ci rimasi più a lungo che potei.

Quando finalmente mi misi a letto, Robert dormiva profondamente.

«Sei un bugiardo.» sussurrai.

Aprì di scatto gli occhi «E tu sei un'ubriacona maniaca del potere.»

«Voglio il divorzio.» sentenziai.

«Per me va bene. Non vedo l'ora di non avere più nulla a che fare con te e godermi il bottino di guerra. Metà dell'azienda appartiene a me. Pensaci, Grace.» Sgusciò fuori dal letto afferrando il cuscino. «Non ti sto tradendo. Ti stai inventando tutto per distruggere il nostro matrimonio e non me ne importa più nulla ora. Non ti importa nulla di me o di Cordelia. L'unica cosa che ti importa è la tua stupida azienda, me ne prenderò metà e la distruggerò.»

Uscì dalla stanza lasciandomi con la testa che mi martellava per i postumi della sbornia e con l'ansia che mi attanagliava il cuore.

Di nuovo nel mio appartamento, scaccio via il ricordo e rimetto il tappo sulla bottiglia. Prendo la valigia e vi ripongo la bottiglia di vodka mentre ricordo le parole che pronunciai quella notte, quando mi disse che avrebbe preso tutto quello che avevo costruito.

«Non te lo permetterò.» sussurrai all'etere. «A costo di doverti uccidere.»

Mi sarei pentita di quella minaccia per tutto il resto della mia vita.

Ava sposta le margherite nel vaso in modo che il bianco e l'arancione siano ben assortiti.

I fiori sono un piccolo tocco in più. Grace sarà qui a breve e vuole che sia tutto perfetto. Assumere Grace è probabilmente l'unica cosa giusta che ha fatto da molto tempo a questa parte.

La sera prima aveva detto a Finn della mail ricevuta da Patricia e lui non aveva avuto la reazione che si aspettava e sperava avesse.

«Adesso è ufficiale uno di noi due otterrà l'incarico dirigenziale,» gli disse dopo che le bambine erano andate a letto.

«Già, ci sarà un po' di imbarazzo tra di voi.»

«Sì, ho paura che venga scelto lui e che me lo sbatterà in faccia ogni giorno.»

Non gli aveva mai detto cosa era successo con Collin quando faceva la receptionist. Non vorrebbe mai che Finn si trovi a pensarci nelle rare occasioni in cui lui e Collin si incontrano, come la festa di Natale aziendale. Eppure vive nel terrore che Collin tiri fuori l'argomento.

«Non hai sempre detto che tu sei più brava di lui a gestire le persone?» chiese Finn mentre si versava l'acqua in un bicchiere.

«Lo sono infatti. Cioè, curo molto i formatori ma lui è più bravo ad attirare clienti solo perché ha più tempo ed è meschino. Di nascosto ha contattato la preside di una scuola con la quale avevo in programma un incontro.»

«Davvero meschino.»

«Già, ha detto che l'ha incontrata per caso al ristorante, ma non credo proprio si tratti di una coincidenza. Non avrei mai dovuto parlargli di questo incontro, ma in teoria dovremmo remare dalla stessa parte.»

«Potrebbe essere una coincidenza, a meno che Collin non abbia pedinato la donna.» disse Finn lentamente. «Non penso tu debba leggerci qualcosa di più di quello che è. E forse...»

«Forse?» chiede lei.

«Forse sarebbe meglio se fosse lui il CEO. Significa molto più lavoro e molti più viaggi in giro per l'Australia e l'Asia. Patricia sarà impegnata con la sede del Regno Unito e questo significa che dovresti occuparti di tutto quello di cui si occupava lei. Significherebbe molto più tempo fuori casa.»

«E un enorme aumento di stipendio.» disse Ava di scatto, mentre finiva di pulire il ripiano della cucina.

«Ma molto tempo lontana dalle bambine.»

Ava interruppe le pulizie, avvertendo subito l'opprimente senso di colpa che sempre si portava dietro come un macigno. «Questa potrebbe essere la mia unica occasione, Finn. Potrebbe davvero cambiarci la vita. Potremmo finire di pagare il mutuo molto più velocemente, andare in vacanza ogni tanto...»

«E significherà che io dovrò fare il papà a tempo pieno e io proprio... Penso che lavori già abbastanza. Collin sarà un buon capo.» Distolse lo sguardo mentre diceva queste parole, come se non ci credesse davvero.

«Non sai quello che dici, lui è terribile.» sibilò Ava.

«Credo che tu stia esagerando.» rispose Finn, tornando a guardarla.

«Non è... Io sono...»

«Ascolta, devo andare di sopra. Voglio finire un lavoro stanotte. Ovviamente la decisione spetta a te, ma penso che questo cambiamento avrà un effetto negativo sulla nostra vita famigliare. Patricia è via due settimane su quattro. E deve partecipare a un numero infinito di cene. Ora come ora è Collin a occuparsi di alcune di queste incombenze, ma se sarai tu l'incaricata, sarai molto più impegnata.»

«Come fai a sapere queste cose?» chiese Ava.

«Oh, uhm..., di sicuro me l'hai accennato tu. Adesso vado o non combinerò niente.» disse, uscendo dalla cucina.

Mentre finiva di pulire, Ava iniziò a sviscerare quella conversazione, cercando un briciolo di supporto nelle parole che suo marito aveva usato. Finn si interessa del suo lavoro fino a un certo punto, ma lei non gli ha mai parlato degli impegni di Patricia. Come fa a sapere ciò che fa o non fa Collin? Lei non ha mai detto a Finn con che frequenza Patricia viaggia. Non lo sa con esattezza nemmeno lei, pur riconoscendo che di viaggi ne fa parecchi. Forse Finn ha preso quel dato dal nulla. Probabile che si avvicini alla realtà comunque, qualunque sia la sua fonte di informazioni. Anche se sarebbe Ava a decidere i propri impegni e non vorrebbe mai viaggiare tanto quanto Patricia, accettare la promozione significherebbe stare molto tempo lontano dalle figlie e le poche volte in cui ha fatto delle brevi trasferte interregionali, le sono mancate in ogni istante.

Finn, però, avrebbe almeno potuto provare a incoraggiarla.

Ava andò a letto rimuginando su tutto quello che Finn aveva detto e si alzò la mattina successiva già risentita nei suoi confronti.

«Grace arriva oggi.» gli disse a colazione. «Vorrei che l'appartamento fosse accogliente, mi aiuteresti a dare una pulita?»

«È lei che lavora per te, non il contrario.» disse Finn.

«Si tratta comunque di una persona e vorrei che l'appartamento fosse accogliente, Finn. Pulirei a prescindere da chi è l'ospite.»

«E i fiori?» chiese lui, indicando il bouquet sul ripiano della cucina. Li aveva messi in un vaso che avrebbe lasciato nell'appartamento.

«Mi è simpatica,» rispose Ava. «Mi aiuti o no?»

«Porto le bambine al parco, così non ti stanno tra i piedi.» disse.

Ava sapeva che non avrebbe voluto aiutarla a pulire e che il grande parco poco distante da casa gli piaceva. Era attrezzato con tappeti morbidi, un'intricata rete per arrampicarsi e aveva anche un cancello di protezione che circondava l'area gioco. Le bambine adoravano andarci e lui poteva starsene seduto con il telefono in mano mentre loro giocavano.

L'appartamento sopra il garage era incluso nella casa e, al momento dell'acquisto sei anni prima, era già occupato da un inquilino, cosa che era parsa una fortunata coincidenza. L'enorme mutuo era scoraggiante nonostante lo stipendio di Ava e la sua convinzione che avrebbe fatto carriera all'interno dell'azienda. A quel tempo anche Finn aveva delle commissioni fisse, cosa che Ava pensava sarebbe continuata, finché Finn non le annunciò che se avesse voluto diventare un vero artista, avrebbe dovuto concentrarsi solo sul suo lavoro. Smise di prendere commissioni quando Hazel aveva sei mesi e Ava tornò a lavorare. Ava l'aveva incoraggiato al tempo, credendo che sarebbe stata solo questione di mesi prima che Finn riuscisse a fare una mostra e vendere le sue bellissime opere. Ma dato che Finn si occupava delle bambine per la maggior parte del tempo e Ava lavorava, non aveva pronti abbastanza quadri per riuscire a farne una mostra e lui era molto puntiglioso, trovava subito mediocri molte delle sue tele e le abbandonava.

L'inquilino precedente, Jed, che studiava per diventare chef e aveva appena iniziato nel settore della ristorazione, aveva lasciato l'appartamento per andare a lavorare in un ristorante di Melbourne. Avere un affittuario significava incassare un po' di soldi extra, il che era d'aiuto. Ava voleva che arrivasse qualcun altro il prima possibile.

L'appartamento era stato costruito per il figlio adolescente del precedente proprietario e venne affittato quando il ragazzo si trasferì. È ben fatto, il bagno ha delle piastrelle graziose e una doccia, la cucina è di dimensioni ragionevoli con un piano di lavoro in pietra nera. È grande abbastanza perché una persona ci viva comodamente, visto che ha una camera da letto separata dal soggiorno. Grace non ci starà a lungo e, dopo che se ne sarà andata, Ava dovrà prendersi l'incarico di trovare un nuovo inquilino. Doveva farlo Finn, ma non è una priorità per lui e Ava è stanca di assillarlo per ogni cosa. A volte sembra che tutto ciò che ha da dirgli si riduca a una lista di cose che deve portare a termine, compiti di cui gli ha detto di occuparsi innumerevoli volte.

Quella mattina, dopo che le bambine avevano finito di fare colazione, con l'idea di pulire l'appartamento, aveva elencato ancora una volta tutte le cose che occorreva fare in casa.

Finn ascoltava impassibile mentre sorseggiava il caffè. «Sai, lo stesso tempo che impieghi a dirmi di cambiare le lenzuola e differenziare la spazzatura lo potresti usare per fare queste cose tu stessa.» disse.

«Certo, potrei fare tutto da sola, ma non è giusto. Non dovrei essere sempre costretta a chiedertelo, Finn.» disse. «Perché non puoi farle anche tu queste cose e, per esempio, cercare un nuovo inquilino durante la settimana, quando sono al lavoro?» Si alzò dalla tavola, ritirando i piatti della colazione e caricandoli nella lavastoviglie.

«Ava, so benissimo che al momento non guadagno quello che guadagni tu, ma ho quasi raggiunto la quantità di tele necessaria per una mostra e poi porterò a casa qualche soldo. Sai che Hector sta solo aspettando che io abbia abbastanza pezzi da mettere in mostra nella sua galleria. Questo è il mio lavoro ed è questo quello che faccio durante la settimana, oltre a occuparmi delle bambine. E vorrei davvero che non continuassi a svilire ciò che faccio e il mio lavoro. Vorrei davvero che la smettessi di criticarmi ad ogni respiro che fai.»

«Ok, d'accordo Finn, mi spiace,» disse lei, alzando le mani. «Me la caverò da sola.»

«Non sto dicendo questo, Ava. Tu riduci tutto a questa stronzata dei lavori domestici, io invece parlo di come ti rivolgi a me e di quello che mi dici. So che mi consideri un fallito e qualche volta credo di esserlo anche io, quindi non preoccuparti, sono ben consapevole della situazione anche se tu dici di no.»

«Non ti considero un fallito.» sospirò Ava.

«Ma per favore. So cosa pensi.» rispose lui. «E forse hai ragione, forse... lo sono.»

Ava chiuse gli occhi strizzandoli forte, sapeva che le bambine stavano giocando in sala e se avesse detto quello che voleva dire, ci sarebbe stato un enorme litigio. Sapeva anche che Finn aveva bisogno di essere rassicurato, cosa che lei non si sentiva di fare in quel momento.

Andò, invece, a preparare la borsa in modo tale che Finn potesse andare al parco con le bambine.

Pulire quel piccolo spazio ordinato era stato più rilassante che affrontare l'enorme caos di casa sua. Ha pulito tutto con grande puntigliosità, anche i ripiani dell'armadio, e ora si guarda attorno assicurandosi che sia tutto perfetto. La finestra aperta lascia entrare l'aria calda di febbraio e per un istante pensa di chiuderla e accendere l'aria condizionata, ma vuole che entrando in casa si avverta la sensazione e l'odore di pulito.

Un messaggio sul telefono l'avverte dell'arrivo di Grace, apre la porta dell'appartamento e la saluta con un gesto. Grace è in strada davanti alla sua auto.

Ricambia il saluto e percorre veloce le scale in legno dipinte di un blu brillante.

«Oh, ma è delizioso.» dice, guardandosi intorno.

«Sicura?» chiede Ava. «Se pensi che non faccia per te, dimmelo pure.»

«No, no... mi piace molto.» dice Grace, andando in giro e dando un'occhiata al bagno e alla cucina. «È molto più bella di una stanza d'hotel. Ma sei sicura che non vuoi che ti paghi l'affitto?»

«Si tratta solo di una settimana,» dice Ava. «Dopodiché dovrò trovare un inquilino.»

«Perché non lo fai fare a me allora? Metterò gli annunci, valuterò le candidature e ti porterò le migliori, così tu e tuo marito potete scegliere.»

«Non potrei mai chiederti di farlo.» dice Ava, anche se una piacevole ondata di sollievo si propaga dentro di lei all'idea che questa potrebbe essere una cosa in meno a cui pensare.

«Ma non me l'hai chiesto, mi sono offerta io ed è il minimo che possa fare. Sei stata così gentile a offrirmi un posto dove stare per questa settimana.» Grace sorride e annuisce mentre parla e Ava capisce che la proposta è sincera. Grace sembra una di quelle persone che dicono sempre, «Fammi sapere se posso essere d'aiuto.» e lo pensano per davvero, non è una frase buttata lì nella speranza che la persona declini gentilmente l'offerta.

«Allora ti ringrazio e accetto volentieri la tua proposta.» dice Ava.

Si sente come se avesse raggiunto un obiettivo, anche se ancora non è stato fatto nulla.

«Mamma, mamma.» sente dal vialetto.

«Queste sono le bambine con Finn, vieni a conoscerli.» dice Ava e si volta per scendere le scale dell'appartamento e raggiungere il vialetto.

Hazel e Chloe sono lì con Finn, nessuna delle due indossa

un cappellino, le guance rosse e le faccine decorate con il gelato al cioccolato che adorano.

Ava si morde la lingua, non vuole rimproverare suo marito davanti a Grace.

«Perbacco,» esclama Grace, «sembra che vi siate divertite con questo sole. Scommetto che tutte e due avete dei cappellini molto carini.» C'è qualcosa nel modo in cui lo dice che fa sembrare voglia mettere in evidenza le guance arroventate e le faccine sporche delle bambine senza dire nulla di esplicito.

Ava si sente allo stesso tempo imbarazzata e giustificata. Arrabbiarsi con Finn non è poi così fuori luogo.

«Già, ci siamo dimenticati la borsa con le merende e i cappellini.» dice Finn con la coda tra le gambe.

La borsa che ho preparato prima di iniziare a pulire. Ava ingoia le parole prima che le riesca a pronunciare. Spera che Grace non pensi che sia una cattiva madre. Un tarlo nella testa le fa pensare che forse invitare Grace ad alloggiare lì non sia stata una buona idea.

Si rende conto che la sua vita lavorativa e quella famigliare si sono all'improvviso intrecciate. È stata una decisione impulsiva, ma ora non può farci più nulla e in ogni caso si tratta solo di una settimana.

Finn offre a Grace la mano e un sorriso smagliante. «Sono Finn e Ava mi ha detto che hai sistemato il suo ufficio in modo impeccabile.»

Grace allunga la mano e Ava nota il leggero arrossarsi delle guance. Finn è il fascino in persona e anche se Grace è di sicuro dieci anni più vecchia di lui, non può fare a meno di restarne ammaliata.

«Sono Grace,» dice e poi guarda le bambine, «e voi siete Hazel e Chloe immagino. Non vedo l'ora di conoscervi meglio.»

Hazel allunga la mano nello stesso modo in cui l'ha visto fare a suo papà e le stringe la mano. «Non vedo l'ora di conoscerti meglio anche io.» dice, producendosi nella sua migliore voce da adulta.

Grace ride. «Mi sa che il mondo non è ancora pronto per la giovane Hazel Green.»

Ava è raggiante di gioia per il complimento. Hazel è ostinata e testarda e difficile, ma Ava cerca sempre di resistere alla tentazione di sradicare questi aspetti del suo carattere. È quello che sua madre cercava di fare con lei, invece, torcendosi le mani ogni volta che Ava rispondeva a tono. Sua madre è disorientata dalla sua carriera nel settore imprenditoriale. Lei tornò a lavorare solo dopo il divorzio, quando Ava aveva undici anni, e odiò ogni singolo istante passato dietro la scrivania come segretaria.

«I bambini sono il dono più prezioso del mondo.» diceva sempre.

«Se avessimo avuto una casa piena di bambini, tuo padre non ci avrebbe mai abbandonate. Punta a quello, Ava. Punta ad avere una casa piena di bambini e un uomo che rimane al tuo fianco.»

Ava sa che se sua madre avesse potuto stare a casa con lei, sarebbe riuscita a reprimere le caratteristiche che ad Ava occorrono nel mondo degli affari. La sua infanzia fu un po' solitaria, ma è grata di aver avuto il tempo e lo spazio per rimanere fedele a sé stessa. L'amore assoluto di sua madre nei suoi confronti non è mai stato messo in discussione, ma Ava ha sempre avuto la sensazione che la madre sentisse di aver fallito con la sua unica figlia. «Volevo che tu avessi la migliore vita possibile, non volevo costringerti a una famiglia monoparentale.» diceva spesso lei. «Ti meritavi molto più di questo.»

«Ma mamma, tu mi hai regalato la migliore vita possibile.» diceva Ava per consolarla. «So che ci sei sempre per me.»

Suo padre si risposò quasi subito dopo il divorzio e Ava ora ha un bel po' di fratellastri, ma li vede raramente.

La nuova moglie di suo padre aveva preferito che lui si scordasse della sua prima famiglia e lui ci è riuscito molto bene, con quella facilità di cui solo gli uomini sembrano essere capaci.

Ava sospira, lasciando andare i pensieri riguardanti suo padre. Ha l'amore e il supporto di sua madre ed è tutto ciò di cui ha bisogno.

«Voglio nuotare, voglio nuotare.» esclama Chloe.

«Sì, sì, andiamo,» dice Finn. «Piacere di averti qui, Grace, fammi sapere se ti serve una mano per il trasferimento.» Sorride e, ancora una volta, Grace arrossisce leggermente.

Finn lo splendido farfallone, come l'ha sempre descritto Lucy, perché in effetti lo è. *Flirtare non è tradire*, Ava ricorda a sé stessa.

E non lo è. Flirtare è un comportamento innocente e tutti lo fanno. Ava stessa si ritrova a sorridere e a fare la vezzosa quando sta cercando di concludere un accordo e a capo della scuola c'è un uomo. Fa parte della natura umana notare le persone di bell'aspetto e Finn è davvero attraente, così come lo è Grace, anche se tende a preferire un look molto sobrio.

«Bene, vado a prendere le mie cose.» dice Grace.

«Hai bisogno di una mano?» chiede Ava.

«No, ho solo una valigia e un po' di spesa. Vai pure e goditi il pomeriggio con le tue adorabili bambine.»

Ava annuisce e porge a Grace le chiavi. Va ad assicurarsi che le bambine abbiano messo la crema solare e i cappellini. Oggi è l'ennesima giornata rovente e spera che nessuna delle due si prenda una brutta scottatura. Il parco è attrezzato con teli parasole, ma è stato da irresponsabili scordarsi la borsa.

Una volta accertatasi che le bambine sono ben protette, va in cucina a preparare il pranzo per tutti e si ritrova a canticchiare mentre lavora.

Grace è sicura che procurerà loro il perfetto inquilino e avere di nuovo un affittuario sarà d'aiuto con le bollette e il mutuo. Il bel gesto di aver offerto alla sua assistente un posto dove stare per la settimana è stato subito ripagato.

Mentre taglia la frutta si fa i complimenti per aver assunto Grace. Quello che le servirebbe è una "Grace" anche a casa. Se riesce a ottenere l'incarico dirigenziale, con i soldi in più potrebbe assumere qualcuno. Ne beneficerebbero sia lei sia Finn, a prescindere da quello che dice lui. È sicura che sarebbe contento di avere più tempo per lavorare.

In piscina le bambine strillano e si schizzano, fuori le cicale friniscono a gran voce e Ava si sente per un momento appagata. Tutte le piccole cose che Finn lascia incompiute possono essere risolte da qualcuno il cui lavoro è quello di gestire la casa.

Stasera gli parlerà e gli dirà che nonostante le sue perplessità, lei è certa di volere il posto da dirigente e troveranno un modo per far funzionare tutto.

Le cose miglioreranno da ora in poi, Ava lo sente.

SEDICI
GRACE

Sono ben sistemata e mentre mi sto godendo la prima sera nell'appartamento sopra il garage con un piattino di brie e cracker artigianali, sento dei leggeri colpi alla porta.

Quando la apro trovo Hazel con un sorrisetto sul viso.

«Mamma dice che facciamo un barbecue e se vuoi venire a cena per favore e grazie.»

Non posso fare a meno di ridere della bambina mentre annuisco. «Con molto piacere, grazie.» È proprio una bella bambina e basta guardare il padre per capire da chi ha preso. Spero che, man mano che cresce, le attenzioni che riceverà grazie al suo aspetto non le impediranno di diventare la persona che è destinata ad essere.

In realtà prevedo per lei un futuro brillante. Da quel poco che so di Ava, sono sicura che sua madre la incoraggerà a conquistare il mondo.

«Tra poco cominciamo perché papà dice che si sta facendo tardi e io e Chloe dobbiamo dargli una dannata tregua.»

«Sarò giù tra un minuto.» dico. «Grazie mille, Hazel.»

Annuisce e scende le scale saltando da un gradino all'altro.

Mi ero preparata per questa evenienza. Non volevo prendere una bottiglia di vino, ma ho comprato una deliziosa scatola di costosi cioccolatini per Ava e due sacchettini con monetine di cioccolato per le bambine.

Dopo una rapida controllata ai capelli e al trucco, mi dirigo di sotto. Sono solo le cinque passate da poco, ma immagino che la domenica con due bambine piccole possa sembrare molto lunga. Cordelia è figlia unica e di domenica, quando non lavoravo, mi godevo ogni istante passato con lei, che fosse al cinema o allo zoo. La maggior parte delle volte, però, lavoravo. Questa è la verità.

Il dottor Gordon pensava che fosse importante che riconoscessi sempre la verità con me stessa e in più di un'occasione avrei voluto gridare, guardando le persone attorno a me, che sapevo di non essere l'unica a mentire.

Prendo un bel respiro prima di entrare dalla porta principale e seguo il suono delle voci verso l'interno della casa.

Ava è in cucina affaccendata a improvvisare un'insalata.

«Oh ma non dovevi.» mi dice quando le porgo i cioccolatini. Hazel e Chloe, proprio accanto a lei, aspettano i loro di regali e ne sono molto soddisfatte.

«Mi raccomando, non si mangiano prima di cena.» dico con un rapido sguardo ad Ava che annuisce. Non vorrei scavalcarla.

«Non ero sicura di cosa mangi, ma Finn sta facendo pollo e pannocchie alla griglia.» dice Ava posando l'insalata sul tavolo da pranzo.

Le porte di vetro scorrevoli sono aperte sul giardino e seguo Ava fuori verso il barbecue, dove si trova Finn che indossa dei pantaloncini e una maglietta attillata che si alza quando solleva un po' le braccia, rivelando degli addominali tonici.

Il profumo di carne alla griglia si spande nell'aria e deglutisco rapidamente. Da sei anni non riesco a mangiare carne. «Sono vegetariana,» dico, «insalata e mais vanno benissimo, li avrei cucinati io stessa per cena.»

«Ottimo.» dice Ava sollevata.

Il momento della cena mette tutti in lieve imbarazzo, dato che nessuno sa quanto è lecito chiedere agli altri. La nostra relazione dovrebbe limitarsi all'ambiente di lavoro, ma la mia presenza qui ha fatto sfociare le cose nella sfera personale. Prendo il controllo della situazione facendo domande a Finn sul suo lavoro ed è subito evidente che ama parlarne.

«Ava mi ha detto che sei un artista.» dico. «Quale strumento preferisci?»

«Beh, perlopiù lavoro con la pittura a olio, ma mi piace anche usare il carboncino. A volte un pezzo funziona meglio con la profondità e la varietà di sfumature che il carboncino consente di sperimentare.»

«E che cosa ti piace dipingere?» ci sono quadri appesi dappertutto in casa, ma non li ho guardati con abbastanza attenzione per capire se fossero opere di Finn oppure no.

«Mi piacciono i volti.» dice. «Mi piacciono le angolature e le ombre, il modo in cui un volto mi dice chi è la persona e qual è la sua storia.»

Annuisco con entusiasmo, constatando che tutti i ritratti delle bambine devono essere suoi. È molto bravo.

Gli chiederei volentieri cosa vede quando mi guarda, ma mi trattengo. La risposta potrebbe non piacermi.

«Hai delle commissioni?» chiedo, anche se so già la risposta. L'ho cercato online e nonostante abbia un sito, dichiara in modo esplicito che al momento non prende commissioni. Non ho idea del perché, ma forse sente che sarebbe svilente dipingere il nonno o il figlio di qualcuno. Se fossi Ava mi farebbe arrabbiare questa cosa, soprattutto perché lei lavora sodo. Ho una vaga idea di quanto guadagni e so anche quanto ha pagato questa casa. Saranno di sicuro alle strette dal punto di vista finanziario, come del resto molte famiglie. Perché mai Finn non sta facendo il possibile per contribuire alle spese?

«Qualche volta le prendo, ma da un po' ho smesso. Ora sto lavorando al ritratto del mio bisnonno. Viveva in Irlanda ed era un contadino...» Finn continua a parlare e io annuisco mentre osservo Ava che sta tagliando il cibo alle bambine, pulendo le manine appiccicose e dando loro l'acqua quando la chiedono. Di tanto in tanto fa un boccone di qualche pietanza. «Tengo sotto controllo il fortino e dipingo quando ho tempo mentre Ava può andarsene fuori nel mondo per stare tutto il giorno con gli adulti.» chiosa Finn.

Annuisco e sorrido, arrischio uno sguardo ad Ava, che arrossisce lievemente al commento di Finn. Ovviamente so che Ava è una donna che fatica a destreggiarsi tra tutto quanto. Un tempo ero io quella donna.

Mi ricordo quando una notte rimasi alzata fino alle quattro della mattina perché Cordelia aveva la febbre, la controllavo ogni venti minuti mentre aspettavo che la medicina facesse effetto e poi svegliai Robert pregandolo di lasciarmi fare qualche ora di sonno, dato che la mattina dopo avevo un incontro con la banca con cui dovevo rinegoziare le condizioni di finanziamento della mia impresa. La sera successiva, quando Cordelia stava meglio e io cercavo stremata di trascinarmi fino al dopocena, lo sentivo parlare al telefono con sua madre mentre le spiegava quanto fosse stanco perché doveva lavorare e allo stesso tempo prendersi cura della bambina malata. Sua madre mi odiava, mi trovava arrogante e non vedeva l'ora di ascoltare le sofferenze del figlio sposato con una donna che non aveva idea di come mettere la famiglia al primo posto.

«Che fortunata ad averti.» dico allora a Finn, che annuisce con auto-approvazione.

Il mais è delizioso condito con burro ed erbe aromatiche e la cena giunge presto al termine. Ava si alza per iniziare a rassettare.

«Ho un'idea.» dico rapidamente.

«Ha a che fare con l'assaggiare quei deliziosi cioccolatini?» ride Ava.

«No,» dico, «quelli sono solo per te, ma forse come ringraziamento per questa cena deliziosa e per avermi dato l'opportunità di stare qui, mi permetterai ti offrirti un po' di tempo libero.»

«Uh?» esclama Ava, non capendo bene cosa stavo proponendo.

«Perché non lasci che mi occupi io delle pulizie e delle bambine e tu e Finn non andate a bere una cosa da qualche parte?

È ancora presto e sono sicura che Hazel saprà dirmi con esattezza cosa fare e voi potete prendervi un'ora o due, solo tu e tuo marito.» Trattengo il respiro mentre Ava prende in considerazione la proposta e credo che rifiuterà. Dopo tutto non mi conosce abbastanza.

«Sono capace di dirle cosa deve fare, riesco, riesco.» dice Hazel con una voglia matta di occuparsi di un adulto.

«Mi pare un'ottima idea.» dice Finn mentre si appoggia sullo schienale della sedia.

«Beh...» dice Ava e percepisco la sua esitazione.

«Ho il tuo numero e tu hai il mio, sono sicura che una pausa non ti farà male. Lavori così tanto.»

«Dai, forza, andiamo a berci qualcosa. Non lo facciamo da un secolo.» Finn si alza come se la decisione fosse già stata presa. Vedo che non accenna neppure a ritirare qualche piatto dalla tavola.

«Solo se te la senti, devono essere a letto per le otto e...»

«Me la sento e credo che tutti i bambini abbiano bisogno di un bagno e di una storia della buona notte e Hazel sarà più che all'altezza nella scelta del libro da leggere.»

«Ok, va bene.» acconsente Ava. Ha ancora qualche titubanza, ma anche un gran bisogno di prendersi un momento di pausa. Se mi avesse assunta tramite una piattaforma di babysitting, mi avrebbe fatto un colloquio e poi avremmo fatto una prova, presupponendo che le mie referenze fossero state controllate. Ma ormai abbiamo passato molto tempo insieme e lei ha già fatto tutti gli accertamenti del caso.

«Splendido, lascia pure tutto com'è e andate. Non c'è molto da rassettare.»

«Sì, dai Ava, andiamo.» dice Finn.

Ci vuole qualche altro minuto di trattativa e le spiegazioni di Ava su ciò di cui hanno bisogno le bambine e sui numeri di emergenza appuntati sul frigo prima che escano e io rimanga sola con le bambine.

Quando ero un'adolescente non ho mai lavorato come tata. L'unica bambina di cui mi sono presa cura è Cordelia e, ovviamente, è diverso con i propri figli.

Tutte e tre dopo cena sistemiamo, anche la piccola Chloe aiuta, trasportando con cura in cucina un piatto alla volta.

Hazel fa la saputella a tal punto da diventare maleducata, non fa altro che dirmi cosa devo fare, ma non la prendo sul personale. Ha cinque anni e so che presto il mondo le farà capire che occorre essere tranquilla ed educata, carina e piacevole e tenere le proprie opinioni per sé.

«E adesso?» chiede Hazel una volta che tutto è pulito.

«Beh,» esito, «magari potremmo... cucinare qualcosa?» Ai bambini piace cucinare. Cordelia lo adorava, mi stava accanto e versava, con una certa serietà, le gocce di cioccolato nell'impasto dei biscotti. All'età di diciott'anni era diventata molto brava. Non so se lo faccia ancora. Sento un profondo dolore al cuore al pensiero di come in sei anni la mia bambina possa essere cambiata, di quanto mi sono persa della sua vita.

L'unica cosa che so è che sta con l'uomo sbagliato.

Garth Stanford-Brown fa l'avvocato in un grande studio legale ed è nove anni più vecchio di Cordelia. Seguo anche lui su Instagram e i suoi post sono pieni di foto che lo ritraggono con la sua toga di laurea, mentre festeggia la vittoria di alcune cause o gioca a pallone. È la star del proprio spettacolo personale e sminuisce Cordelia, vuole che si mimetizzi con lo sfondo invece che risaltare. È questo il motivo per cui la prende in giro sui suoi profili social. In pratica Cordelia ha scelto un uomo identico a suo padre ma più brillante e con più soldi.

«Sì,» dice Hazel, riportandomi nella vivace cucina che avrebbe bisogno di essere rinnovata, ma è perfetta per i bambini, con le porte in melammina color crema e il piano di lavoro in pietra blu, «possiamo fare i cupcake. La mamma ha una confezione nella dispensa e ha detto che potevamo farli sabato se aveva il tempo. Ma non ha potuto perché doveva fare il bucato e poi ancora il bucato e poi andare al supermercato e il papà ha detto che non sta mai ferma un dannato momento.»

«Beh, stasera abbiamo tempo, facciamoli. Cosa ne dici Chloe?» chiedo alla sorellina molto più taciturna e lei annuisce soltanto.

Prendiamo tutto l'occorrente e noto che le mensole della dispensa sono appiccicose, così come quelle del frigo. Muoio dalla voglia di pulirle, ma potrebbe essere un po' troppo. Ho già riordinato il salotto partendo dal presupposto che i giochi delle bambine erano dappertutto e sto facendo la tata, quindi è legittimo.

Porto pazienza con le bambine mentre versano gli ingredienti nella ciotola e mangiano le gocce di cioccolato, visto che stiamo facendo dei cupcake con le gocce di cioccolato. Era l'unica cosa per cui trovavo sempre il tempo di stare con Cordelia, una preziosa mezz'ora in cui non rispondevo al telefono e non mi preoccupavo per il lavoro. Robert non si è mai unito a noi, così era un tempo solo nostro.

«Dev'essere divertente avere il papà a casa con voi tutti i giorni,» dico a Hazel che scrolla le spalle e si mette in bocca un'altra goccia di cioccolato.

«Se le mangi tutte i nostri cupcake non verranno molto buoni.» dico con un sorriso. «Cosa fate con il papà quando non siete a scuola?»

«Andiamo al parco e nei negozi e qualche volta andiamo al ristorante con la mamma di Sami e prendiamo i milkshake. A

Chloe piace quello alla fragola – vero Chloe?» chiede Hazel a sua sorella, che annuisce entusiasta.

«La mamma di Sami?» dico, sperando di avere più informazioni.

«Già, è simpatica e Sami è nella mia classe e tutti i giorni dopo scuola lei e papà parlano, parlano, parlano e io Sami e Chloe giochiamo sulla rete per arrampicarsi che c'è a scuola, anche se Chloe non potrebbe perché è solo per i bambini grandi.»

«Io sono grande.» protesta Chloe, mostrandomi tre dita per farmi capire quanto è grande.

«Lo sei,» concordo, «e scommetto che sei molto brava ad arrampicarti.»

«Sami ha un papà?» chiedo a Hazel. Non so se Sami sia un bambino o una bambina. È un nome che potrebbe andar bene per entrambi.

Hazel si china verso di me e mi sussurra come se qualcuno potesse sentire, «Lui dice che il suo papà è scappato.»

«Oh.» dico. Sami è un bambino e sua madre è sola. Mi chiedo se Ava abbia mai pensato di fare domande del genere alle figlie.

Di sicuro io, in vita mia, non ho mai pensato di fare domande del genere a nessuno. Ho sempre dato per scontato che io e Robert fossimo una squadra, che il nostro matrimonio si fondasse su una solida base d'amore, fiducia e amicizia. Credevo di piacere a Tamara e che lei mi rispettasse.

Scaccio via questi pensieri e cerco di concentrarmi su quello che sto facendo con le bambine.

«Ecco fatto.» dico loro e mentre infilo i cupcake nel forno, entrambe si ritraggono. «Adesso è ora di andare a dormire,» dico, «e domani mattina, se la mamma sarà d'accordo, potrete prendere uno di questi deliziosi cupcake.»

«Ma io ne voglio uno adesso.» dice Hazel.

«Anche io.» aggiunge Chloe.

«Beh, ci vorrà un po' prima che siano pronti e la mamma ha detto che dovete essere a letto per le otto. Sono le sette ora e dobbiamo ancora fare il bagno e leggere una storia. Se non siete a letto per tempo, la mamma non mi chiederà più di farvi da tata e non potremo più cucinare i cupcake.» scuoto la testa mestamente.

Hazel ci pensa su un attimo. «Ok,» dice, «ma devi lasciare alla mamma un biglietto in cui dici che ne possiamo mangiare uno.»

«Prometto che lo farò.» dico. «Potremmo addirittura scriverne uno ora.»

Hazel sta ancora imparando a scrivere ma è già piuttosto abile. La aiuto con l'ortografia e con alcune lettere e in un battibaleno compare un messaggio sul ripiano: *Cupcake per dopo colazione!!!* Osservo le lettere sghembe e faccio un profondo respiro mentre ricordo quando insegnavo a Cordelia come scrivere, guidando la sua manina. Non penso di aver apprezzato abbastanza quei momenti. Cosa non darei per tornare indietro e ricominciare da capo.

«Ora bagno e a letto.» dico.

«Bagno e a letto,» concorda Hazel, «e posso farti vedere quale storia leggere.»

«Sì, bagno e a letto.» ripete Chloe.

Hazel mi dirige per tutto il tempo della routine pre-nanna, ricordandomi anche di mettere il dentifricio sullo spazzolino. Ci vuole più tempo di quanto immaginassi, ma alla fine entrambe le bambine sono sotto le coperte con gli occhi che si chiudono dopo una lunga giornata sotto il sole.

Le lascio e torno da basso in cucina, finisco di rassettare e poi, dato che ormai non riesco più a stare ferma per troppo tempo, inizio a sistemare e pulire i ripiani della dispensa. Ava potrebbe trovarlo eccessivo e di sicuro lo è, ma non riesco proprio a farne a meno. L'ordine mi calma, riordinare mi calma.

Quando mi imbatto in una bottiglia di vino polverosa nella

dispensa, la spolvero con cura e la ripongo, ma poi smetto di sistemare e mi metto a fissarla, sapendo il sollievo che potrebbe procurarmi.

Eppure dopo il sollievo arriverebbero il senso di colpa e la vergogna. Mi pento di come ho lasciato che l'alcol mi riducesse. Mi è costato mia figlia e non mi perdonerò mai per questo. Ma non posso tornare indietro. Posso solo andare avanti.

Sento un pianto provenire dal piano di sopra, come se una bambina si fosse svegliata di soprassalto per un incubo, mi lascio il passato alle spalle e mi dirigo nella stanza di Chloe per carezzarle la schiena e consolarla finché non si riaddormenta.

Siamo solo io e queste due meravigliose bambine. Non potrei immaginare nulla di meglio.

DICIASSETTE

AVA

Ava guarda Finn mentre parla con la barista, cercando di estraniarsi dal suo ruolo di moglie e limitarsi a osservare.

Finn pensa che lei creda che lui stia flirtando con altre donne.

Forse lei lo crede davvero? Forse lui non riesce proprio a fare a meno di essere affascinante e dolce con chiunque incontri.

Sono alla loro piccola enoteca preferita, dove a servire ai tavoli c'è una giovane brunetta. È carina in modo genuino e ha due grandi occhi azzurri. Finn potrebbe non rendersi conto che sta flirtando, ma la barista di certo lo pensa. Arrossisce e incespica nel rispondere a Finn che chiede, «E di che annata è quello?» mentre lei mostra i diversi vini rosso prugna.

«Prendiamo tutti e due un bicchiere di questo, grazie.» interrompe Ava, indicando la bottiglia che la ragazza tiene in mano, poi guarda il prezzo e si pente un po'. Quindici dollari a bicchiere.

Non è che non possano permettersi una tata occasionale per serate come questa, ma trovarne una richiede dell'energia che Ava proprio non ha. I genitori di Finn verrebbero, se lei glielo chiedesse, ma Ava ha sempre la sensazione che abbiano una vita sociale piuttosto attiva a cui non vogliono rinunciare. Amano prendersi cura delle bambine durante il giorno, cosa che aiuta Finn, ma non Ava. Sua madre, Pam, è felice di fare da babysitter, ma c'è un prezzo da pagare. Se Pam viene a casa loro, Ava deve essere sicura che la casa sia pulita, il bucato messo via, il frigo pieno di cibo sano. L'ultima volta che venne, Ava e Finn dovevano partecipare a un matrimonio e da quell'occasione per intere settimane ogni conversazione telefonica con sua madre iniziava sempre allo stesso modo.

«Spero che tu sia riuscita a rimuovere quella macchia dal tappeto.» Oppure, «Mi sono fermata al supermercato e ho visto che hanno le mele in offerta e ho notato che non c'è frutta in casa per le bambine. Vuoi che te ne compri un po'?» O ancora, «Non volevo dirti nulla, ma i ripiani della tua dispensa sono davvero appiccicosi. So che sei impegnata, ma è importante avere una casa pulita quando si hanno bambini piccoli.» Lo diceva a fin di bene, ma senza volerlo accresceva il senso di colpa che Ava provava nei confronti delle figlie.

Lasciare che sua madre si prendesse cura delle bambine era costoso dal punto di vista emotivo e Ava preferiva incontrarla al parco o in un bar, così lei poteva passare del tempo con le bambine senza che Ava si senta con il fiato sul collo. La nonna Pam venera le nipoti e le bambine sono fortunate ad averla.

«Grazie per avermi fatto vedere i miei preziosi angioletti.» dice sempre sua madre quando si congedano dopo una visita.

Il suo telefono è pieno zeppo di foto delle bambine e dice con orgoglio a tutti quelli che incontrano, «Queste sono le *mie* nipoti.» È davvero tenera e Ava detesta alterarsi con lei solo perché vuole il meglio per le bambine. È meglio riuscire a fare in modo che la nonna non debba preoccuparsi del caos che regna in casa di Ava e pensi semplicemente a godersi il tempo insieme a loro.

Si suppone che non spenderanno molto stasera. Dovrebbero

solo bersi qualcosa, ma se entrambi si prendono due bicchieri, il conto sale a sessanta dollari. Ava ha un buono stipendio, molto buono, ma a Sidney i prezzi crescono ogni giorno ed è sempre consapevole di essere l'unica a portare il pane a casa.

La barista riempie due bicchieri e, con un altro sorriso rivolto a Finn, si dirige verso il cliente successivo. Il vino è delizioso, con un sentore di ciliegia al palato.

«Venerdì ho incontrato la maestra di Chloe all'asilo.» dice Finn.

«Come mai? Non sapevo ci fosse qualcosa di programmato.»

«Non c'era infatti, ma mi fa piacere farmi conoscere, entrare in relazione con le insegnanti e parlare di mia figlia in modo più approfondito rispetto a quanto non si riesca a fare il primo giorno. L'ho fatto anche con Hazel.»

«Si tratta di Celia?» chiede Ava. Finn scuote la testa e sospira come se Ava dovesse saperlo. Ma lei aveva dato per scontato che trattandosi dello stesso asilo che aveva frequentato Hazel, le insegnanti sarebbero state le stesse. Il primo giorno di scuola, lei aveva portato Hazel alla scuola dell'infanzia e Finn aveva portato Chloe all'asilo nido.

Quando Finn la esaspera oltre ogni sopportabile limite e ipotizza di lasciarlo, rammenta sempre a sé stessa questi aspetti pratici e pensa a come sarebbe dura crescere da sola due bambine piccole e lavorare full time.

Se non funziona neanche questo, pensa a quanto sarebbero devastate le bambine se il padre non facesse più parte della loro vita quotidiana. Ma il più delle volte rammenta a sé stessa che lei ama suo marito nonostante le sue irritanti peculiarità.

«Come si chiama? È gentile?» chiede Ava, mentre si domanda quanto sia carina la nuova insegnante e subito dopo si rimprovera per esserselo domandato.

«Olivia e sì, mi pare deliziosa. Ha vent'anni circa e ha un viso meraviglioso, sai, con questi grandi occhi verdi e gli zigomi alti.» dice lui, indicando quei punti sul proprio viso. «Le ho chiesto se potessi farle un ritratto. Mi è sembrata propensa.» Finn beve un sorso di vino.

Anche Ava ne beve una gran sorsata, lasciandolo decantare in bocca per un istante e permettendo al lieve retrogusto acido di ricordarle di pensare prima di parlare.

«Non penso sia una buona idea.» dice dopo aver deglutito.

«Perché?» dice lui.

«È... l'insegnante di Chloe e sarebbe poco professionale.» risponde lei.

«La tua assistente sta nell'appartamento sopra il nostro garage.» ribatte lui.

Ed eccoli di nuovo. Occhio per occhio. Non sa con esattezza quand'è che hanno iniziato a fare così, ma sembra che per qualsiasi cosa lei dica, Finn abbia da ribattere. Non si tratta mai di una discussione, ma piuttosto di un paragone.

Finn, è sfiancante dover pulire tutto dopo che cucini.

È sfiancante preparare la cena dopo un'intera giornata passata a star dietro alle bambine, Ava.

Finn, puoi portare fuori la spazzatura? Ho un mal di testa tremendo, è stata una giornata stressante al lavoro.

Stare a casa con queste due è stato stressante, soprattutto perché Chloe è raffreddata.

Finn è più bravo in questo giochino e finisce che spesso è lei ad arrendersi. «Lo so, solo che... non farlo, ok?» Non riesce a dargli una motivazione logica.

«A volte penso che non prendi sul serio il mio lavoro.» dice Finn, finendo il suo bicchiere e segnalando alla barista di volerne un altro. «Due, grazie.» dice quando arriva e Ava aggiunge altri trenta dollari al conto.

«Sì che lo prendo sul serio,» ribatte lei. «ma ci sono un sacco di altre persone che potresti ritrarre. E poi...» Vorrebbe finirla lì, vorrebbe non dover affrontare quella conversazione perché l'hanno fatta talmente tante volte che è impossibile contarle, ma per qualche ragione, seduta lì da sola con lui, senza che vi sia la possibilità di essere interrotta, non può fare a meno di parlare. «Penso che forse sia giunto il momento che ti trovi un lavoro part-time. So che hai bisogno di tempo per lavorare, ma con l'aumento del tasso d'interesse del mutuo e tutto il resto... forse potresti ricominciare a prendere delle commissioni, solo una o due, perché anche una somma piccola ci sarebbe d'aiuto...» Smette di parlare sconcertata dal modo in cui lui la guarda.

«È buffo che tu voglia che io sia tutto quanto, Ava – non buffo ah ah, ma buffo nel senso di strano. Mi prendo cura delle bambine in modo che tu possa lavorare, no? Se inizio a lavorare, chi le porta a scuola la mattina?»

«Le porto io a scuola quasi tutte le mattine, Finn.» dice lei, gelida.

«Sì, rinfacciamelo pure.» dice lui. «Non manchi mai di farmi notare che sono un perdente. Perché non puoi essere felice e basta?» Manda giù rapidamente il secondo bicchiere di vino e si guarda intorno, Ava si sforza di trovare un modo per dialogare con lui senza farlo arrabbiare. Rimangono seduti in silenzio più di quanto vorrebbe, ma tutto ciò che vuole dirgli sembra sbagliato.

«Vado un attimo in bagno e poi possiamo andare. Voglio lavorare un po' stasera.» dice, alzandosi.

Si allontana e Ava si scola il suo bicchiere di vino in un unico sorso, seccata di doverlo bere in fretta e di aver sprecato questo prezioso momento di pausa. *Perché non riesci mai a lasciar perdere?*

Finn ha lasciato il telefono appoggiato al bancone e, quando vibra, lei lo guarda. Compare un messaggio sullo schermo e poi scompare. Pensa di aver visto la parola "amore" così lo prende in mano e cerca di sbloccare lo schermo, ma non funziona. Ci riprova due volte prima di accorgersi che Finn sta tornando verso di lei, così lo riappoggia sul bancone. Finn ha cambiato il codice di sblocco. Hanno sempre saputo l'uno quello dell'altra, perché lui spesso se lo scorda. Lui però l'ha cambiato senza dirle niente.

Quando è successo?

«Pronta?» chiede Finn.

«Sì.» dice lei alzandosi.

Mentre sono in auto diretti verso casa, cerca di trovare un modo per chiedergli del telefono senza apparire paranoica e maniaca del controllo, ma non le viene in mente nulla.

La casa è silenziosa. Grace è seduta sul divano a guardare un programma di cucina che danno in tivù.

«Siete tornati presto!» esclama quando li vede. «Le ragazze sono state davvero deliziose e abbiamo preparato dei cupcake, spero non sia un problema.»

«Domani c'è scuola,» dice Ava rigida, «e nessun problema per i cupcake. Sono sicura che a loro è piaciuto un sacco.» Poi aggiunge, temendo di essere stata sgarbata con Grace, «È stato molto gentile da parte tua farci da tata. Abbiamo potuto bere un drink in tranquillità e non accade spesso.» Nonostante le belle parole, scorge un'espressione interrogativa sul volto della donna.

«Ci vediamo domani al lavoro allora.» dice Grace e fa per andarsene.

«Possiamo andare insieme.» dice Ava con uno slancio di generosità. «Ho il posto auto.»

«Oh,» risponde Grace, «sarebbe splendido, grazie. Sei davvero gentile.»

«Nessun problema.» e offre a Grace un sorriso sincero.

«Buona notte allora.»

«Buona notte,» risponde Ava, «e grazie ancora.»

In cucina la lavastoviglie sta borbottando, le superfici sono pulite e splendenti e sul ripiano ci sono i cupcake a raffreddarsi.

Ava sente la porta della mansarda dove lavora Finn chiudersi sbattendo.

Per questa sera il discorso è chiuso.

Prende in mano un cupcake e lo addenta, assaporando le gocce di cioccolato fuso ancora calde.

Non ha nulla da temere, ne è sicura. Finn non è quel tipo di persona.

Invece di continuare a rimuginarci sopra, tira fuori i portavivande delle bambine dai loro zainetti – cosa che avrebbe dovuto fare venerdì pomeriggio. Getta via gli incarti che avevano lasciato dentro e li pulisce così che siano pronti per domani.

Raggiunge la dispensa per prendere le barrette di muesli che ogni giorno tutte e due portano a scuola, preme l'interruttore e si ferma a osservare.

Le mensole sono risistemate, ordinate e pulite.

Ovviamente è stata Grace. Un brivido le percorre la schiena mentre sperimenta una sensazione di vulnerabilità. La dispensa era un caos totale, non certo qualcosa che avrebbe voluto che qualcuno di esterno alla famiglia vedesse, non certo qualcosa che Finn avrebbe mai pensato di sistemare o pulire o anche solo avrebbe accettato di pulire se lei gliel'avesse chiesto, qualcosa a cui di certo avrebbe rimediato non appena avesse avuto il tempo.

Eppure ora è tutto a posto, tutto ordinato come la sua scrivania al lavoro, come la sala e la cucina, come se qualcun altro vivesse lì al posto di Ava.

Se lei e Finn non venissero da un imbarazzante viaggio in macchina passato in silenzio, si precipiterebbe da lui per parlargli del fatto.

Eppure anche se dicesse qualcosa, lui le direbbe che è colpa sua, visto che ha concesso alla sua assistente di soggiornare in casa loro.

È la tua assistente, ad Ava pare di sentirlo dire, *stava cercando di aiutarti*. Forse sarebbe stato contento di sapere che qualcun altro si è occupato della faccenda.

Ava vorrebbe essere più riconoscente. Questa è la sua cucina, la sua casa, dove vivono suo marito e le sue figlie e un'altra donna ha pulito al posto suo, non una donna pagata per farlo, in quel caso sarebbe tutto diverso.

Ma tu la paghi e lei aveva detto che sarebbe stata felice di assisterti in ogni modo. Non è anche questo un modo per farlo?

Ava sa che razionalmente è tutto vero, ma non riesce a tranquillizzarsi. Scuotendo la testa, prepara il pranzo al sacco delle bambine e poi si porta una tazza di tè a letto, dove passa in rassegna le mail arrivate durante il fine settimana. Si ritrova poi a scorrere video su Instagram di gente che per lavoro organizza le case, guarda questi professionisti che arrivano e fanno pulizia nelle credenze delle persone. Dopo mezz'ora di scrolling ininterrotto di video dello stesso tipo, si autoconvince di aver avuto una reazione esagerata al gesto di Grace. La donna stava solo cercando di essere d'aiuto e non occorre farne un dramma. Ci sono un sacco di dispense che hanno un aspetto peggiore di quella di Ava.

Ad ogni modo Grace se ne andrà tra qualche giorno e la dispensa di Ava ritornerà al suo abituale caos. Così come il resto della sua vita domestica. Dovrebbe approfittare dell'aiuto di Grace fintanto che può.

Soddisfatta, Ava spegne la luce e si volta dall'altra parte per mettersi a dormire. Passeranno ore prima che Finn venga a letto e sa che in parte è colpa sua. Non avrebbe dovuto dirgli nulla della possibilità di trovarsi un lavoro.

Se non l'avesse fatto, sarebbe stato più facile chiedergli del codice di sblocco del telefono. Forse ha solo scordato quello vecchio e non voleva seccare Ava.

Mentre culla questa idea gli occhi le si chiudono e scivola nel sonno, intanto si rassicura dicendosi che sta semplicemente ingigantendo la situazione.

Va tutto bene. Tutto bene.

DICIOTTO

Cara bambina mia,

*Le cose cambiano. Che siano buone o cattive, l'unica certezza
nella vita è che cambiano.*

*Per me è accaduto quando l'ho incontrato. Avevo quindici
anni.*

*Si chiamava Luka ed è arrivato nella scuola che frequen-
tavo con i suoi capelli castano scuro, occhi verde chiaro e un'e-
spulsione dalla sua precedente scuola che incombeva su di lui
conferendogli un'aura esotica.*

*Non avevo mai conosciuto nessuno così prima di allora.
Non sembrava badare alla sua cattiva fama, anzi condivideva
la sua storia con chiunque volesse sentirla. «Ho premuto l'allarme antincendio e l'intera scuola impazzita.», diceva ridendo.
Non stava mai attento in classe, anzi leggeva le sue riviste
proprio davanti agli insegnanti. Era in punizione praticamente
dal giorno uno e io lo osservavo, non solo con il desiderio adolescenziale che aveva appena iniziato a nascere in me, ma anche
con invidia.*

Avevo passato l'anno prima di compiere sedici anni a colo-

rare nei margini, a far felici i miei genitori e i miei insegnanti, terrorizzata dall'idea che potesse accadere qualcosa di catastrofico se avessi preso strade diverse. Già una volta le cose erano finite in catastrofe. Il mio comportamento aveva ucciso mia nonna, l'unica persona che mi aveva amato in modo incondizionato.

Luka sembrava non avere idea che il suo comportamento avrebbe potuto stravolgerle la vita.

Durante una serata di colloqui genitori-insegnanti, un mese dopo il suo arrivo, sedevo a fianco dei miei genitori, mentre con i loro volti austeri ascoltavano l'insegnante di inglese tessere le mie lodi. «È veramente creativa e la sua comprensione del testo è eccellente.» diceva loro Mrs Williams.

«Beh, non è così che dovrebbe essere?» chiese mio padre.

«Non dovrebbe rimanere indietro rispetto agli studenti migliori.» disse mia madre.

«Oh,» arrossì la mia insegnante, «ma è la terza migliore studentessa della classe e...»

Smisi di ascoltare e mi guardai intorno, nel salone tutti gli insegnanti avevano disposto dei tavolini. Ad ognuno c'era uno studente con uno o entrambi i genitori. Mi cadde lo sguardo sulla famiglia di Luka. Stava seduto tra il padre e la madre, entrambi vestiti casual, con i jeans. Guardavo l'insegnante di scienze, Mr Baker, parlare. Era un omino bizzarro, con un paio di occhiali sulla testa e un altro paio appeso al collo. Non riuscivo a capire che cosa diceva, ma era evidente che stava spiegando che Luka non aveva raggiunto la sufficienza nell'ultima verifica di scienze. Sapevo che aveva preso un brutto voto. Luka sembrava indifferente, d'altronde sembrava che non si preoccupasse mai di niente. Ciò che mi sciocco, però, fu il fatto che neppure i suoi genitori sembravano turbati. Anzi, suo padre, un uomo barbuto e imponente, alzò le spalle e scompigliò i riccioli del figlio, guadagnandosi un sorriso sbilenco da parte di Luka, poi si alzarono per raggiungere l'insegnante successivo e sua madre gli mise un braccio attorno alle spalle e sorrise.

Non riuscivo a capire come potessero esistere tanto amore e tanta tolleranza. Se mai avessi preso un'insufficienza, sarei stata chiusa a chiave nella mia camera per giorni. Eppure ecco Luka che a ogni occasione creava scompiglio nella sua vita, ma rimaneva avvolto dall'amore dei suoi genitori. Ero arrabbiata e triste. Cosa avevo che non andava? Capivo tutti i motivi per cui mia madre non mi amava, ma sentivo che c'era qualcos'altro, qualcosa in me che era intrinsecamente impossibile da apprezzare e da amare. Non avrei mai potuto chiederle nulla a riguardo perché immaginavo la reazione inorridita che avrebbe avuto.

Quella sera tornai a casa ancora più confusa di quanto non fossi mai stata riguardo al mondo e al mio posto al suo interno.

Non ho mai pensato che lui mi avrebbe parlato ma un giorno, dopo pranzo, rientrò in classe e posò una barretta di cioccolato e caramello sul mio banco. Le vendevano in mensa, ma non mi davano mai i soldi per la mensa. La bocca mi si riempì all'istante di saliva all'idea di mangiare un dolce. Da quando mia nonna era morta ne avevo avuti pochi e molto di rado. Non avevo mai soldi da spendere.

«Mi sembra che ti ci voglia un dolcetto.» disse lui.

«Oh, non potrei, io...» arrossii mentre incespicavo con le parole.

«Non stai facendo una di quelle stupide diete vero? Non ne hai bisogno.»

Scossi la testa rifugiandomi nel silenzio.

«Dai, forza allora.» disse lui e sebbene l'insegnante fosse appena entrata per dare inizio alla lezione, afferrai la barretta, strappai l'incarto di plastica gialla facendo un rapido, gigantesco morso. Luka iniziò a ridere e io chiusi gli occhi mentre quel sapore appiccicoso mi inondava i sensi.

«*E non hai ancora visto niente, dopo scuola aspettami.*» *disse.*

«Siediti, Luka.» tuonò l'insegnante di storia e lui si sedette.

Sapevo che i miei genitori si sarebbero arrabbiati. Sapevo che sarei stata punita, ma non potevo non aspettare Luka dopo scuola. L'ultima ora c'era educazione fisica e i ragazzi erano separati dalle ragazze. Noi facevamo ginnastica, attività che di solito mi piaceva, ma continuavo a sbagliare: cadevo quando avrei dovuto fare capriole e mancavo la corda e inciampavo quando avrei dovuto saltare. Più tardi mentre facevo la doccia, cercavo di accettare il fatto che lui non sarebbe stato lì ad aspettarmi, che si trattava solo di una specie di scherzo crudele da parte sua. Sapevo cos'era la crudeltà senza motivo. Potevo sopportarla.

Ma quando uscii dallo spogliatoio delle ragazze, lui era lì ad aspettarmi.

«Ti va un milkshake?» chiese.

«Non ho soldi.» dissi.

«Io ne ho un po', andiamo.»

Vorrei riuscire a spiegarti la meraviglia di quel primo pomeriggio con Luka, bambina mia. Alla caffetteria dove mi portò, ordinammo due gusti diversi di milkshake e, una volta arrivati a metà, ce li scambiammo. Non riesco a ricordarmi ogni dettaglio della nostra conversazione, ma mi ricordo che mi disse che i suoi genitori erano artisti e credevano che avrebbe realizzato le sue potenzialità quando fosse stato pronto. So di avergli parlato molto di mia nonna e pochissimo dei miei genitori salvo accennargli che erano severi.

So che mi aveva accompagnato fino a metà strada e mi aveva baciata quando gli dissi che dovevo fare l'ultimo pezzo di strada da sola, così i miei genitori non lo vedevano.

So anche che quando entrai dalla porta d'ingresso e mia madre era seduta in cucina con le braccia incrociate, con il volto rosso di rabbia, non me ne importava. Avrei dovuto essere a casa da due ore e non avevano idea di dove fossi stata. Sono sicura che mia madre si fosse limitata a pensare che stavo facendo qualcosa di male. Aveva assolutamente ragione. Mi avevano detto che non dovevo per nessuna ragione avvicinarmi ai ragazzi, perché erano "creature immonde con solo una cosa nella testa, ovvero rovinare la vita alle giovani donne"

«Tu...» iniziò.

La guardai e per la prima volta provai pietà per lei e per il modo in cui viveva la sua vita. «Lo so,» dissi con noncuranza, «vado nella mia stanza e non mi darai più nulla da mangiare finché non muoio.» scattai fuori dalla cucina e sbattei la porta della mia camera.

Quella sera, come previsto, non ebbi il permesso di cenare, ma la mattina seguente quando entrai in cucina per prepararmi la colazione, nessuno disse niente.

Mangiai in silenzio e poi mi preparai il pranzo e uscii. Non fu proferita parola.

E sapevo di aver vinto.

Da lì in avanti non permisi più che mi dicessero cosa fare. Per questo motivo continuarono a odiarmi fino al momento in cui non mi cacciarono di casa.

Continuo a rigirarmi nel letto. Non sembrava affatto che le ore trascorse fuori casa avessero avuto un effetto positivo su Ava e Finn. Sembrava, anzi, che avessero avuto un diverbio. Che peccato.

Mi preoccupo anche per il lavoro che ho fatto in cucina. È stato eccessivo e non avrei dovuto spingermi a tanto. Ho trovato un vecchio pacchetto di sigarette nascosto sullo scaffale più in alto e l'ho riposto con cura dove l'avevo trovato, ma che fosse Finn o Ava ad averlo nascosto lì, di sicuro non doveva essere visto. Ho invaso la loro privacy. Potrei dire che è stata Hazel a proporlo e l'abbiamo trasformato in un gioco? No, non è giusto nei confronti della bambina.

Voglio rendere la vita di Ava più facile, così facile da fare in modo che si fidi e faccia affidamento su di me, ma forse sto affrettando i tempi. Ho con me una sveglia digitale che ora è accanto al mio letto. Guardo i numeri succedersi durante la notte fino al mattino. Mi ritrovo spesso a desiderare la botta ghiacciata della vodka che so mi calmerebbe fino a farmi addormentare. Quella, però, non è più un'opzione per me. So che potrei bermi qualcosa e nessuno verrebbe a saperlo, non sospetterebbero nemmeno. Non è che qualcuno mi stia tenendo d'occhio, ma devo cercare di mantenere il controllo finché non sarò sicura di aver ottenuto quello per cui sono venuta qui.

Verso le tre del mattino alla fine il sonno arriva ma mi alzo presto, prima delle sette, e sono pronta per la giornata così scendo al piano di sotto e aspetto. La porta della cucina che dà su un piccolo cortile è aperta, il calore di febbraio già nell'aria.

Ava è in cucina con le bambine, i capelli bagnati e il viso struccato mentre si barcamena tra la preparazione dei pranzi, la colazione delle bambine e la lavastoviglie da svuotare. So che dovrei lasciarla fare. Non vorrebbe mai che la vedessi così, ma non riesco a farne a meno.

«Posso essere d'aiuto?» chiedo e Ava si volta rapida, vedendomi arrossisce. L'ho colta nel momento più caotico. «Sono già pronta e non ho nulla da fare. Lascia che ti aiuti.» dico.

Abbassa le spalle e annuisce. «Forse potresti legare i capelli a Hazel, vuole una treccia alla francese.»

«Certo.» dico e Hazel mi passa la spazzola e si gira.

«Sai come si fa?» chiede.

«Oh sì, di solito la facevo a...» mi salvo in tempo, «a me stessa e alle amiche quando ero più giovane.»

«Quanti anni hai ora?» chiede Hazel.

«Cinquantadue.» rispondo.

«Non li dimostri.» dice Ava mentre finisce di svuotare e ricaricare la lavastoviglie.

«Grazie.» dico mentre le mani si muovono con naturalezza tra i capelli scuri di Hazel. Sono soffici come seta e hanno quel sentore di pulito tipico degli sciampi per bebè che mi ricordo così bene dai tempi in cui Cordelia era piccola. Mi ricordo anche il giorno in cui mi disse di volerne provare un altro. Aveva sette anni e le compravo ancora lo sciampo che avevo sempre usato.

«Voglio quello che ha i fiori davanti.» mi disse riferendosi a una pubblicità che aveva visto alla televisione. Nessuno ti avverte che l'infanzia sta per finire, ma ricordo bene il momento in cui gettai via l'ultimo flacone vuoto di sciampo per bebè e quanto mi sentii triste.

«Ecco fatto.» dico a Hazel che fugge subito per andare ad ammirarsi.

Dividendoci i compiti, ben presto le bambine sono a scuola e io e Ava siamo sulla strada per l'ufficio. Voglio che Ava si fidi di me, voglio piacerle. Sento che sono molto vicina al raggiungimento dell'obiettivo.

«Ehm, Grace.» dice e so già dove vuole arrivare.

«Sei arrabbiata per via della dispensa.» dico.

«Beh...è...»

«Posso essere sincera con te, Ava?»

«Certo.»

«Ieri sera mi sentivo... a disagio perché mi trovavo in un posto nuovo e ho appena iniziato un nuovo lavoro. Penso... insomma mettere in ordine mi calma... Mi è davvero d'aiuto e sapevo, mentre lo stavo facendo, che non avrei dovuto, ma per qualche ragione...» mi interrompo e scrollo le spalle.

«Non preoccuparti,» dice Ava, «te ne sono grata, in realtà.»

«Sei davvero gentile.» dico.

Ava in risposta sorride e sediamo in silenzio per qualche minuto, senza particolare imbarazzo ma neppure del tutto a nostro agio.

Un modo per costruire una relazione di fiducia con l'altro è dirgli qualcosa di te, dirgli qualcosa di personale e doloroso.

«Anche mia madre faceva così, sistemava gli scaffali e gli armadi quando era in ansia.» dico.

«Capisco. Ognuno reagisce a modo suo.»

«Vero.» concordo e poi scuoto la testa e mi sfrego gli occhi. «Mia madre mi manca moltissimo.»

«Mi spiace,» dice Ava, «quando è mancata?»

«Cinque anni fa. Lei e mio padre gestivano una caffetteria nelle Blue Mountains, servivano solo pietanze preparate con prodotti biologici. Quando papà è morto per un attacco di cuore, mia madre non se l'è sentita di portare avanti l'attività da sola e l'ha chiusa, poco dopo ha avuto un ictus.»

«Oh mio Dio, a così poca distanza di tempo.» dice Ava dopo aver ascoltato la mia triste storia.

«Si amavano molto.» Mi asciugo una lacrima inesistente. I miei genitori sono ancora vivi, vivono in un ospizio a Sidney. Non li vado a trovare e a loro non importa.

Sono più di sei anni che non li vedo. In tutto l'arco della mia vita ci sono stati periodi in cui non li ho visti per diverso tempo, a partire da quando ero solo un'adolescente ribelle e li facevo infuriare con i miei errori. Ogni volta che rientravo a casa, avevo sempre la speranza che prima o poi mi avrebbero accettata per quello che ero. Mi hanno cacciata fuori di casa a sedici anni, ma non per questo rinunciai alla scuola. Tornai a trovarli a diciott'anni, quando ero stata ammessa all'università. «Una donna come te ha bisogno di un lavoro.» disse mio padre.

«Nessun uomo ti vorrà con quell'atteggiamento che hai.» Non so cosa mi aspettassi. Congratulazioni? Siamo fieri di te? Perché mai i figli che hanno subito abusi non riescono a smettere di desiderare l'amore dei genitori?

Tornai a trovarli quando ne avevo venticinque e portai Robert affinché lo conoscessero. «Sei preparato a quello che ti aspetta se sposi mia figlia?» gli chiese mia madre, provocando una grande ilarità intorno alla tavola allestita con un sobrio tè. Dei tramezzini rinsecchiti erano posati accanto ad alcuni scones duri come pietra, con una ciotolina di marmellata da condividere tra tutti. Ero mortificata, soprattutto perché Robert proveniva da un ambiente agiato e, ormai da tempo, la sua famiglia mi aveva abituata a cene sontuose sia al ristorante che a casa loro.

Tornai per presentar loro Cordelia e finalmente sembrava che avessi ottenuto tutti i risultati da loro auspicati. Ero una moglie e una madre, accettabile agli occhi della società. Ero una madre lavoratrice e questo rappresentava un piccolo problema, ma mia madre riusciva a tenersi le sue opinioni per sé quando andavo in visita. Adorava Cordelia, si divertiva a giocare con lei alle casalinghe. Mi astenni dal chiederle di non insegnare a mia figlia come si stira. Non stava facendo nulla di male, mi dicevo, ed era comunque più importante che Cordelia avesse un rapporto con sua nonna. La madre di Robert la incoraggiava a far compere e a concedersi pranzi costosi. Nessuna delle due nonne l'ha mai incoraggiata a impegnarsi seriamente nello studio e perseguire degli obiettivi. La gentilezza che avevo sempre desiderato ricevere dai miei genitori a Cordelia veniva facilmente accordata. Mia madre iniziò addirittura a tenere dei dolcetti in casa per quando andavamo a trovarla. A me non ha mai offerto nemmeno un cioccolatino e una volta che ebbi la sfacciataggine di prenderne uno di mia iniziativa, lei mi disse «Le donne di una certa età tendono a mettere su peso.» e poi mi squadrò dalla testa ai piedi, mentre cercavo di tirare in dentro la pancia. Ero a capo di un'azienda in crescita allora, ero una moglie, una madre e una persona di successo in tutti gli ambiti della vita, ma in un certo senso agli occhi di mia madre rimanevo un fallimento.

Poi, ovviamente, andò tutto a scatafascio e sapevo, prima ancora di entrare in clinica riabilitativa, che i miei genitori non avrebbero mai più voluto vedermi. Spero davvero che Cordelia sia ancora in contatto con loro. Io non voglio vederli e so che da parte loro non c'è alcun interesse nei miei confronti, ma penso che se Cordelia non parlasse più con loro avrebbero il cuore a pezzi. Tengo ancora a loro, per quanto mi sforzi di essere indifferente. Gli esseri umani sono complicati in modo esasperante.

«Sei mai stata sposata?» chiede Ava riportandomi alla nostra conversazione, e io gliene sono grata. Aggiunge rapida, «Scusami per la domanda molto personale.»

«Nessun problema e no, sono stata fidanzata ma poi Michael è morto.» Se Cordelia fosse stata un maschio, l'avrei chiamata Michael. Mi è sempre piaciuto come nome.

«Oh.» risponde, aspettando con pazienza il resto della storia.

E che storia – bella pronta e predisposta per chiunque avesse chiesto.

«Era il mio fidanzatino al liceo e l'amore della mia vita. Avevamo programmato di sposarci, ma a diciannove anni morì d'infarto mentre giocava a rugby. Soffriva di cardiomiopatia ipertrofica, che è quando il muscolo del cuore si ispessisce. Nessuno sapeva che ne fosse affetto, è collassato così, di colpo e prima che chiunque potesse intervenire, se n'era andato.»

È stata una terribile tragedia. Non era mai accaduto a nessuno che conoscevo, ma l'avevo letto su internet da qualche parte mentre scorrevo i post di Facebook e dovetti fermarmi un istante a riflettere sulla volubilità della sorte. Al tempo mi era stato concesso di utilizzare di nuovo il telefono – il telefono era qualcosa che mi dovevo guadagnare in cambio di un livello accettabile di collaborazione nel percorso riabilitativo e di rimorso per quello che avevo fatto. Ero entusiasta di riavere il telefono, ma era sconfortante sapere che mi ci sarebbe voluto ancora parecchio tempo prima che mi ritenessero guarita e mi fosse concesso di lasciare la clinica. Anche peggio era l'idea che pochissime persone avrebbero avuto voglia di sentirmi. Il primo messaggio che mandai a Cordelia venne accolto con una risposta furiosa.

Ciao tesoro, ho di nuovo il telefono. Volevo che lo sapessi.
Abbiamo molto di cui parlare. Spero che mi concederai di spiegarti. Spero che prenderai in considerazione la possibilità di perdonarmi.

Come ti permetti? Dopo tutto quello che hai fatto. Mi hai rovinato la vita. Non contattarmi mai più.

Non potevo rispettare quella richiesta. Semplicemente non ne sono capace. La contattavo una volta al giorno, nel mentre, facevo scorrere sullo schermo del telefono le storie tristi delle altre persone.

Per un breve lasso di tempo la storia di un giovane uomo che morì all'improvviso di infarto mi aiutò a ridimensionare la mia situazione. E ora è tornata utile.

«Povera, che cosa terribile per te e per la sua famiglia.» dice Ava.

«Sua madre si sente tuttora in colpa. Ma penso che le madri si sentano sempre in colpa, anche se non dovrebbero. Come poteva saperlo?»

Mentre parlo guardo Ava e riesco a vederla appuntarsi mentalmente di chiedere al pediatra di controllare i cuori delle bambine alla prossima visita. Facevo come lei con Cordelia quando era piccola. Se leggevo o sentivo di un certo tipo di condizioni di salute che avevano ucciso un bambino inaspettatamente, prenotavo subito una visita per assicurarmi che fosse in salute. Robert lo trovava divertente. Diceva che ero nevrotica. Probabile che lo fossi. Cerco di non pensare a Robert, ma compare senza preavviso in questi giorni ed è sempre giudicante nei miei confronti. Sento che mi critica anche dalla tomba. Fa niente. Può giudicarmi quanto vuole. È Cordelia che devo trovare il modo di riavere; Cordelia che mi manca moltissimo. Difficile credere che dopo tutta la cura che ci ho messo per crescere la mia adorabile bambina, sono riuscita a sventrare la nostra relazione in appena un anno.

«E hai qualche altro parente?» chiede Ava e devo pensare rapidamente.

«Ho una zia a Londra. Eravamo molto legate prima che si trasferisse e al momento non sta molto bene. Spero di andare a trovarla durante le prossime ferie.»

«Londra mi piace molto.» dice Ava mentre entra nel garage aziendale.

Dopo aver parcheggiato, esco dall'auto e salgo per prima, perché abbiamo convenuto che sia meglio non rendere pubblica la nostra situazione abitativa. «Sono affari nostri.» aveva detto Ava e io ero d'accordo. Mi sta bene. Quando finirò di fare quello che devo fare, non voglio che nessuno sappia che ho vissuto con Ava, anche se solo per un breve periodo.

Le porte dell'ascensore si aprono e vedo Melody stravaccata dietro la scrivania della reception, gli occhi fissi sul telefono che ha lì accanto a lei.

«Penso sempre quanto sia importante che la prima persona che qualcuno vede entrando in un luogo d'affari sia impegnata con il suo lavoro e pronta ad accogliere il cliente.» le dico invece di augurarle buongiorno. Melody alza al cielo i bei occhi azzurri, appesantiti da ciglia finte. «Nessuno arriva qui così presto.» risponde.

«È comunque importante.» dico.

Melody si alza afferrando il cellulare che è poggiato sulla scrivania. «Mi prenderò un caffè.» dice mentre si allontana, lasciando la scrivania incustodita, proprio nel momento in cui arriva Ava.

«Tutto a posto Grace?» chiede.

«Oh sì, sto solo aspettando che Melody ritorni con il suo caffè. Ha l'abitudine di lasciare la scrivania incustodita e mi secca pensare che entri qualcuno e veda il posto vuoto. L'ho notato diverse volte e sono qui solo da qualche settimana.»

«Ti ha chiesto lei di sorvegliare la scrivania?»

«Oh no, mi ha detto che non serviva perché tanto nessuno viene mai così presto.»

Ava alza le sopracciglia ed entrambe aspettiamo il ritorno di Melody, che infatti arriva, un sorriso stampato sul volto e gli occhi fissi sul telefono. È un miracolo che la ragazza non inciampi in qualcosa.

«Melody.» dice Ava e la ragazza alza lo sguardo, le sue labbra carnose già imbronciate. «Preferirei che non lasciassi la scrivania senza aver chiesto a Grace o a James di sostituirti per il tempo che ti occorre.»

Melody le dà un rapido quanto sgarbato cenno di assenso e si siede mentre io e Ava ci avviamo verso l'ufficio. Ho una piccola scrivania e una sedia fuori dal suo ufficio, ma ci piace iniziare la giornata passando in rassegna tutto quello che c'è da fare.

«Non stacca mai gli occhi da quel telefono.» dico quando siamo sedute e sono pronta a prender nota.

«L'ho notato anch'io.» dice Ava. «Potrei mandarle una mail a riguardo.»

«Posso prepararti una bozza se vuoi.» le dico e Ava annuisce.

«Ottimo, ora vediamo cosa occorre che facciamo oggi.»

Ava è molto curata stamattina, i capelli pettinati con cura e il viso truccato. La camicetta che indossava stamattina aveva una strisciata di Nutella disegnata dalla mano di Chloe, ma gliel'ho fatto notare prima di uscire di casa, così ha potuto cambiarsi e, dato che sapeva che con le bambine c'ero io, si è presa un po' di tempo in più per curare meglio il suo aspetto. Ha l'aria calma e sembra avere tutto sotto controllo. Proprio l'aspetto che avevo io prima che tutto andasse così clamorosamente a rotoli.

La giornata passa abbastanza velocemente tra conversazioni interminabili con i formatori riguardo ai voli e alle sistemazioni e i resoconti generici di come sono andate le varie esperienze. Collin si affaccia alla porta quando la giornata è agli sgoccioli per dirci che sta andando a Melbourne per un incontro lampo.

«Patricia torna in Australia per qualche giorno per il matrimonio di sua nipote e mi ha chiesto di andare a trovarla.» dice con un sorrisetto.

Ava tiene la testa bassa, la concentrazione rivolta al documento che sta leggendo, ma a nessuno può sfuggire la tensione nelle spalle. «Bene.»

«Sì,» dice Collin dato che non viene aggiunto nient'altro, «ho la sensazione che avremo molto di cui parlare.»

Ava annuisce. Una ruga le compare nello spazio tra gli occhi.

«Dove hai detto che dovrebbero soggiornare quando fanno visita a Bendigo?» chiedo ad Ava, anche se ne abbiamo appena parlato.

«Ci vediamo domani, allora.» dice Collin.

«Buon volo.» risponde Ava.

«Che uomo odioso.» sussurro una volta che se n'è andato.

Ava mi guarda e mi sorride. «Non sono solo io a pensarlo, allora?»

«Certo che no.»

«Credo che Patricia gli proporrà di diventare CEO per l'Australia.» dice, mordendosi il labbro e riesco a vedere quanto l'idea l'addolori.

«Non lo sappiamo ancora.» dico cercando di consolarla, ma in effetti al momento sembra che le cose stiano così.

Ava scrolla le spalle. «È impossibile fare tutto, specie con le bambine. Collin ha una moglie e dei figli ma questo non influenza affatto la sua vita lavorativa.»

«Per gli uomini è diverso.» convengo e mi viene in mente una litigata con Robert di dieci anni fa.

«Ci sono cose più importanti del lavoro nella vita, Grace. Credi di fare tutto il possibile per essere presente nella vita di Cordelia, ma per lei non è così. Stasera dovevi esserci alla recita, invece ci sono andato da solo. Era la sua restituzione finale.»

«È stata un'emergenza.» gli dissi. «Eravamo nel bel mezzo dell'inventario e il sistema si è bloccato. C'erano sei dipendenti che mi aiutavano e dovevamo per forza finirlo. Non potevo lasciarli lì da soli.»

«Non basta, Grace, non basta assolutamente. Io ho dovuto andarmene prima dalla cena di lavoro così da poterci essere.

Il mio lavoro è importante, Grace. Non mi limito a dirigere una catena di stupidi saloni dedicati alla rimozione dei peli.»

Oggi gli avrei riso in faccia. Oggi l'avrei informato che la catena di centri estetici pagava la scuola privata di Cordelia e la nostra bella casa e il servizio di pulizie che la manteneva immacolata. Gli avrei fatto notare che il suo lavoro nell'ambito dell'"accrescimento degli spazi verdi in città" era importante, ma non era affatto ciò che ci permetteva di tirare avanti come famiglia. Eppure allora l'unica cosa che provai fu un senso di colpa, un terrificante, gravoso senso di colpa materno per aver deluso mia figlia. Aveva capito subito, dal momento in cui ricevette le date della recita, che suo padre non avrebbe potuto esserci perché sarebbe stato impegnato a cena con il capo di governo del New South Wales. Era qualcosa di importante – anche se ci sarebbero state altre centinaia di persone ed era poco probabile che Robert avesse anche solo l'occasione di parlare con quell'uomo, figuriamoci proporgli degli affari. Aveva anche pagato per essere tra gli invitati, ma nulla di tutto ciò aveva importanza. Il mio inventario non era importante. Pensavo che avrei finito in tempo. Pensavo che sarebbe stato facile, ma non lo è stato. Stetti malissimo e lei mi odiò e anche lui mi odiò per lo stesso motivo.

«Sono sicura che Patricia sa chi è che lavora sodo.» dico nel tentativo di rallegrare Ava, ma lei si limita ad alzare le spalle.

«Non credo. Lavoro sempre e ora che ci sei tu va meglio, ma perlopiù mi sembra di girare a vuoto. Al lavoro non sono abbastanza brava e a casa non sono abbastanza brava né come moglie né come madre.» Si guarda le mani, rigirandosi la fede nuziale sul dito e ho la sensazione che abbia parlato ad alta voce senza volerlo.

Annuisco capendo alla perfezione cosa vuole dire. «Penso che tu stia svolgendo il tuo compito in modo eccellente in tutti gli ambiti.» dico con dolcezza e lei alza lo sguardo sorridendomi.

«Grazie, Grace, ciò che dici significa molto per me.»

So che non sono io la persona da cui vuole sentirsi dire queste parole.

Le vuole sentire da Patricia e da Finn e anche dalle sue bambine. Mi ricordo bene la sensazione di voler sentirsi dire quelle parole, avere il bisogno di ricevere l'approvazione delle persone più vicine.

Alla fine della giornata quando siamo in dirittura d'arrivo, ricordo ad Ava la mail a Melody. «Oh certo, ma ora devo proprio fare una verifica con un fornitore che da settimane mi promette di mandarmi dei libri.»

«Posso mandarla io, scrivo solo qualcosa che la inviti a non usare il cellulare e a non lasciare incustodita la scrivania. Posso usare il tuo account mail.»

«Perfetto, solo ti chiedo di mandarmela per un controllo prima di spedirla.»

Qualche minuto dopo Ava riceve la mail.

Ciao Melody,

solo un rapido promemoria per ricordarti di non lasciare la scrivania incustodita. Inoltre, so bene che i telefoni sono tutta la nostra vita, ma sarebbe bene se potessi tenere il tuo in borsa quando sei alla reception.

Grazie molte,

Ava

Ava è al telefono con il fornitore, ma mi fa segno con il pollice alzato.

Poi cancello la mail e scrivo a Melody la mia versione.

Ciao Melody,

questa email è per informarti che siamo preoccupati del tuo
rendimento al lavoro. Passare del tempo fuori postazione
senza chiedere a nessuno di coprirti è inaccettabile.
Inoltre chiediamo che i telefoni personali siano messi da
parte durante l'orario d'ufficio. Abbiamo constatato che
questa svista da parte tua accade di frequente.

Ti preghiamo di considerare questa mail una prima lettera di
richiamo,

Ava.

In Australia la legge sull'occupazione prevede tre richiami
prima che un dipendente venga licenziato. Ava mi ringrazierà
per questo, sono sicura.

VENTI

AVA

Lunedì sera le bambine sono stanche dopo una lunga giornata caldissima e Finn sparisce non appena termina la cena, per lavorare. Durante il pasto era distratto, continuava a controllare il telefono. Ha lasciato ad Ava il compito di rassettare e le ha chiesto anche di occuparsi della storia della buonanotte.

«Ma loro adorano quando sei tu a leggere la storia.» aveva protestato Ava.

«Sto lavorando a qualcosa di nuovo, Ava, qualcosa di sensazionale e, dopo questo, ho bisogno solo di un altro pezzo e poi ne avrò abbastanza per una mostra.» aveva detto, ma qualcosa nella postura, nel modo in cui muoveva gli occhi da una parte all'altra della stanza mentre parlava, le fece venire dei dubbi sulle parole di lui. Si trattava solo di una scusa per chiudersi nello studio, lontano dal resto della famiglia?

Non voleva, però, appropriarsi del suo tempo, e si guardava bene dal pensare che un nuovo codice di sblocco del telefono mettesse in discussione tutto quello che lui diceva. Mentre puliva la cucina, indugiò persino nella fantasia di una mostra sold-out e di un lavoro continuativo per Finn.

Il bagnetto delle bambine dura più del previsto, ma del resto è sempre così quando sentono che Ava è stressata e mette loro fretta.

Sia Hazel sia Chloe si lamentano del fatto che "non sta facendo bene le voci" mentre legge la storia, così compensa leggendo loro una seconda storia. Finalmente alle 22 è a letto. Il telefono suona per l'arrivo di una mail e per un istante prende in considerazione l'idea di ignorarla, poi però prende in mano il telefono e dà un'occhiata.

È di Collin. Adora mandare mail la sera tardi, come se fosse la prova del suo impegno lavorativo. In realtà è probabile che si sia concesso una lunga pausa pranzo e una piacevole cena prima di mettersi al computer. Ava sente divampare la rabbia mentre legge la mail.

> Vacci piano con Melody, è giovane, tutto qui. Tu appartieni a un'altra generazione e non puoi capire che i telefoni sono tutta la loro vita.

Ava si sente subito insultata e redarguita.

> Siamo un'azienda, Collin. Lei può stare al telefono nella pausa pranzo come tutti quanti.

Aspetta qualche minuto sperando che lo scambio di mail finisca lì, ma a Collin piace avere l'ultima parola.

> Mentre Patricia è via, preferirei mi consultassi prima di inviare ai miei dipendenti mail relative alla loro condotta. Anche tu eri giovane e spensierata un tempo, Ava. Lo ricordo bene.

«Stronzo.» mormora Ava. Sa con esattezza a cosa si riferisce Collin. Sta già cominciando a rigirare il coltello nella piaga.

L'email arrogante e l'idea che lui sappia già di essere il nuovo CEO per l'Australia la tormentano tutta la notte.

Ovviamente Melody era corsa subito da Collin non appena aveva ricevuto un'email amichevole che la invitava a evitare il telefono. Collin passa almeno venti minuti al giorno chinato sulla scrivania della reception a "chiacchierare" con Melody. È talmente più anziano di lei che Ava si stupisce che lei lo lasci fare. Ava aveva pensato di accennarlo a Patricia, ma Melody sembra apprezzare le loro chiacchierate ed è tutto alla luce del sole, quindi non saprebbe bene cosa dire. *Mi preoccupa che lui le parli troppo.* Suona strano. Menzionare il proprio errore con Collin avrebbe conseguenze disastrose. Pensa se accusasse Collin di avere una storia con Melody senza averne le prove. Verrebbe licenziata in tronco.

Si concede dieci minuti di riflessione su come dimostrare che sta succedendo qualcosa, addirittura immaginando di presentarsi a Patricia con delle prove e vedere Collin richiamato e magari addirittura licenziato. Ma poi ricorda a sé stessa che non ha modo di verificare se ci sia qualcosa tra i due. È un'ipotesi e non può andare in giro a far esplodere la vita delle persone solo per via di un'ipotesi. Decide di cominciare a osservare i due con più attenzione. Magari anche prendendo nota di quando sono entrambi fuori dall'ufficio, come quando li ha visti al bar insieme, bisbigliando tra di loro.

Quest'ultimo pensiero le lascia l'amaro in bocca. La fa sentire sporca, ma ha l'impressione di essere in procinto di perdere la gara con Collin, forse l'ha già persa.

Martedì mattina, dopo essersi rigirata più volte nel letto, Ava non può fare a meno di provare gratitudine nel vedere Grace, ancora una volta, sulla soglia della cucina durante la corsa contro il tempo tipica di ogni mattina. Finn dormiva ancora della grossa quando Ava si è alzata.

La cucina che domenica sera era perfettamente pulita e ordinata, era già tornata nel caos più totale.

«La treccia alla francese, la treccia.» urla Hazel non appena vede Grace.

«Certo, prendi la spazzola.»

«Anche io, anche io.» esclama Chloe, saltando su e giù.

«Sicuro.» Grace sorride radiosa e Ava vorrebbe dirle che non deve per forza farsi trascinare, ma la donna sembra essere davvero felice di stare con le bambine, così annuisce con riconoscenza e finisce tutto quello che c'è da fare prima di precipitarsi di sopra per sistemarsi i capelli e il trucco.

Quando sono in strada per recarsi in ufficio, lei e Grace parlano della presentazione che Ava dovrà tenere quello stesso pomeriggio in occasione della giornata delle carriere presso la Redwood High School.

«Temo che mi troveranno noiosa.» esordisce Ava.

«Che assurdità,» la rassicura Grace, «sei una donna che è al comando di un'azienda e gestisce anche una famiglia, cosa c'è di più interessante?»

«Non al comando, non ancora.» dice Ava.

«No,» concorda Grace, «ma non è ancora detta l'ultima parola.»

Ava si rincuora e una volta al lavoro parcheggia l'auto e lascia a Grace qualche minuto per salire prima, intanto dal telefono verifica che non le sia sfuggita qualche mail.

Quando arriva al piano degli uffici, Melody scatta in piedi non appena la vede. «Buongiorno, Ms Green.» dice Melody.

«Giorno,» risponde Ava, «e sai che voglio essere chiamata Ava.»

«Stavo solo cercando di essere professionale.» Melody fa un sorrisetto e Ava scuote la testa, allontanandosi.

Fuori dal suo ufficio Grace è al telefono con una formatrice e Ava riesce a sentire che la giovane donna è preoccupata di fare tardi, perché è su un autobus fermo in mezzo al traffico.

Grace parla con un tono di voce basso e rassicurante, dicendo alla donna che risolverà tutto lei con la scuola.

C'è del caffè sulla scrivania, l'ufficio si presenta in ordine e pulito, Ava crolla sulla sedia e fa un profondo respiro, lasciando che tutto lo sfinimento venga fuori. Pensa a Finn che con ogni probabilità sta ancora dormendo. *Avrà mai abbastanza tele per una mostra?* E poi, dato che un dubbio ancora l'assilla da quando è successo, torna a considerare il problema del codice di sblocco del telefono. Ieri sera non c'era stato modo di parlargli, ma stasera dovrà riuscirci.

«Ok, ho risolto.» dice Grace, entrando in ufficio. «Ho rimandato di un'ora l'incontro e per la scuola non ci sono problemi.»

«Grazie.» dice Ava.

«Da dove cominciamo oggi?» chiede Grace e Ava si concentra di nuovo sul lavoro, cosicché tutto ciò che c'è da fare venga fatto. La sua vita privata dovrà aspettare, ma in effetti è sempre così.

«Melody è andata da Collin a lamentarsi della mail che le ho mandato.» racconta a Grace e si sente appagata dall'accenno di risata che lei si fa scappare.

«Che infantile.» dice e all'improvviso l'intero affare perde la sua aura di serietà. «Se non riesce a imparare ad accettare delle critiche costruttive sul suo modo di lavorare, non sopravviverà mai nel mondo degli affari.» esclama Grace.

Ava scuote la testa. «Dovrebbe essere così, ma lei è molto carina e quello ti fa avanzare parecchio, con o senza competenze o particolari doti.»

«Già,» conviene Grace, «ma a un certo livello, non puoi cavartela solo grazie al fascino o all'aspetto esteriore.»

«Hai ragione.» dice Ava.

«Ho lavorato in molti ambienti diversi e ho visto cosa accade quando una giovane donna pensa che il suo aspetto la porterà dove vuole. Fino a un certo punto può anche funzionare, ma dopo arrivano i problemi. Capita che si lascino coinvolgere in relazioni con uomini che hanno maggiore potere e finisce tutto molto male. Le tresche sul posto di lavoro sono sempre un pessimo errore.»

Ava deglutisce. «Lo so... Io...» inizia e poi si ferma. Non confesserà mai a Grace il suo flirt con un uomo molto più anziano.»

«Per un periodo ho lavorato con una persona il cui marito la tradiva.» dice Grace. «Era un uomo maturo e la sua amante aveva appena iniziato a lavorare nel suo settore – la loro tresca ha cambiato la vita di tutti e non in meglio.»

Grace fissa Ava intensamente e Ava si sente come se Grace sapesse qualcosa di lei, potesse guardarle dentro, cogliere i suoi misfatti.

«Cosa è successo?» chiede, non potendo farne a meno.

«Beh si sa come vanno a finire queste cose.» dice Grace, respingendo la domanda. «Sua moglie l'ha presa molto male, credo.»

Ava si sente sudare nonostante il condizionatore renda l'aria gelida. «Di sicuro la giovane donna si è pentita.»

«Sicuramente, ma ha distrutto una famiglia.» Grace alza le spalle.

«E queste cose prima o poi ti si ritorcono contro, il karma e tutto il resto.»

«Credo di... dover andare un attimo in bagno.» dice Ava.

Si alza e va in bagno, chiudendosi in una delle cabine con la testa tra le ginocchia.

Il suo maldestro incontro con Collin risalente ad anni prima ritorna. Ancora una volta, sente su di sé l'umiliazione di incontrarlo il giorno dopo sapendo che lui l'aveva vista nuda.

Si sentì mortificata e passarono mesi prima che riuscisse a guardare di nuovo in faccia Collin. Lui, invece, sembrava non essere stato affatto toccato dalla vicenda, il che in un certo senso rendeva le cose peggiori.

Quando, però, lei aveva iniziato a fare carriera, sentì che qualcosa era cambiato in Collin. Un tempo era in una posizione di potere rispetto a lei, ma ora non più. Si è chiesta molte volte come stessero le cose tra lui e Melody e nonostante ciò la faccia sentire una persona spregevole, si è chiesta anche se fosse possibile usare la loro relazione, sempre che ne abbiano una, per ferire Collin. Ha fatto finta di dimenticare che anche Collin sa qualcosa sul suo conto, qualcosa che potrebbe essergli utile se raccontasse la storia nel modo giusto. Ora le cose sono cambiate e lei sa che le crederebbero e la supporterebbero, ma potrebbe comunque danneggiare la sua reputazione e i colleghi potrebbero vederla sotto una luce diversa. Per quanto le cose cambino, da un certo punto di vista rimangono sempre uguali.

Lui potrebbe realmente usare quell'unica trasgressione per porre fine alla carriera di Ava nell'azienda? Non sopporterebbe di lavorare per lui mentre tutti sono a conoscenza di quanto è accaduto. Se lui fosse il CEO non dovrebbe neppure prendersi la briga di licenziarla. Basterebbe che raccontasse la storia a una sola persona – a Melody per esempio – e l'informazione si diffonderebbe in tutta l'azienda e l'immagine di Ava verrebbe infangata.

Non sa perché questa cosa non sia ancora avvenuta.

È il caso che prima vada da Patricia? È solo una sua fantasia il fatto che Collin utilizzerà questa storia contro di lei? Non ne sarebbe danneggiato anche più di lei? A meno che non dicesse di essere stato istigato, che era lei a dirigere la faccenda e che lui è solo un uomo che non ha saputo resistere. Le donne sono sempre le colpevoli, non importa cosa fanno. Era ubriaca, indossava un abito corto e lo voleva anche lei. Nessuno di questi elementi dovrebbe avere importanza quando si tratta di attribuire una colpa, eppure sarebbe così – ovviamente sarebbe così se la gente iniziasse a parlare.

Collin userà quella notte contro di lei, lo sente, e sa che deve impedirglielo.

Si alza, raggiunge il lavabo, si lava le mani e si aggiusta i capelli allo specchio. Glielo impedirà. Non gli permetterà di farla franca o di portarle via un incarico che lei si è giustamente guadagnata. Non importa cosa dovrà fare.

Si dirige verso l'ufficio e vede Collin davanti alla reception, mentre parla con Melody. È il caso che metta in guardia la ragazza? Che cosa dovrebbe dirle? È così complicato. Lei e Collin hanno sempre mantenuto un rapporto puramente professionale dopo quella notte.

Mentre Ava li osserva, Melody si gira per guardarla e poi sposta la sua chioma scura dietro le spalle, si china verso Collin e gli sussurra qualcosa.

Ridono entrambi e Ava abbandona ogni proposito di dire qualcosa a Melody. Parlare alla ragazza non rientra nelle sue mansioni, ma se mai dovesse diventare CEO, porrebbe fine a qualunque cosa Collin stia facendo. Porrebbe fine a tutte le cose che non le piacciono all'interno dell'azienda. Ha con sé Grace che l'aiuterà.

VENTUNO
GRACE

C'è qualcosa di diverso in Ava dopo che è tornata dal bagno, qualcosa che la tormenta. Sembra che l'aver menzionato quella tresca l'abbia fatta preoccupare. Interessante. Che cosa nasconde?

«Se potessi già portarti avanti con la pianificazione della prossima settimana sarebbe ottimo.» dice e io diligentemente mi alzo e torno alla mia scrivania, lasciando l'ufficio.

Quando mi siedo, sento un leggero click dietro di me e mi rendo conto che ha chiuso la porta. Quando dirigevo la mia azienda mi piaceva tenere la porta aperta, mi piaceva poter vedere l'andirivieni di gente attorno a me e per loro era bello sapere che potevano entrare nel mio ufficio per qualsiasi cosa.

Io e Liza avevamo gli uffici confinanti e facevamo avanti e indietro tutto il tempo. Pensavo che fossimo amiche. Forse lo eravamo per certi versi. Quando divorziò, ero io la spalla su cui piangeva, qualcuno su cui poteva contare in ogni momento quando aveva bisogno di sfogarsi su quanto stava accadendo.

Il giorno dopo aver visto il messaggio sul telefono di Tamara non andai al lavoro. Rimasi a casa a smaltire la sbornia.

Prima di alzarmi dal letto, aspettai che Robert uscisse per andare al lavoro e Cordelia per andare a scuola.

Mi sentivo orribile ma feci una doccia, mi vestii e scesi in cucina, le immagini di Robert e Tamara insieme a letto mi davano il voltastomaco. Chiamai Liza.

«Ho bisogno che licenzi Tamara.» le dissi.

«Cosa?! Perché?» chiese e le raccontai del messaggio, della discussione con mio marito.

«Grace, è terribile... Ma sei sicura al cento per cento? Perché hai detto che Robert ha negato e anche Tamara.»

«Sono sicura quanto basta, Liza, è la mia azienda e voglio che la licenzi.»

«Ma con che motivazione? Come faccio a spiegarle? Vuoi che le dica qualcosa riguardo al messaggio?»

Rimasi in silenzio mentre mi preparavo una tazza di caffè, aggiungevo il solito latte di mandorle e un bicchierino di whisky nella speranza che mi aiutasse a tornare lucida.

«Non mi importa cosa le dici. Troverai un modo.» dissi.

Liza sospirò e riuscivo a immaginarmela nel suo ufficio mentre guardava fuori dalla finestra con i suoi capelli di seta nera, perfetti, adagiati sulle spalle e una penna in mano. Riuscivo a sentire il ticchettio dello stantuffo della penna mentre lo premeva in continuazione, cosa che faceva quando si sentiva frustrata.

«Grace, questa cosa potrebbe rivoltarsi contro di noi. Non posso licenziarla solo perché sospetti che abbia una storia con tuo marito. Di sicuro ti renderai conto che suona... strano»

«Liza, so per certo che è la verità.»

«Non hai le prove, Grace. Cosa facciamo se fa ricorso? Non si può licenziare una persona così. Pensa se ti fossi sbagliata.»

Sospirai, bevvi un sorso di caffè e sentii il bruciore del whisky diffondersi nello stomaco. «Liza quando mi hai detto che Louie ti tradiva, ti ho mai detto che non avevi le prove? Una moglie lo sa. So che hanno una storia.»

«Mi sembri... Credo che tu debba prenderti un po' di tempo e discutere seriamente con Robert. Magari te lo stai solo immaginando.»

«Licenziala.» tuonai e terminai la chiamata.

Liza, però, non lo fece. Non volle. Mi mandò una mail scrivendomi che non avevo le prove e che Tamara avrebbe potuto benissimo denunciarci per licenziamento senza giusta causa.

La sposto alla reception per un po'. Occorre distanziarvi.

Però tu devi risolvere questa cosa con Robert.

Urlai molto forte e a lungo quando ricevetti la mail. Fui tentata di precipitarmi in ufficio, prendere Tamara per i capelli e scaraventarla in strada, ma avevo già bevuto parecchi bicchieri di whisky.

Scuoto la testa, lasciando uscire i pensieri relativi al passato e concentrandomi sul lavoro. Non voglio fare errori.

Una volta finita la programmazione, lascio la scrivania per andare a farmi un caffè. In cucina ci sono Melody e Collin. Non dico nulla, mi limito a un sorriso a labbra strette e mi occupo di preparare la bevanda.

Qualsiasi cosa si stessero dicendo, si interrompono per tutto il tempo in cui rimango lì.

Non appena esco, scoppia una fragorosa risata e vorrei proprio girarmi e scaraventare la mia tazza di caffè bollente sulla faccia di Melody. Detesto la gente che mi ride alle spalle. Era quella la cosa peggiore dell'essere tradita, l'umiliante consapevolezza che Robert e Tamara ridevano di me mentre scopavano.

Lascio il caffè sulla mia scrivania e vado in bagno, mi chiudo dentro una cabina e cerco di tenere a bada le emozioni.

Il desiderio di qualcosa da bere è un bisogno fisico che sento strisciare dalla punta dei piedi, ma non mi serve bere perché non sono un'alcolizzata e starò bene.

Scommetto che se affrontassi Melody mi direbbe che

stavano parlando di qualcos'altro, ma so bene qual è la verità. Proprio come la sapevo nel caso di Tamara.

Il giorno in cui dissi a Liza di licenziare Tamara, passai ore a cercare delle prove, prima di tutto passando in rassegna gli estratti conto della nostra carta di credito. Trovai delle spese relative a fiori e ristoranti e un week end fuoriporta. Il problema era che Robert a volte mi comprava dei fiori e so che era stato a cena fuori con degli amici e che parlava di un fine settimana via con i ragazzi. Non riuscivo a ricordarmi nessuna data. Non riuscivo a indicare in modo categorico una spesa e dire che si trattava di quando era con Tamara. Robert era bravo a coprire le sue tracce.

Eppure io lo sapevo, lo sapevo e basta e nulla mi poteva distogliere dalla convinzione che fosse un adultero.

Le settimane che seguirono continuò a negare e io continuai a spingerlo ad andarsene di casa e concedermi il divorzio. Mi chiese di andare in terapia con lui e ci andai una volta, ma quando ci sedemmo davanti alla donna, le spiegò tutto per bene e sebbene continuassi a dire che io lo sapevo e basta, lei mi disse che pensava avessi bisogno di andare in terapia da sola. «La paranoia può danneggiare seriamente una relazione, in special modo se abbinata a un eccessivo consumo di alcol.» disse con freddezza mentre accavallava le lunghe gambe e sorrideva in direzione di Robert.

Sentivo che stavo perdendo la bussola.

Sfortunatamente l'unico modo che avevo di andare avanti giorno dopo giorno senza ridurmi a un catorcio era con l'aiuto dell'amichevole alcol.

Cercavo di bere solo nelle sere in cui io e Robert facevamo finta che andasse tutto bene davanti a Cordelia. Mia figlia sapeva che c'era qualcosa sotto e quando ero molto ubriaca le spiegavo tutto, cercando di convincerla che suo padre mi stava tradendo e che avevo bisogno che lei stesse dalla mia parte. Sono quelli i momenti di cui mi vergogno di più quando ripenso a quel periodo.

Molto presto bere la sera non fu più sufficiente, dato che ogni giorno andavo al lavoro e vedevo Tamara alla reception. Non le avevo più rivolto la parola e Liza mi disse che era arrabbiata per il demansionamento anche se lo stipendio era rimasto invariato. Detestavo vederla e uno o due bicchieri di vino a pranzo mi aiutavano a far passare il pomeriggio. Ma come spesso accade in queste cose, non riuscii più a frenarmi.

Due mesi dopo la scoperta della tresca arrivavo tardi al lavoro, mi addormentavo in ufficio e anche quando ero sveglia a malapena mi reggevo in piedi. La maggior parte del tempo ero brilla. Qualsiasi conversazione con Robert finiva con lui che mi accusava di essere un'alcolizzata, paranoica e delirante. Stava fuori fino a tardi a "lavorare" o a "prendersi i suoi spazi", ma sapevo che era con lei. Sapevo anche che l'avrei beccato perché, una settimana dopo aver visto il messaggio, avevo assunto un detective privato. Non mi aspettavo che ci mettesse così tanto a trovare delle prove, ma alla fine ci riuscì.

Tre mesi dopo averlo assunto avevo le mie prove.

Foto di Robert che si incontra con Tamara al ristorante sotto la luce del sole, come se a loro non importasse di chi potesse vederli. Foto di loro che condividevano un piatto, sorseggiando bicchieri di vino e parlando animatamente. E i due stretti in un abbraccio alla fine del pasto prima di separarsi.

Quella sera aspettai che tornasse a casa e poi gli gettai addosso le foto. Le guardò impassibile.

«Mi ha chiamato per parlarmi del modo in cui la tratti al lavoro. Cerca di parlare con Liza ma è un buco nell'acqua. È una ragazza giovane, è molto angosciata e ha pensato che dato che mi stavi accusando di tradirti con lei, io sarei stato capace di farti ragionare. Ma nessuno può più parlarti, Grace. Sei uscita di testa.» Lasciò cadere le foto per terra e se ne andò a dormire nella stanza degli ospiti, io le raccolsi e le feci a brandelli.

Nessuna prova sarebbe stata sufficiente. Gaslighting. È così che si chiama adesso e succede spesso, ma quando ci sei immersa, non è possibile contrastarla.

Forse mi sbagliavo? Forse ero paranoica? Forse era l'alcol? Ci rimuginavo sopra anche se continuavo a dire a Robert che era solo una la cosa in cui credevo.

«Non mi importa cosa sta o non sta succedendo.» gli dissi il mattino seguente. «La nostra storia è finita. Ti prego di lasciare la casa e ti prometto che sarò ragionevole.»

Robert mi rise in faccia, mi rise proprio in faccia. «Non me ne vado, Grace. Metà della casa è mia. Metà della tua azienda è mia. Non me ne vado da nessuna parte. Sei tu quella che dovrebbe andarsene.

Dovresti andare in terapia, dovresti farti aiutare per smettere con l'alcol, è diventata una dipendenza. Hai bisogno di farmaci.»

In quel momento ero in piedi nella nostra cucina in marmo perfettamente bianco, tenevo una tazza di caffè corretto nella mano e mi ricordo di avergliela scaraventata addosso con forza inaudita. Lo colpii al petto, la tazza cadde per terra e si frantumò, una macchia marrone di caffè copriva la sua camicia grigio chiaro.

Toccò con le dita la macchia e se le annusò. «Whisky?» disse. «A quest'ora della mattina?» Sorrise e scosse la testa. «Oh, Grace. Povera, povera Grace.» Poi uscì per cambiarsi e andare al lavoro.

Cordelia iniziò a evitarmi. Era all'ultimo anno di scuola, impegnata con gli amici e le varie attività. Iniziò a studiare in biblioteca dopo scuola e ad andare subito in camera sua se, di ritorno a casa, vedeva che stavo già bevendo. Perse peso quell'anno, la mia povera bambina. Era troppo stressata e non mi perdonerò mai per questo.

Al lavoro Liza si assunse sempre più incarichi, quelli che un tempo erano i miei. Io dovevo continuare a vedere quella troietta ogni giorno quando entravo nel mio ufficio – il mio ufficio e la mia azienda.

«Devi rimetterti in sesto, Grace.» mi disse Liza una sera, dopo che mi trovò addormentata sul divano dell'ufficio. «Non puoi andare avanti così.»

«Non dovrebbe essere necessario.» bofonchiai. «Mi dovrebbero dire la verità. Tamara dovrebbe andarsene e Robert lasciare casa mia.»

«Le ho parlato.» disse Liza in tono gentile. «Non volevo menzionare la questione ma le ho chiesto e lei dice che non sa neppure di cosa parli. Ha un fidanzato. Non va a letto con tuo marito. C'è qualcosa che non va, Grace, e hai bisogno di aiuto.»

«L'unica cosa di cui ho bisogno è vedere Robert e quella troietta morti, così non dovrò più vederli per il resto della mia vita!» gridai.

Liza scosse la testa e si voltò per uscire dall'ufficio ma poi si fermò.

«Oh.» disse.

Tamara era lì ferma sulla soglia della porta, mi fissava, il volto pallido per lo shock.

Quando, due giorni dopo, Robert morì, Tamara fu una delle prime persone a essere interrogate dalla polizia e aveva molto di cui parlare.

«Io vado ora.» dice Ava e annuisco, ritornando al presente, mentre mi rendo conto che ho trascorso più di un'ora persa nei miei ricordi.

«Certo, in bocca al lupo per il tuo discorso a scuola.» dico mentre mi obbligo a non permettere più alla mia mente di vagare.

Passo il resto del pomeriggio faticando a concentrarmi e sono contenta che Ava sia fuori per buona parte del tempo.

Torna dall'incontro rinfrancata dalla reazione delle ragazze e di Amber Vale e io cerco di chiamare a raccolta tutto l'entusiasmo di cui sono capace. Sono molto sollevata quando a fine giornata dice che è ora di andare.

Passiamo il viaggio di ritorno a casa perlopiù in silenzio, ognuna persa nei propri pensieri e va bene così. Quando arriviamo a casa, la ringrazio del passaggio e prendo le scale che portano al piccolo appartamento.

«Ci vediamo domani mattina.» esclama richiamandomi e le faccio un cenno mentre me ne vado.

Non avrei mai voluto dover ripensare al passato. Credevo di averlo riposto in una scatola sigillata dentro la clinica, rinchiudendoci tutto ciò che mi aveva ferita e tutto ciò che avevo fatto a causa di quella ferita. Ma i ricordi si rifiutano di starsene rinchiusi e, una volta all'interno dell'appartamento, tiro fuori la bottiglia di vodka e annuso finché l'odore non mi inebria. Ma non bevo. Non berrò.

VENTIDUE

AVA

Ava si chiede il perché del silenzio di Grace durante il viaggio verso casa, ma ben presto viene risucchiata dalla routine della cena. Una volta che le bambine sono a letto, pulisce mentre pensa a come parlare a Finn del telefono. Vorrebbe tanto rinunciarvi, ma non può lasciar perdere.

Con determinazione, sale fino alla mansarda dove Finn ha lo studio. Ava lo disturba di rado mentre lavora, ma non può aspettare un altro giorno per parlargli.

«Va bene se entro?» chiede, bussando piano.

«Ok.» arriva in risposta, ma riesce a percepire da quell'unica parola che è seccato dell'intrusione.

«Di cosa hai bisogno?» chiede.

Ava avrebbe voluto parlare un po' e approcciare il tema in maniera estemporanea, ma vede che Finn non è dell'umore per una chiacchierata. Sta dietro a una tela che è quasi a grandezza naturale, il pennello in mano. Ava percorre con lo sguardo la mansarda dove hanno lasciato le assi del pavimento grezze e spoglie e c'è solo una finestrella per arieggiare l'ambiente. La stanza è troppo calda d'estate e fredda d'inverno, ma a Finn piace perché è uno spazio tutto per sé.

«Ava, di cosa hai bisogno?» chiede ancora, impaziente.

«Non sapevo che avessi cambiato il tuo codice di sblocco del telefono.» dice.

«Forse dovresti dirmelo nel caso in cui te lo scordi di nuovo.»

Mantiene il tono pacato, non polemico.

«Non stai davvero ficcando il naso nel mio telefono, giusto Ava?»

dice Finn, picchiettando leggermente sulla tela e poi facendo un passo indietro.

«No, io...» non sa bene cosa dire. «Volevo usarlo al bar l'altra sera e non sono riuscita a entrare, così ho pensato...»

«Perché? Avevi il tuo di telefono.» Sembra rilassato, il tono non è arrabbiato o accusatorio, solo curioso.

Ava alza le spalle. È stata un'idea stupida fargli quella domanda.

«Posso vedere?» chiede, sperando di cambiare argomento e prima che lui possa dire qualcosa, lei fa il giro per vedere la tela.

È un enorme ritratto del volto di una donna bellissima, occhi scuri e pelle olivastra con una piccola cicatrice vicino al sopracciglio. «È davvero bella. Sei stato molto bravo. Di chi si tratta?»

«Non vieni quassù di solito.» dice Finn in risposta.

«La conosco?» chiede lei. «Ha un volto familiare.»

«È la madre di Sami, il bambino che è in classe con Hazel. Erano all'asilo insieme. L'avrai incontrata almeno una volta. O forse no, sono io di solito che vado alle feste e faccio le altre cose. Dovrei finire se non ti dispiace.»

«Pensavo che stessi lavorando al ritratto del tuo bisnonno.» dice guardandosi intorno e vedendo la grande tela appoggiata al muro, incompiuta. Il materiale artistico usato da Finn costa una fortuna, ma non gli importa nulla di abbandonare un progetto a metà se non si sente più ispirato.

«Ti avevo detto qualche giorno fa che stavo facendo riposare la tela e quest'altra mi ha chiamato.» disse, guardandola. «Ora però non ho proprio voglia di parlare, se per te va bene.»

Ava sa che non è possibile che abbia appena iniziato a lavorare al nuovo ritratto. Questo sembra quasi finito ed è molto bello: il sorriso accennato della donna sembra essere colmo di una gioia silenziosa e gli occhi sono rivolti a qualcuno per cui prova affetto.

Ava vuole fargli mille domande. *Ha posato per te? Da quanto tempo ci lavori? Quanto bene la conosci? Quanto tempo trascorrete insieme? È sposata? Se sì, cosa pensa il suo compagno di questa cosa?*

Un barlume di speranza si accende in lei. «Si tratta di una commissione?» chiede. Perché magari è così. Magari ha abbandonato la sua regola "niente commissioni" perché la madre di Sami voleva un ritratto da regalare al suo compagno.

Sa di aver incontrato la donna qualche volta, ma quando arriva a scuola ha sempre fretta di andare da qualche parte o nel mentre cerca di lavorare al telefono.

«No, è solo che mi piace il suo volto, ora per favore...» Indica con il pennello la porta e Ava arrossisce alla richiesta di dileguarsi, come se lei fosse una bambina che se ne va a zonzo e disturba il proprio genitore.

Esce senza dire una parola, col passo pesante sulle scale per fare molto rumore. *Sei una bambina*, si rimprovera.

Prepara il pranzo al sacco per le figlie e finisce di sistemare la cucina, poi pensa di farsi una doccia ma è troppo arrabbiata.

Preferisce puntare alla dispensa, tasta l'ultimo ripiano dove tiene un vecchio pacchetto di sigarette per quando ha un disperato bisogno di un diversivo. Ce l'ha da almeno cinque anni. Infilandosi il pacchetto e un accendino in tasca, apre la porta scorrevole che dà sul giardino e sgattaiola fuori come se qualcuno la stesse osservando.

L'aria è piacevolmente fresca e il solo fatto di stare al buio la calma. Si fa strada verso il dondolo del giardino e si siede con cautela sperando di non far cigolare le catene.

Poi si accende una sigaretta e aspira profondamente, con buona pace dei polmoni.

«Oh...» sente e si alza, quasi lasciando cadere la sigaretta alla vista di Grace.

«Mi dispiace, mi scuso.» dice Grace. «Volevo solo sentire l'arietta serale. Me ne vado.» Si volta, ma Ava scuote la testa.

«No, no, non preoccuparti, davvero. Sono terribile, ma non lo faccio mai davanti alle bambine, non lo faccio mai in generale a dire il vero. È solo che è stata una giornata difficile. Dai, accomodati.» dice, indicando il dondolo con il cuscino verde imbottito e Grace si siede.

Ava tira un'altra boccata, tossisce perché non è abituata. Fa un profondo respiro e si ritrova con gli occhi pieni di lacrime, così tira su col naso.

«Oh, Ava,» dice Grace dolcemente, «cosa c'è che non va?»

E lo chiede in modo così gentile che Ava deve stringere gli occhi con forza e frugare nella tasca alla ricerca di un fazzoletto per non scoppiare in sonori singhiozzi. È sfinimento, ne è sicura. L'insonnia non le giova. Deglutisce e tira su col naso, poi se lo soffia. «Mi spiace,» dice a Grace, «sono solo stanca. Collin mi ha mandato una mail ieri sera tardi e Finn è...» Si interrompe. Non dovrebbe condividere nessuna delle sue preoccupazioni con Grace. Si conoscono appena e Grace lavora per lei, ma per qualche ragione, parlare con lei le risulta facile. «Finn sta dipingendo un ritratto della madre di uno dei compagni di scuola di Hazel.»

«Si tratta della mamma di Sami?» chiede Grace.

«Come... Come fai a sapere di Sami?» chiede Ava col cuore che le batte all'impazzata.

«La sera che ho fatto da tata alle bambine, Hazel ha detto che Finn e la mamma di Sami parlano molto.» Ava si aspetta che Grace dica, «Sono sicura che sono solo amici.» o qualcosa del genere, invece la donna incrocia il suo sguardo e per un istante rimane in silenzio, poi dice «Capisco che ti preoccupi il fatto che stia dipingendo un quadro che la ritrae.»

Ava annuisce. «Ma è una cosa sciocca, io sono una sciocca. Lui è un'artista e ritrae volti, è ovvio che voglia dipingere i volti di belle donne.»

«Posso darti un consiglio, Ava?»

«Sì.»

«Qualche volta noi donne abbiamo la tendenza a rigettare i nostri istinti perché non vogliamo credere che qualcosa stia andando per il verso sbagliato, e anche perché se ci fidiamo del nostro istinto, poi dobbiamo agire di conseguenza.»

Ava sente un senso di inquietudine formicolare lungo le braccia. «Beh, penso... Ascolta, non avrei dovuto dirti nulla.» Fa un altro tiro di sigaretta, si china in avanti e le dà un colpetto per far cadere la cenere sull'erba.

«Certo,» dice Grace. «vado a dormire. Ci vediamo domani mattina.» Scende dal dondolo e Ava si sente in colpa, ora però vuole solo essere lasciata in pace.

Dopo che Grace se n'è andata, Ava torna dentro e si prepara una ciotola di gelato da portare a letto con sé. E anche se prova a trattenersi, cerca il nome della madre di Sami dall'elenco della classe e poi su Instagram.

Anita Gill è una di quelle donne belle in modo naturale, con occhi a mandorla e gambe lunghe. I suoi capelli scuri stanno bene sia legati in uno chignon spettinato, sia sciolti sulle spalle. Ava vorrebbe credere che la donna sia esperta nell'utilizzo di filtri, ma tutti i suoi post hanno l'hashtag #nofilter. Potrebbe mentire, ma Ava sa che non è così. Sembra proprio come Finn l'ha dipinta. Continua a far scorrere le foto cercando tracce di un marito, o del suo essere moglie o qualcosa che la faccia smettere di preoccuparsi, mentre vorrebbe aver chiesto a Grace qualche informazione in più rispetto a quello che aveva detto

Hazel, ma il dialogo stava diventando troppo intimo e poco professionale.

Prende qualche cucchiaio di gelato, mordendo un grosso pezzo di biscotto, poi sente il boccone bloccarsi in gola mentre si sofferma su una foto in cui ci sono Anita, Finn, Sami e Hazel. Sembra essere stata scattata durante la gita scolastica al Powerhouse Museum a cui Hazel ha partecipato il mese scorso. Ava si ricorda di essersi sentita grata nei confronti di Finn che si era reso disponibile ad accompagnarla, perché lei non avrebbe mai potuto prendersi una giornata libera dal lavoro. Non aveva ancora assunto Grace.

Nella foto Finn e Anita ridono guardando Sami e Hazel, che fissano con occhi spalancati un aeroplano appeso al soffitto.

Una giornata fantastica con il mio ometto e la sua classe. Il tempo trascorso con lui è sempre prezioso mentre navigo attraverso la nuova vita da madre single. #escursione #powerhousemuseum #grataperinuoviamici.

Ava ingrandisce la foto, esaminandola con attenzione. Finn sembra davvero felice. Gli occhi di lei studiano il corpo di lui. Finn indica l'aeroplano con una mano, mentre l'altra è distesa lungo il fianco proprio accanto a quella di Anita, le loro dita quasi intrecciate.

Chi ha scattato la foto? Una delle insegnanti? Un altro genitore? Finn ha una storia e lo sanno tutti quanti? Anche se si trova a letto da sola, a quell'idea Ava si sente arrossire per l'umiliazione.

Grace ha ragione. Non vuole saperne niente perché altrimenti sarebbe costretta a fare qualcosa.

Ripone il telefono e deglutisce, mettendosi in bocca un altro cucchiaio colmo di gelato, anche se in realtà non ne ha più voglia.

E adesso? Adesso cosa faccio?

VENTITRÉ

Cara bambina mia,

come nelle storie che si ripetono dalla notte dei tempi, mi innamorai di Luka e smisi di fare tutto quello che avrei dovuto fare.

Smisi di fare il mio dovere a scuola e arrivare a casa in orario e ascoltare i miei genitori. Iniziai a fare sesso. Ero troppo giovane, ma non mi importava, e ogni volta che passavo un pomeriggio con lui, mi sentivo energica, sicura che il mondo era un bel posto e che avrei potuto fare qualsiasi cosa.

Avevo ingenuamente immaginato che se i miei genitori avessero incontrato Luka, ne sarebbero stati conquistati – d'altro canto, come si faceva a non amarlo?

Lo invitai per un tè, dicendo ai miei genitori che sarebbe venuto un amico, e loro erano così sciocchi all'idea che avessi un amico che accettarono per davvero.

Quando Luka si presentò, vestito con i jeans strappati e una felpa scolorita, erano oltremodo inorriditi.

«Piacere di conoscerla, signore.» disse Luka, tendendo la mano a mio padre.

Mio padre, vestito con giacca e cravatta anche se si trattava solo di un tè del pomeriggio, si voltò dall'altra parte.

«Sei caduta davvero in basso.» disse mia madre, con la mano che si agitava attorno alla gola adornata di perle risalenti al suo matrimonio. Se ne andarono entrambi e poi sentii la porta della loro camera sbattere.

Luka lo trovò divertente, ma io ero mortificata.

«Quando impareranno a conoscermi finirò per piacergli.» disse prendendo una fetta di una torta pan di Spagna piuttosto asciutta che mia madre aveva fatto per lui da portare a casa.

Quando Luka se ne fu andato, rimisi a posto l'occorrente per il tè e passai il resto della serata nella mia stanza a ribollire di rabbia.

Da quel momento in poi, l'unica cosa che importò ai miei fu trovare il modo di farmi stare alla larga da Luka.

Provarono a chiudermi nella mia camera, ma mi calai giù dalla finestra, prendendomi una storta alla caviglia mentre atterravo al suolo. Mio padre sigillò la finestra e allora cominciai a non tornare più a casa. Provarono a non darmi più da mangiare e allora rimanevo da Luka e stavo a cena lì con i suoi genitori, che erano sempre gentili e rilassati. «Puoi chiamarci Tina e Jack.» disse sua mamma la prima volta che ci incontrammo.

Anche se erano gli anni Ottanta, Tina e Jack sembravano rimasti agli anni Settanta. Coltivavano le verdure che portavano in tavola ed erano entrambi artisti che, per guadagnarsi da vivere, durante il giorno lavoravano come assistenti sociali. Tina era una ceramista e la casa era piena di belle ciotole e tazze smaltate. Jack era uno scultore che raccoglieva rifiuti e li tramutava in opere d'arte. Non capivo quelle sculture tutte contorte, ma dicevo a Lukas che mi piacevano.

Credevano che reprimere Luka e le sue inclinazioni non fosse la strada giusta e mi volevano bene perché stavo lì seduta ad ascoltarli rapita, mentre parlavano della condizione terribile in cui versava il mondo.

Poi una sera infausta, nel bel mezzo dell'inverno, tornai a casa e trovai una piccola valigia vicino alla porta.

«Vai in vacanza?» chiesi a mia madre con prudenza quando la vidi in cucina a tagliare le cipolle.

«No.» disse. Le mani continuavano a muoversi e notai che aveva il volto rigato di lacrime. Tagliare le cipolle la faceva sempre piangere.

«Oh.» esclamai. Avevo freddo ed ero stanca, volevo solo farmi una doccia calda e passare un po' di tempo in camera mia. Amavo Luka e amavo stare con lui, ma qualche volta avevo bisogno di un po' di spazio per leggere o semplicemente per pensare a lui – buffo, mi rendo conto.

«Andrei a farmi una doccia.» dissi.

«No.» esclamò e poi mio padre entrò in cucina. Teneva in mano il mio coniglio di peluche – un regalo che mi avevano dato quando ero una bambina e che ho sempre tenuto sul mio letto.

«Cosa fai con quello?» chiesi.

«Devi andartene.» disse, porgendomi il peluche grigio ormai sbiadito.

«Ti abbiamo fatto la valigia e ci sono cento dollari lì dentro. Devi andartene da casa nostra adesso.»

«Ma ho sedici anni.» protestai. «Vado ancora a scuola, non potete...»

«Possiamo!» gridò mia madre, lasciando cadere sul ripiano in melamina il coltello, che produsse un suono metallico. Si girò per guardarmi in faccia e riuscii a vedere la leggera lucentezza delle lacrime ormai asciutte sul suo volto. «Possiamo fare quello che vogliamo. Dal punto di vista legale sei autonoma. Non segui le regole. Non vai bene a scuola. Non vai a messa e sgattaioli via come una sudicia puttana per andartene con quel ragazzo. *Quel ragazzo pigro e buono a nulla.*» Gli occhi le si riempirono di ira e delusione.

«*Se solo voleste provare a conoscerlo...*» Iniziai a contestare, ma mio padre mi interruppe afferrandomi il braccio e trascinandomi verso la porta d'ingresso.

Mi buttò fuori nel gelo del tardo pomeriggio, lanciandomi la valigia e urlando «O lui o noi. Decidi tu.»

«Aspettate, datemi una possibilità.» gridai. Ma la porta mi venne sbattuta in faccia.

Feci a piedi tutto il tragitto fino a casa di Luka. Dovetti fermarmi per aprire la valigia e tirare fuori il cappotto, dato che la sera avanzava e la temperatura scendeva.

Finalmente arrivai e mi misi a spiegare la situazione tra i singhiozzi.

«Puoi stare qui.» disse Luka, senza che i suoi genitori potessero dire nient'altro.

Vissi con lui e i suoi genitori per tre settimane prima che diventasse palese che non erano pronti ad accogliermi con loro a tempo pieno.

Un pomeriggio, mentre uscivamo da scuola insieme, Luka mi disse che non credeva fosse una buona idea che io rimanessi da loro.

«Ma non ho nessun altro posto dove andare.» dissi.

Luka era turbato, ma mi disse che non aveva altra scelta. «Mio padre e mia madre sono solo... nel senso, non guadagnano molto ed è dura andare avanti con una persona in più.»

«Posso trovarmi un lavoro, farò la mia parte, promesso.»

«Mi spiace.» disse, scuotendo la testa. «Devo anche pensare agli esami e a tutto il resto. Voglio frequentare una scuola d'arte e devo mettermi al lavoro. Penso che, tipo, ci stiamo distraendo a vicenda.»

Capii che stava usando i suoi genitori come scusa.

Luka era stufo di me.

Lo accompagnai a casa e feci la valigia.

Opportunamente, i suoi genitori erano ancora al lavoro.

Avevo sedici anni e non sapevo dove andare. Potevo tornare a casa, ma mi sembrava peggio che dormire per strada. Quindi, vedi, bambina mia, io vengo dal nulla.

Devi saperlo per capire le cose che ho fatto.

Devi saperlo.

Oggi durante il tragitto verso l'ufficio abbiamo parlato perlopiù di lavoro.

È già mercoledì e a breve finirà il mio soggiorno nell'appartamento sopra il garage. So che ava si è pentita di avermi fatto quella confessione ieri sera in giardino. Lavoriamo in silenzio alle nostre rispettive scrivanie fino a pranzo e io non menziono nulla di ciò che ci siamo dette.

Percepisco che ha bisogno di un po' di tempo da sola per elaborare quanto accaduto.

«Andrei a farmi una passeggiata per una ventina di minuti se per te va bene.» le dico durante la pausa pranzo. Il sollievo sul suo volto è evidente.

«Certo, così ti godi le ultime giornate estive.»

Passando davanti alla scrivania della reception, vedo che Melody ha gli occhi abbassati sul telefono, un sorriso sul viso mentre scorre con il dito. Non è in pausa pranzo. Lo so perché gli orari sono scaglionati.

«Vuoi che ti sostituisca alla reception per un po' così puoi occuparti di qualunque cosa tu stia facendo al telefono?» chiedo e lei alza lo sguardo, strizzando gli occhi con disprezzo nei miei confronti.

«Sai che hai un volto davvero familiare.» dice.

«Me l'hai detto.» rispondo.

«No, ma intendo davvero familiare. Ci siamo già incontrate prima d'ora?»

La piccola vipera mi fissa negli occhi mentre sento il cuore battermi forte nel petto. Non può saperlo. Non è possibile.

«Ne dubito.» dico. «Sono molto più anziana di te.»

«Già, vecchia abbastanza da essere mia madre o forse addirittura mia nonna. Tra l'altro quanti anni hai?»

La domanda è posta in modo maleducato e vuole essere maleducata. «Abbastanza vecchia da sapere che non bisogna stare al telefono mentre si lavora.» dico e mi volto dirigendomi verso le scale, invece di aspettare l'ascensore.

I sei piani di gradini mi servono per ricompormi.

Ho cambiato il colore dei capelli. Ho cambiato il modo in cui mi trucco e lo stile dei vestiti. Sono più anziana e ho perso peso. Non è possibile che quella ragazza mi riconosca.

Sono così agitata mentre entro nella caffetteria per prendermi un toast da mangiare al parco da dover ripetere l'ordine due volte, mentre la donna dietro la cassa mi sorride.

«Mi scusi, ho fatto le ore piccole.» spiego.

«Nessun problema, sarà pronto in pochi minuti.» risponde.

Il mio telefono segnala l'arrivo di un messaggio, viene da un numero anonimo e quando lo apro, vedo il link a un articolo di giornale. Ho l'immediato bisogno di qualcosa da bere.

Magari è qualche spam, ma ho la sensazione che non lo sia. Clicco e leggo il titolo, poi chiudo subito di nuovo. Non sono pronta. Non posso farcela adesso, nel bel mezzo della giornata lavorativa.

Prendo il toast e vado al parco vicino all'ufficio. È pieno di persone in pausa pranzo, qualcuno sonnecchia sotto il sole.

Vicino alla panchina dove scelgo di sedermi si sta svolgendo una lezione di Tai Chi, tengo il toast in mano nel tentativo di calmarmi mentre guardo quei movimenti lenti ed eleganti. Continuo a ripetermi una frase che usavo quando in clinica mi sentivo angosciata. *Questa cosa può aspettare finché non sono pronta ad affrontarla. Questa cosa può aspettare finché non sono pronta ad affrontarla. Questa cosa può aspettare finché non sono pronta ad affrontarla.*

So che se avessi applicato questo mantra quando tutto stava iniziando ad andare a rotoli, avrei ancora la mia azienda e, forse, Cordelia avrebbe ancora un padre. Invece ho lasciato che gli eventi prendessero il sopravvento su di me, mi sono lasciata manovrare da ciò che stava accadendo e per questo ho perso tutto. Non posso lasciare che avvenga di nuovo.

Chi ha mandato il messaggio? Sembra ovvio che si tratti di Melody. Non può essere una coincidenza. Come ha fatto a scoprirmi? Non sembra essere capace di fare nient'altro che scrollare sul suo telefono. Forse, però, è l'unica cosa che occorre saper fare al giorno d'oggi. Il mondo intero è a portata di polpastrello e nascondersi è quasi impossibile.

Faccio cinque grandi respiri, per ciascuno trattengo l'aria cinque secondi e poi espiro come se dovessi soffiare attraverso una cannuccia, finalmente riesco a mangiare anche se il toast all'avocado ha qualcosa che non va, come se fosse troppo salato. Lo finisco perché so di dover mangiare qualcosa dato che ho saltato la colazione. Questa mattina non sono andata in cucina da Ava, avevo la sensazione che non mi volesse lì. Ci siamo dette troppe cose e il problema della madre di Sami aleggia nell'aria tra noi due.

Quando rientro in ufficio, Melody sta guardando il telefono, di nuovo. Alza lo sguardo e con un ampio ghigno dice «Mi sembrava di conoscerti.» e fa l'occhiolino.

Non si tratta di una coincidenza, dunque. Una minaccia. È

chiaro che si tratta di una minaccia. Stringo le mani a pugno, cercando di trattenermi dal saltarle addosso e strapparle i bei capelli dalla testa.

«Non so di cosa stai parlando.»

Il telefono squilla e lei risponde, sedendosi composta e scostando i capelli dietro le spalle. Pensa di averla vinta, ma non ha idea. Me ne vado ribollendo di rabbia, mentre cerco di capire come risolvere il problema.

Volevo solo migliorare il suo rendimento al lavoro. Adesso dovrò distruggerla.

Riesco a sopravvivere al resto della giornata grazie a un livello di concentrazione e forza di volontà che non avevo mai sperimentato prima.

Quando arriva l'ora di andare, sono esausta e ho un mal di testa atroce e la mandibola dolorante per averla tenuta in tensione così a lungo. Ho evitato Melody per tutto il tempo.

Ava è stata insolitamente taciturna. So che il ritratto la preoccupa e vorrebbe parlarne con qualcuno.

Non mi ha detto molto di sua madre, ma spero che le farà una chiamata per discutere la faccenda con lei. Così come, ogni giorno, sperò che Cordelia mi chiami. Le madri non vogliono mai smettere di proteggere e aiutare i propri figli. Cordelia lo capirà quando ne avrà di suoi. L'idea che potrei non essere lì con lei quando accadrà mi spezza il cuore.

Se avessi detto ad Ava qualcosa di vero sul mio conto, forse avrei potuto parlare con lei della mia adorabile figlia, ma tutto ciò che sa di me è una bugia e ora lei mi ha confidato troppe cose e se n'è pentita. Siamo entrambe consapevoli dei confini tra datore di lavoro e dipendente.

«Pronta per andare?» mi chiede. Anche lei sembra stanca, logorata dalla mancanza di sonno e dalle sue paure.

«Vado a cena con un'amica.» dico d'impulso, sentendo un sussulto interiore all'idea che in realtà non ho nessuno che verrebbe con me a cena.

«Oh splendido,» dice, «allora ci vediamo domani mattina.»

E annuisco sorridendo come se fosse davvero splendido.

Sono le 17 passate ma dalle strade il calore della città si sprigiona a ondate. L'estate non vuole lasciare la presa. Cammino senza meta tra i viali, dove tutti quanti sembrano essere di buon umore nonostante si tratti di un giorno feriale. Immagino che le ore di luce in più facciano sembrare le giornate lavorative più brevi. Cammino per un'ora cercando il coraggio di aprire di nuovo il link e di leggere l'articolo, così da conoscere con esattezza ciò che Melody sa di me. L'ho già letto, ma molto tempo fa. Non lo lessi appena uscì. Non ero abbastanza forte all'inizio e non potevo usare il telefono. Lo lessi più avanti e poi lo lessi molte, molte volte.

Ero ubriaca fradicia e non volevo accadesse.

Questa è la storia a cui io e la mia avvocata ci attenemmo. È stato un incidente e non c'è modo di provare in modo inequivocabile che non si sia trattato di un incidente. L'unica cosa davvero certa era che, agli occhi di tutti coloro che avevano avuto a che fare con me nei giorni precedenti al fatto, io ero un'alcolizzata che non stava per nulla bene e che era mentalmente instabile.

La mia avvocata era molto brava – non empatica, né accogliente e neppure gentile, ma molto brava nel suo lavoro e mi costò parecchio. L'ho ascoltata difendermi durante il processo, spiegare quanto fossi piena di rimorsi per l'errore commesso e alla fine pure io le credetti. "Questo incidente", continuava a chiamarlo così, in modo che il concetto si cementasse nella testa dei giurati, e così si pronunciarono a mio favore.

Infine le gambe mi fanno capire che devo fare una pausa e fermarmi.

Sono quasi le 19 e la temperatura si è abbassata, una leggera brezza a rinfrescare l'aria. Mi guardo intorno per capire dove sono. Sono davanti a un bar e a fianco c'è un ristorante giapponese.

Una risata affiora sulle labbra. L'universo ha uno strano senso dell'umorismo. *A te la scelta, Grace. Questo è il momento in cui decidi come giocartela*, sembra volermi dire. Non è certo inusuale vedere un bar vicino a un ristorante e passo accanto a molti bar nel tragitto verso la stazione o verso il supermercato.

Sono ovunque, ma proprio qui, proprio ora, mi sento davanti a una scelta: affrontare la verità di quello di cui Melody è al corrente e restare nel terrore e nel disagio che mi procura, oppure far passare tutto, anche solo per una notte.

La gente mi passa a fianco, qualche volta mi lancia un'occhiata per il fatto che sono lì impalata a fissare le mie due opzioni.

In clinica si discuteva di cosa fare in queste situazioni, come agire, come pensare, quando chiedere aiuto. Immagino di dover smettere di chiamarla clinica e iniziare a definirla per quello che era: un istituto psichiatrico per coloro che sono stati assolti a causa dell'infermità mentale.

Se scelgo il bar, vince Robert. È morto, ma vince comunque lui.

Se scelgo il bar, vince Tamara. Se scelgo il bar, vince Melody. Se scelgo il bar tutti coloro che si sono rallegrati della mia disfatta vincono. Ho lavorato sodo per essere qui, per essere ancora nel mondo con la nuova identità che mi sono scelta.

Ora devo vincere.

Faccio un profondo respiro purificatore e apro la porta del ristorante giapponese, dove mi vien subito indicato un tavolo singolo.

Ordino rapida chiedendo del tè al gelsomino, poi mi accomodo e tiro fuori il telefono. Un altro respiro purificatore mi calma e clicco sul link.

Eccola lì, la verità di chi sono, scritta in neri caratteri cubitali.

L'INCREDIBILE ASCESA E CADUTA DI GRACE MORTON.

VENTICINQUE

AVA

Ava fa scorrere la mano nell'acqua calda della vasca, ascoltando senza ascoltare Hazel che chiacchiera della sua giornata mentre lei e Chloe giocano con le bolle di schiuma dall'aroma fruttato.

Grace le è mancata durante il viaggio di ritorno verso casa, le è mancato parlare con lei perché Grace sembra avere la capacità di ridimensionare le cose. D'altro canto, per tutta la giornata aveva maturato la consapevolezza che non avrebbe mai dovuto dire nulla a Grace.

Mentre tornava a casa aveva, invece, chiamato sua madre e l'aveva ascoltata parlare del club di bridge e delle difficoltà che aveva a far funzionare Internet.

«Mamma.» le disse, interrompendola.

«Sì, tesoro?»

«Tu e papà avete divorziato perché lui ti ha tradita?»

Ava non aveva mai posto a sua madre una domanda così diretta, avendo sempre intuito che le ragioni del divorzio rimanevano una questione privata. Da bambina aveva accettato come spiegazione il "non siamo più innamorati l'uno dell'altra."

«Oh beh...» aveva detto sua madre, chiaramente in difficoltà con una domanda così diretta. «Penso che tutto ciò risalga a un secolo fa e non c'è bisogno di parlarne.»

Ava dedusse che forse suo padre l'aveva tradita.

Si chiese come l'avesse scoperto sua madre e come era stato per lei, ma non riuscì a porre la domanda. Se sua madre non voleva parlarne, era suo diritto.

«Come pensi che si faccia a sapere se un uomo sta tradendo?» chiese invece.

«Ava, c'è qualcosa che non va tra te e Finn?» rispose sua madre.

«No, no.» sospirò Ava, all'improvviso non più desiderosa di continuare la conversazione. Sua madre si sarebbe preoccupata e non ce n'era bisogno. Non ancora. «Ne stavamo solo parlando con la mia assistente.»

«Oh beh, non mi pare sia proprio una chiacchierata adatta a un luogo di lavoro, ma l'esperta sei tu. Quando posso vedere di nuovo quelle splendide bambine? Come si stanno trovando a scuola?»

Era più facile parlarle delle figlie piuttosto che riflettere su ciò che la stava davvero tormentando.

Mentre le bambine giocano felici in acqua, i suoi pensieri ritornano a Grace e a ciò che Ava le ha detto la sera prima.

Alla fine della giornata la donna pareva distratta e continuava a massaggiarsi la testa, come se le facesse male e non è da lei. Era tornata dalla pausa pranzo con l'aspetto di chi ha qualche preoccupazione, ma Ava non aveva voluto indagare.

La conversazione su Finn era già stata troppo personale.

L'immagine di Finn e Anita le ronza in testa. Sono solo amici? E come può chiederglielo senza che lui si arrabbi con lei? Quando si arrabbia si chiude a riccio.

«Hazel.» dice Ava.

«Sì, mamma?»

«Quanto spesso ti trovi a giocare con Sami dopo scuola?»

«Quasi tutti i giorni. Mi piace Sami. È bravo ad arrampicarsi sulle sbarre. E papà dice, "Andrà avanti all'infinito questo dannato pomeriggio." e la mamma di Sami ride e dice, "Oh, Finn, Ava è così fortunata ad averti."» Hazel piega la testa da un lato, imitandola di sicuro con una notevole accuratezza. «Tu ti chiami Ava.»

«Già.» conferma Ava.

«Tu ti chiami Mamma.» dice Chloe.

«Sono Ava e sono Mamma.»

«Oggi dopo scuola abbiamo giocato al parco vicino alla nostra casa e io e Sami abbiamo scavato nella sabbionaia fino a raggiungere il fondo.»

«Anche io scavato.» dice Chloe.

«E papà stava parlando con la mamma di Sami e poi il telefono ha suonato e lui parlava e parlava tantissimo e non ha neanche visto il nostro gigantesco buco nella sabbionaia, perché un bambino grande è arrivato e ha buttato dentro della sabbia e la mamma di Sami gli ha detto che non era una cosa gentile da fare e Sami...»

Ava si sconnette mentre rimugina sulla questione di suo marito e un'altra donna. Al momento sembrano condurre vite separate, loro due. Quando lei va a letto, lui di solito lavora e poi al mattino dorme. Si sono spinti così lontano l'una dall'altro che ora lui è arrivato a tradirla? Finn è ossessionato dal suo lavoro, dall'avere il tempo per lavorare. Quand'è che incontra un'ipotetica donna con cui tradirla? Di certo non quando è con le bambine, ma spesso si trova al sabato sera con amici della comunità artistica per bere qualcosa. Ava non va perché si sente completamente esclusa dalla conversazione e perché le tate sono molto costose. È in quelle occasioni che incontra Anita?

«E poi ho detto al papà di metter giù il telefono e smetterla di parlare e parlare con Collin.» dice Hazel e sentendo quel nome, Ava si risintonizza su quello che la figlia sta dicendo.

«Con chi stava parlando il papà?» chiede Ava.

«Te l'ho diciuto, mamma. Collin, dollin, smollin, bollin,» rima la bambina.

Lo sconcerto le fa accapponare la pelle.

«Tu lo conosci Collin.» ride Hazel. «Lo conosci.»

VENTISEI

GRACE

Inciampo sul marciapiede, urtando un uomo che porta due borse della spesa.

«Attenta!» dice, borbottando, «Stupida ubriacona.» mentre si allontana.

«Tu attento, tu attento, tu attento.» sussurro ripetutamente, i piedi doloranti per essere stata con i tacchi tutto il giorno e aver camminato così a lungo. Inciampo ancora mentre mi faccio strada tra le lastre del marciapiede dissestato.

Non sono ubriaca. Ma mi sento ubriaca.

Sono stordita di disperazione.

Dopo aver letto l'articolo a me dedicato, mi sono resa conto che il mio piano andrà in pezzi e non so come fare per evitarlo.

È tardi ma c'è ancora gente dappertutto, c'è chi fa compere, chi entra nei pub, chi si incontra con gli amici. Mentre io sono da sola.

Mi fermo in un parchetto per bambini e mi dirigo verso una panchina, mi siedo accasciandomi e levo le scarpe, senza badare al mio aspetto.

Ava ha bisogno di me. Sapevo che avrebbe avuto bisogno di me il giorno stesso in cui la incontrai. È una donna che lotta per trovare un equilibrio nella sua vita, proprio come ero io, una donna che si porta dentro il senso di colpa materno, proprio come facevo io, una donna il cui marito la tradisce – così come il mio tradiva me. *Forse non sta tradendo, forse lei è solo un'amica?* «No.» dico ad alta voce. «Ora so la verità, proprio come la sapevo allora.»

All'epoca avevo bisogno di aiuto ma tutti intorno a me volevano solo farmi del male.

Vedo che Ava è circondata dallo stesso tipo di persone, a partire dal suo rivale al lavoro, fino suo marito, così infantile.

Ava ha bisogno di me e io sono qui per lei. Farò in modo che non soffra come me.

Farò in modo che siano tutti gli altri a soffrire.

VENTISETTE

AVA

Non riesce a credere a ciò che ha appena sentito.

«E cosa ha detto papà a Collin?» chiede con noncuranza. Potrebbe essere un altro Collin. È un nome abbastanza comune. I due si sono incrociati diverse volte alle feste di Natale o ai cocktail serali, ma non c'è alcun motivo per cui dovrebbero parlarsi.

Hazel sospira, come se sua madre la sfinisse. «Ha detto, "Sì, Collin, capisco ma non ho notato nulla".»

«Ma pensa.» dice Ava, «E poi cos'ha detto papà?»

«Non lo so.» Hazel fa spallucce, già annoiata dalla conversazione. «Possiamo mangiare una o due palline di gelato dopo il bagno?»

Ava guarda la figlia e non può far a meno di sorridere nel vedere il bagliore malizioso nei suoi occhi. Ava non aveva promesso nessun gelato, ma Hazel sa come ottenere ciò che vuole.

«Sìì, gelato.» dice Chloe, colpendo con forza la superficie dell'acqua.

«Una sola pallina.» ride Ava, relegando in un angolo della mente ciò che ha appena sentito. Chiederà a Finn più tardi. Ora vuole solo godersi un po' di tempo con le bambine. Fatica a concentrarsi, però, mentre le asciuga e le aiuta a indossare il pigiama. Perché mai Collin dovrebbe chiamare Finn e che cosa fa Finn il sabato sera? Perché ha l'impressione che tutti gli uomini che conosce le stiano nascondendo qualcosa?

Una volta che Hazel e Chloe sono a letto, dopo la pallina e mezzo di gelato con zuccherini contrattata da Hazel, Ava va da Finn nel suo studio.

«Sta diventando un po' un'abitudine.» dice Finn quando lei gli chiede se possono parlare.

Ava lo disturba di rado mentre sta lavorando, ma non vuole passare un'altra notte insonne a causa di una chiamata che potrebbe essere o non essere del Collin con cui lavora lei.

«Hazel mi ha detto che oggi hai parlato con Collin.» dice Ava. «Potrebbe aver capito un nome sbagliato, ma ci hai davvero parlato? È lo stesso Collin con cui lavoro io?»

«Sì, mi ha chiamato.» dice Finn, raccogliendo uno straccio per pulire il pennello con cui stava lavorando.

«Perché?»

«Se devo essere onesto, non lo so. All'inizio pensavo che in qualche modo avesse confuso il mio numero con il tuo, visto che non abbiamo mai avuto grandi conversazioni, ma voleva solo chiedermi se stavi bene.»

«Perché dovrebbe chiederlo e perché mai dovrebbe chiederlo a te?»

Finn alza le spalle. «Non saprei – forse era preoccupato per te. Ha detto che ti ha vista dormire sul divano del tuo ufficio l'altro giorno.»

«E quindi?» dice Ava, con la rabbia che le monta dentro. «Mi stavo concedendo quindici minuti di pausa, si tratta sempre e solo di quindici minuti, mi aiuta a mantenermi operativa per il resto del pomeriggio.» *La porta era chiusa.*

Come ha fatto a vedere che dormivo? Scrolla le spalle, prova disagio all'idea che Collin l'abbia vista mentre era addormentata.

«Non penso ti stesse criticando, Ava. Penso che fosse solo preoccupato. Ha detto che in questo periodo sei un po' fuori forma al lavoro.»

«Come osa.» si infuria Ava.

«Ava,» dice Finn raccogliendo un tubo di pittura per aggiungerne un po' alla sua tavolozza, «era solo preoccupato. Ed è vero che sei molto stressata nell'ultimo periodo.»

«Perché non avevo più un'assistente e, in ogni caso, qualunque preoccupazione avesse, non c'era assolutamente nessun motivo per chiamarti. Come ha fatto ad avere il tuo numero, tra l'altro?»

«Lui...» Finn esita un istante. «Gliel'ho dato io a una di quelle feste. Stavamo parlando di ritratti e mi ha chiesto se potessi dipingere i suoi bambini e non volevo dirgli di no, così gli ho dato il mio numero e ho sperato con tutto me stesso che non mi contattasse. Penso che volesse solo essere educato, perché non l'ha mai fatto fino a oggi.»

«E ti ha detto qualcos'altro?» chiede Ava, incrociando le braccia.

Domani farà in modo di far capire con esattezza a Collin quanto ha passato il limite. È davvero stanca di venir ostacolata da lui. A che gioco sta giocando di preciso?

«Sì,» dice Finn, raccogliendo un tubo di pittura bianca e mischiandola con del rosso, «mi ha chiesto quanto sapevi di Grace.»

«Che cosa?!» Ava freme di rabbia. «Che cosa gli importa?»

«Ascolta, non ne ho idea. Gli ho detto che Grace è adorabile e poi mi ha chiesto quando l'ho incontrata e gli ho detto che sta qui da noi per un po'.»

«Perché mai l'hai fatto?» urla Ava. «Non volevamo che lo sapesse nessuno dell'ufficio.»

«Perché?» chiede Finn con gli occhi sul dipinto, mentre muove il pennello sulla tela.

Ava vorrebbe afferrare il pennello e scaraventarlo dall'altra parte della stanza. Finn sembra non capire quanto è strano ricevere una chiamata dall'uomo che è il suo diretto rivale per la posizione dirigenziale.

«Domani gli parlo.» dice Ava invece di affannarsi a dare una spiegazione a Finn.

Finn in risposta fa spallucce, come a dire che nulla di tutto ciò ha a che fare con lui, poi dice, «Dovresti lasciar perdere. Forse è già in imbarazzo per aver chiamato.»

«Di sicuro non lascio perdere un bel niente.»

«Fai come ti pare.» dice e Ava si volta per andarsene. «Ava.» dice Finn e lei si ferma.

«Sì?»

«Va tutto bene, vero? So che sei sempre stressata e preoccupata, ma va tutto bene, vero?»

Ava sospira. «Sto bene, Finn. Voglio davvero ottenere quella promozione e ho la sensazione che Collin stia facendo di tutto per mettermi i bastoni tra le ruote.»

«Beh, sai già come la penso su questo.»

«Lo so.» dice Ava tagliando corto. «E *tu*, tu stai bene?» chiede appena prima di voltarsi per andare.

«Sto...» Finn scuote la testa. «Sto bene.»

«C'è qualcosa di cui vuoi parlarmi, Finn?»

«No, no nulla.»

Ava aspetta ancora un istante per vedere se dirà qualcos'altro, ma i suoi occhi tornano a posarsi sul dipinto. Lo lascia al suo lavoro e torna al piano terra per pulire la cucina, cosa che fa producendo un gran chiasso mentre nella testa sostiene tutta una discussione con Collin, che si conclude con lei che lo manda a farsi fottere. Il problema è che deve stare attenta a discutere con Collin di qualsiasi argomento, perché è sempre più convinta che sarà lui a ottenere l'incarico dirigenziale e non si farà il minimo scrupolo a licenziarla o a renderle la vita così difficile da costringerla a dimettersi. Non sarà facile, ma non ha dubbi che Collin troverà un modo per sbarazzarsi di lei. Versandosi un bel bicchiere di vino, decide di concedersi un lungo bagno.

L'unica vasca è nel bagno delle bambine e Ava incrocia le dita sperando che entrambe siano addormentate e lo rimangano, così da poter avere un po' di tempo per sé. Quando la vasca è piena, aggiunge un po' di olio essenziale alla lavanda e scivola all'interno, appoggiando con cautela il telefono sul bordo e facendo un bel respiro mentre l'acqua calda le rilassa i muscoli. Sorseggiando il vino, cerca di sgombrare la mente da tutto quanto.

Approcciare Collin mostrandosi furiosa non sarebbe una buona mossa. Ha bisogno di un vero piano e spera di poterne discutere con Grace domani mattina. In ogni caso, perché a Collin importa di Grace? Non hanno avuto quasi nulla a che fare l'uno con l'altra.

Dopo aver finito il bicchiere di vino, sta per appisolarsi quando il telefono suona per l'arrivo di un messaggio.

Ciao Ava, mi spiace disturbarti ma ho ricevuto un
messaggio davvero strano dal numero che trovi qui sotto.
Sai chi potrebbe essere e perché avrebbero dovuto
mandare un messaggio simile?
Grace

Ava guarda per prima cosa il messaggio, il corpo teso nell'acqua calda.

Devi guardarti le spalle. Tu e Ava Green non rimarrete
in questa azienda per molto.

Ava fissa il numero che le ha mandato Grace, cercando di

riconoscerlo, ma non ci riesce, allora apre la lista dei contatti e inizia a scorrerli, cercando di tenere il numero in testa.

Quando lo trova, non riesce a crederci.

Melody.

Lo scrive a Grace.

È davvero inaccettabile. Domani le parlo. Non ho idea di che cavolo le sia venuto in mente.

La risposta di Grace arriva subito.

No, sarà di sicuro arrabbiata perché le hai detto di non stare attaccata al telefono. Gliel'ho detto anche io, quindi magari pensa che io sia stata prevaricante. Credo che dovremmo lasciar perdere e vedere se dice qualcos'altro.

Ava ci riflette per qualche minuto. Forse è meglio fare così piuttosto che affrontare Melody di petto. In special modo visto che Collin le ha già intimato di fare un passo indietro. Una crescente inquietudine interiore le dice che le cose all'interno dell'azienda stanno cambiando e che tutto ciò per cui ha lavorato potrebbe facilmente scivolarle via di mano.

Ok, lasciamo stare, ma occorre tenerla d'occhio.

Sono perfettamente d'accordo. Ci vediamo domani mattina.

Ava esce dalla vasca, i muscoli del collo sono già in tensione e da lì parte un dolore lancinante alla testa. Quando ha assunto Grace, pensava che finalmente avrebbe riottenuto il controllo della sua vita lavorativa, ma ora è chiaro che sta succedendo qualcosa e lei è stata così sommersa dal lavoro e da tutto il resto da non essersi accorta dei segnali.

Collin sta cercando di incastrarmi per farmi licenziare? Ha arruolato Melody perché lo aiutasse? Hanno una storia? Finn è in qualche modo coinvolto perché non vuole che ottenga l'incarico dirigenziale? Finn ha una storia con la madre di Sami?

Ava si asciuga velocemente e indossa il pigiama. Sta diventando paranoica. Melody si sta scagliando contro Grace perché è arrabbiata e sa che ad Ava non può dire nulla. Collin, però, è un problema. Vuole ottenere l'incarico dirigenziale e anche se sembra fiducioso di riuscire a ottenerlo, magari è tutto un bluff. Parla spesso con Patricia e forse lei gli ha detto qualcosa che gli ha fatto pensare che Ava è ancora in gara per il ruolo di CEO per l'Australia.

A letto Ava serra gli occhi e cerca di imporre al suo corpo di dormire ma è tesa come una corda di violino, lo stomaco le si contorce per l'ansia se pensa alla sua vita lavorativa e privata. Desidererebbe avere una relazione più confidenziale con Patricia, vorrebbe che lei e la CEO facessero altre cose oltre che discutere di lavoro. Patricia e Collin sembrano andare spesso a cena insieme, Ava invece la vede di rado al di là dell'orario lavorativo.

Sente il bisogno di parlare con qualcuno così, anche se sa che si arrabbierà per essere stato disturbato di nuovo, esce dal letto e si dirige al piano di sopra.

Sta per afferrare la maniglia della porta dello studio di Finn quando lo sente dire «Per favore.» Sembra disperato.

Ava avanza fino a toccare la porta e posa un orecchio sul legno, chiude gli occhi e si sforza di sentire quello che Finn sta dicendo. *Con chi sta parlando a quest'ora di notte?*

«Non puoi farlo. Mi hai promesso che non l'avresti fatto.» dice.

«Per piacere, falla finita adesso. Ho delle figlie.» Sembra che stia pregando qualcuno di non fare qualcosa. *Con chi sta parlando? La mamma di Sami? Sta minacciando di parlarmi della loro storia?*

«No, per favore non chiamarmi più.» esclama con impeto e poi c'è silenzio, quindi la conversazione deve essere terminata.

Ava si stacca dalla porta, il suo stomaco in subbuglio per l'orrore e l'incredulità. Ha una storia. *Aveva* una storia? Stanno davvero così le cose? È finita? Sembrava furioso ma anche disperato. Non vuole crederci, eppure sembra aver senso. Potrebbe sbagliarsi. Vuole sbagliarsi, ma allora con chi stava parlando a quest'ora di notte?

Suo marito ha parlato con Collin, il suo rivale al lavoro, e ora pensa che lui la stia anche tradendo. Perché mai menzionare le bambine quando sta supplicando qualcuno?

Le bambine. Che cosa succederà a loro se tutto ciò è vero? Voltandosi di scatto, inciampa sulle scale che portano alla loro camera, quasi cade ma si raddrizza in tempo.

Si arrampica nel letto e spegne la luce, giacendo al buio con le lacrime agli occhi, consapevole che, ancora una volta, non dormirà.

VENTOTTO
GRACE

Sulla metro verso casa, mi ricompongo e inizio a formulare un piano. È tardi e avrò bisogno di prendere un Uber per arrivare a casa di Ava dalla stazione, ma un po' di tempo in più mi fa comodo. Quando arrivo alla fermata più vicina a casa sua, ciò che devo fare diventa subito chiaro.

Dopo aver mandato il messaggio ad Ava e aver avuto la sua risposta, mi sento meglio, ma non troppo. Continuo a cercare di ridimensionare le cose e a ricordarmi che la piccola Melody si pentirà di aver anche solo provato a minacciarmi. Mostrerà l'articolo di giornale ad Ava e Collin? Forse. Questo significa che devo sbarazzarmi di lei prima che lo faccia.

Il messaggio era la prima tappa. Spero che Ava non mi chieda di mostrarle il testo originale perché non esiste, ma sono sicura che non accadrà perché si fida di me. Quando ho riscritto la mail di Ava a Melody, era solo per farle prendere un bello spavento in modo che si comportasse meglio in ufficio, ma ora sono contenta di aver avuto l'intuizione di mandargliela. Sarà più facile farla licenziare. Mi occorre solo un altro elemento e riuscirò a far prendere la decisione ad Ava. Collin rimane un problema. È chiaramente attratto da Melody e la vorrà proteggere. Posso sempre negare che l'articolo parli di me. Potrei renderla ridicola.

Ti stai basando sul fatto che ho lo stesso nome di quella donna? Mi immagino dire davanti a Collin e Ava.

L'articolo è corredato da una mia foto e quando arrivo a casa, guardo il mio volto riflesso allo specchio tenendo vicino la fotografia, cercando qualche elemento che permetta di capire nell'immediato che le due donne sono la stessa persona.

Sono gli occhi, ovvio, gli stessi occhi a mandorla verdi.

Tutto il resto è diverso.

La donna della foto ha i capelli biondi sciolti sulle spalle. Ha almeno otto chili in più di me. Indossa un abito a portafoglio firmato, di un rosso brillante che si abbina al rossetto rosso. È truccata pesantemente, ciglia finte accompagnate da ombretto grigio. Siede a una scrivania in legno con il computer davanti, un sorriso compiaciuto sul volto.

Quella donna aveva tutto. La foto era stata riciclata da un articolo su di me uscito due anni prima.

Mi ricordo di quell'intervista. Era per un articolo sui cambiamenti interni all'industria della bellezza, con un focus particolare sulle aziende più all'avanguardia nel settore. Ero molto nervosa ma davvero entusiasta.

«Sarai perfetta.» mi aveva detto Robert mentre era sdraiato sul letto della nostra bella camera da letto, un bicchiere di vino in mano. Sapevo che il giornalista avrebbe portato una fotografa con sé e stavo cercando di decidere cosa indossare.

«Sei bella con qualsiasi vestito,» disse mio marito, «ma forse sceglierei il rosso.»

Ci sono dei momenti nella vita che devi cercare di ricordarti perché sono rari e perfetti. Mentre mio marito mi guardava cambiarmi d'abito, mi meravigliavo di tutto ciò che ero riuscita a ottenere e all'idea che le mie conquiste sarebbero rimaste scritte nero su bianco per sempre. Sapevo che avrei mandato ai miei genitori una copia dell'articolo e nell'euforia del momento, mi chiedevo se avrebbero chiamato per dirmi che erano orgogliosi di me.

Ma ciò non accadde mai ed era stato ingenuo da parte mia pensare che l'avrebbero fatto.

Ricordo il giornalista che era venuto a intervistarmi per la rivista delle donne imprenditrici. Era giovane, aveva appena iniziato la sua carriera e mi sembrava un ragazzino mentre incespicava sulle domande ed esprimeva ammirazione per la mia azienda. Era della stessa età che avevo io quando ho aperto il primo centro estetico con niente di più che poche migliaia di dollari, che avevo risparmiato con fatica lavorando sette giorni a settimana per anni. Volevo avere qualcosa che fosse solo mio e non avrei mai immaginato che da un centro si sarebbe passati a due e che l'azienda avrebbe continuato a crescere.

Era gentile e la fotografa era una donna splendida, che voleva essere sicura che le foto mi piacessero. Trascorsi la giornata fluttuando a un palmo da terra, Fluttuavo attraverso la giornata, rispondevo volentieri alle domande e lo presentavo ai dipendenti che sembravano tutti tanto orgogliosi dell'azienda quanto lo ero io.

Più tardi portai fuori a pranzo Tamara e Liza in un ristorante italiano di lusso, dove festeggiammo me e il mio successo. Fu un pomeriggio meraviglioso, ordinai persino la pizza d'asporto per tutti e venti i dipendenti.

«Alla migliore magnate di tutta l'Australia.» brindò Liza.

«Questo è solo l'inizio.» E sembrava che fosse così, che tutto sarebbe stato possibile.

Appena due anni dopo, la mia vita era un caos totale.

Non avevano usato una nuova fotografia per l'articolo sulla mia disfatta, anche se avrebbero potuto prenderne una di me durante il processo, con le spalle incurvate, i capelli stopposi e cosparsi di grigio. Invece usarono la vecchia foto, così sembrava che non me ne importasse nulla, come se nulla al mondo mi preoccupasse, come se non fossi turbata dal crimine che si presumeva avessi commesso.

Rabbrividisco all'idea che Ava legga le parole dell'articolo. Potrebbe anche averle lette anni fa e poi rimosse passando alla storia successiva.

Mi licenzierà quando lo scoprirà. Sarò ostacolata, rovinata e soffrirò per mano di una ragazza di vent'anni.

Arrivata all'appartamento, cammino avanti e indietro troppo arrabbiata per farmi una tazza di tè o anche solo per sedermi.

La mia vita intera è già stata rovinata da una donna come Melody. Non permetterò che accada un'altra volta.

I pensieri mi si affollano in testa mentre faccio la doccia e mi preparo per andare a letto. Non avevo previsto per nulla questa evenienza e sono arrabbiata con me stessa.

Avrei dovuto avere un piano d'azione nel caso qualcuno mi avesse in qualche modo riconosciuto e minacciato di rendere pubblico il mio passato.

Vado a letto e cerco di dormire ma alla fine, appena dopo l'una di notte, ci rinuncio e scendo dal letto, prendo la bottiglia di vodka, la apro e annuso l'odore di medicinale.

Chiudo il tappo e tengo la bottiglia in grembo e la faccio girare, con le dita che percorrono le lettere argentate in rilievo sull'etichetta.

Le parole dell'articolo mi ronzano in testa.

Grace Morton era l'esempio perfetto di una guerriera australiana di successo. I suoi genitori la cacciarono di casa quando aveva sedici anni. «Ho fatto tante scelte sbagliate e mi sono messa in una posizione indifendibile. Allora ne fui ferita, ma capisco che i miei genitori sentis-

sero di non avere altra scelta. Sentivano l'esigenza di farmi vedere gli errori che avevo commesso.» affermava Grace stessa in un articolo scritto su di lei per la rivista Business Women Australia.

Mi ricordo di aver dichiarato queste cose al giovane giornalista entusiasta e gli avevo anche detto di aver fatto pace con i miei genitori, una bugia ovviamente.

Avevo tentato di ristabilire un legame con loro. Tornavo sempre, nonostante ogni volta mi ripromettessi di non farlo più, perché volevo la loro approvazione, ero alla disperata ricerca della loro approvazione e del loro amore.

Riaprendo l'articolo dal telefono, fisso le parole, leggendo ciò che avevo già letto molte volte, lasciando alle parole il potere di ferirmi, di distruggermi.

Grace Morton iniziò la sua carriera come assistente di un'estetista mentre intraprendeva una scuola professionale e frequentava l'università per imparare i trucchi del mestiere. A venticinque anni aprì il suo primo centro estetico dedicato unicamente alla depilazione con ceretta. Wax to the Max era unico nel suo genere in Australia e molti seguirono il suo esempio aprendo centri estetici dedicati a un unico aspetto della cura del corpo. Grace si fece strada da sé con l'apertura di centri estetici dedicati solo a questo aspetto della cura del corpo.

A quarant'anni Grace aveva un'azienda che comprendeva cinquanta centri estetici in tutto il Paese. Viveva nel lusso con il marito Robert, architetto paesaggista e la figlia Cordelia.

Una villa con vista sul porto, una flotta di auto e vestiti firmati facevano parte del suo mondo, finché un rapporto malsano con l'alcol l'ha portata a una condotta instabile nell'ambiente lavorativo.

«È cambiata.» ha affermato una dipendente che non vuole essere identificata. «Era d'ispirazione per tutti, ma ha iniziato a presentarsi al lavoro ubriaca e a dormire in ufficio. Non sembrava volersi occupare di nessuno dei problemi dell'azienda.»

«Ha messo da parte tutte le questioni di ordinaria amministrazione, lasciando tutto in mano a Liza, la direttrice generale.» ha affermato un'altra dipendente. «Era un carico di lavoro eccessivo per una sola persona e l'azienda ne ha risentito.»

«Ha accusato la sua assistente di tradirla con suo marito.» ha detto un'altra dipendente al giornalista. «Un giorno si è presentata in ufficio ubriaca e davanti alla reception si è messa a inveire contro la sua ex assistente dicendole che era una "puttana che ha rovinato la mia vita". Liza è dovuta intervenire e trascinarla via.»

Amici e colleghi hanno tutti affermato di aver incoraggiato Ms Morton a chiedere aiuto per la sua dipendenza dall' alcol, ma lei ha sempre affermato di non avere alcun problema.

Il devastante colpo di grazia finale arrivò con la morte di suo marito, Robert, in un incendio domestico.

Tamara Reed, l'ex assistente di Grace Morton, testimoniò durante il processo accusando Ms Morton di aver minacciato il marito.

«Mi ha detto che non l'avrebbe mai lasciato andare. Ha detto che non gli avrebbe mai dato un centesimo dei suoi soldi e che avrebbe dato fuoco alla casa piuttosto che venderla e dargli metà del ricavato.» disse Ms Reed in tribunale.

Non ho mai detto nulla di tutto ciò. Nessuna di queste parole. Tuttavia non ho potuto negarlo, perché non ne ero certa. Ero spesso ubriaca negli ultimi mesi che hanno preceduto l'incendio. Una mattina mi ero trascinata fino all'ufficio, avevo affrontato Tamara di petto alla reception e lei era lì, con un sorriso sprezzante sul volto. Mi ricordo di averla chiamata "puttana" e ricordo che era scoppiata in lacrime mentre Liza mi trascinava nel mio ufficio e tutti gli altri accorrevano per consolare Tamara.

Ora capisco, a posteriori, che la reazione al tradimento di Robert è stata eccessiva. Un'altra donna, forse una donna che non fosse così terrorizzata all'idea di perdere tutto ciò che aveva nella vita, avrebbe chiesto un divorzio consensuale e avrebbe accettato di perdere metà della sua azienda. Io, però, non ero quella donna. So che ci sono stati dei momenti, nei mesi precedenti all'incendio, in cui riconoscevo di aver bisogno d'aiuto.

Ma avevo iniziato da zero e mi sembrava che Robert mi avrebbe portato via tutto quello per cui avevo lavorato e che sarei rimasta senza niente. Sarei tornata ad avere sedici anni, a camminare per le strade con la mia unica valigia, cercando rifugio mentre piangevo la fine del mio primo amore. Ero terrorizzata all'idea di dover affrontare di nuovo tutto ciò.

Più lasciavo che l'alcol prendesse il controllo, peggio stavo. Lo so. Lo so ciò che ho fatto e ho pagato per i miei errori. Ho perso tutto.

Mi sembra di essere allo stesso punto proprio in questo istante. Ho appena ricominciato tutto e sto per perderlo di nuovo. Prendo il telefono e trovo una foto di mia figlia, un ampio sorriso sul suo bel volto. È stata scattata quando ha compiuto sedici anni e aveva invitato qualche amico a cena. Sembra così felice.

Sapevo che forse il mio matrimonio non sarebbe sopravvissuto al tradimento di Robert, soprattutto perché lui non l'ammise mai. Sapevo che forse l'avrei perso, ma non pensavo che avrei perso anche Cordelia.

Tutto ciò che mi è stato tolto affolla i miei pensieri man mano che l'ora si fa tarda e faccio una promessa a me stessa: non perderò più nulla. E farò in modo che anche Ava non perda nulla – a parte forse un inutile marito.

Melody non sa con chi ha a che fare, non lo sa proprio.

Finalmente riesco a rimettere la bottiglia di vodka in freezer e ad assopirmi.

VENTINOVE

AVA

«Penso che dovrei semplicemente affrontare Melody a viso aperto.» dice Ava a Grace giovedì mattina, mentre sono in viaggio verso l'ufficio.

«No.» dice Grace, «Lei si limiterà a negare e tu farai la figura della paranoica. Sono sicura che avrà cancellato il messaggio.»

«Ma tu no.» dice Ava.

«Temo di averlo fatto. Continuavo a rileggerlo e non riuscivo più a sopportare di vederlo, così l'ho cancellato. È stato un gesto ingenuo e impulsivo, ma era un messaggio odioso e non lo volevo sul mio telefono.»

Ava aggrotta le sopracciglia, incerta su cosa rispondere. Non avere il messaggio come prova rende impossibile affrontare Melody. La ragazza di sicuro negherà.

Quella mattina si è quasi vergognata della gratitudine che ha provato nei confronti di Grace quando l'ha vista apparire alla porta della cucina, pronta a dare una mano. Ancora una volta Finn era sparito dai radar. Sembra peggiorare di giorno in giorno, o forse sa che Ava per i prossimi due giorni può affidarsi a Grace la mattina, così lui se lo risparmia.

Continua a chiedersi chi potesse essere la persona che Finn stava supplicando la sera prima al telefono. La sta tradendo o si tratta di tutt'altra cosa? Come farà a trovare il modo di chiedergli di dirle con esattezza cosa sta accadendo? E perché stava supplicando l'interlocutore per qualcosa?

E oggi come farà a discutere con Collin del fatto di aver parlato con Finn? Il bisogno impellente di fare un'inversione e guidare verso una spiaggia da qualche parte, di prendersi un giorno di pausa da tutto, è quasi travolgente, ma ovviamente non lo farà. Non lo farebbe mai.

«Mi pare sia palese che a Melody non piaci.» dice Grace. «Sembra che abbia una relazione equivoca con Collin ed è questo il motivo per cui si è sentita autorizzata a mandarmi quel messaggio. So che mi odia perché cerco sempre di incoraggiarla a essere un po' più professionale.»

«Anche io l'ho notato.» dice Ava. «È solo che...»

Prende in considerazione l'idea di dire qualcosa di Collin, di chiedere a Grace il suo parere, ma subito abbandona l'idea. Ha davvero bisogno di rifletterci sopra, in modo che non le si ritorca contro.

«Hai già così tanto a cui pensare.» Grace finisce la frase al posto suo e Ava le è riconoscente per aver riempito il vuoto.

«Sì.» conviene Ava mentre entrano nel parcheggio dell'edificio. Lei parcheggia e Grace, come al solito, sale per prima.

Quando Ava entra in ufficio, Melody è alla sua scrivania e lei fa un cenno alla receptionist senza salutarla. Melody aggrotta le sopracciglia, ma ad Ava non importa. Il messaggio mandato a Grace ieri sera era ingiustificato e preoccupante.

Grace è nell'ufficio di Ava che guarda il suo computer.

«Oh,» dice Ava, presa un po' alla sprovvista, «avevi bisogno di qualcosa?»

«No.» dice Grace, alzandosi e arrossendo leggermente. «Stavo solo controllando il resoconto dell'ultimo seminario condotto da Julian – per qualche motivo non è arrivato nella mia casella di posta.»

«Ah, giusto.» dice Ava, lasciando cadere la sua borsa sul divano e poi girando attorno alla scrivania per affiancare Grace e vedere che il computer è aperto sul file di cui stava parlando.

«Sta andando molto bene, se consideriamo che ha appena iniziato a lavorare per te, non trovi?» dice Grace.

«Sì, lavora bene.» conferma Ava.

«Ah scusami, aspetta che ti prendo un caffè.» dice e Ava annuisce mentre Grace lascia la stanza. Si siede davanti al computer, chiude il file e controlla le mail, assicurandosi di segnare quelle a cui deve rispondere entro la giornata.

Poi, però, invece di iniziare a lavorare, si ritrova di nuovo sulla pagina Instagram di Anita. Oggi ha messo non uno, ma ben due post. Uno dice, *Trovare l'amore dopo un divorzio è difficile ma non impossibile*, e il secondo dice, *A volte occorre combattere il fuoco con il fuoco*. Ava si sente sprofondare e poi si irrita con sé stessa per i vani tentativi di capire che cosa sta dicendo Anita, che cosa intende. È a Collin che dovrebbe pensare.

«Ava.» sente e alza lo sguardo. Alla porta c'è Grace in compagnia di Finn.

«Finn.» dice, chiudendo rapida la pagina Instagram di Anita e alzandosi. «Cosa ci fai qui?»

«Pensavo di passare per un saluto. Ho avuto una riunione con Hector. Volevo fargli vedere le foto del mio ultimo quadro.»

«Oh,» dice Ava, «vuoi un caffè?» Una domanda disinvolta, anche se in realtà disinvolta non si sente affatto. Finn non si è mai presentato in ufficio casualmente e sente il cuore palpitare per l'ansia.

«Perché no?» dice lui con un sorriso e Ava prende la sua borsa.

«Non stiamo via a lungo.» dice a Grace, che annuisce.

Ava lascia l'ufficio con Finn. Uscendo passano davanti alla

reception, dove Melody siede diligente. «Finn, ciao.» dice con una voce lievemente stridula.

«Ciao.» dice Finn educato, lo sguardo cade sulla camicetta grigia che Melody indossa mettendo in mostra più mercanzia del necessario.

«Andiamo alla caffetteria che c'è qui sotto.» dice Ava. «A Hector è piaciuto il quadro?»

«Sì, gli è piaciuto.» ma sembra alterato anziché felice.

«Cosa c'è che non va?» chiede lei.

«Nulla.» dice Finn distratto mentre escono dall'ascensore e dall'edificio. Fa caldo, ma c'è una leggera brezza con un accenno di frescura.

«Sta arrivando l'autunno.» dice Ava.

«Già.» conviene Finn.

Nella caffetteria, una volta che sono seduti e hanno davanti i loro caffè, Finn dice, «Ava, dobbiamo parlare.»

«Di cosa?» chiede lei con lo stomaco che si contorce per l'apprensione.

«Penso di aver fatto una cazzata.» dice lui, lasciando cadere lo sguardo sul tavolo.

«Ok.» dice lei sulla difensiva, mentre cerca di farsi coraggio per quello che sta per sentire. Il ritratto di Anita incombe enorme nella sua mente, il post criptico su Instagram sull'amore ritrovato. *Sta accadendo per davvero?*

Finn alza gli occhi ma non la guarda, fissa la porta. Ava segue il suo sguardo e vede Melody alla cassa che ordina un caffè. Ava spera che la ragazza non li veda, ma mentre sta per concludere il pensiero, Melody gira la testa e sorride.

«Che piacere vedervi qui.» dice avvicinandosi al loro tavolo.

«Sì.» dice Ava anche se è difficile che si tratti di una coincidenza. L'intero ufficio ha un debole per questa caffetteria.

«Finn, come ti vanno le cose?» chiede lei e lui fa un cenno col capo.

«Molto bene.» dice lui e poi il telefono gli squilla. Lo estrae dalla tasca e guarda lo schermo. «È Hector,» dice lui, «mi ha detto che mi avrebbe richiamato per comunicarmi qualche possibile data per la mostra.» Si alza e risponde al telefono. «Aspetta un attimo, amico.» dice e poi guarda Ava. «Ascolta, devo andare. Ci vediamo dopo a casa.»

«Ma Finn...» inizia a dire, ma lui si sta già allontanando.

«Rientriamo insieme in ufficio.» dice Melody e Ava sospira.

Cosa voleva dirle Finn? Quanto è grave? Cosa ha fatto? Confesserà di avere una tresca – e perché venire nel mio ufficio per dirmelo? Come faremo a stare insieme se me lo confessa? Se me lo viene a dire è perché la storia si è conclusa? O mi dirà che è innamorato di Anita e vuole il divorzio?

«Melody.» chiama la barista e Melody si allontana dal tavolo per ritirare il suo caffè.

Finn se n'è già andato prima che Ava abbia anche solo preso la sua borsa. Va al bancone, dove Melody sta aggiungendo dello zucchero al caffè. «Ci sono quasi.» dice, ma Ava non ha alcuna voglia di salire in ascensore con lei.

«Devo fare una chiamata.» Ava sfreccia fuori dalla caffetteria, sperando di raggiungere Finn, ma è già andato via. Lo chiama una, due, tre volte ma lui non risponde. La conversazione dovrà aspettare fino a sera.

Su Ava cala il terrore. *Chi sarò dopo stasera? Che cosa ne sarà del mio matrimonio?*

Mentre torna verso l'ufficio, cercando di chiamare Finn più e più volte, maledice Melody per essere entrata nella caffetteria nel momento sbagliato.

Che cosa stava per dirmi Finn? Voglio davvero sentirlo?

TRENTA

Cara bambina mia,

A sedici anni ero completamente sola. Ora mi chiedo se avrei mai raggiunto tutto quello che ho ottenuto se nella vita non avessi avuto quel terrificante esordio. Non penso. Mi ha resa una guerriera determinata, una persona che era disposta a fare tutto ciò che serviva per guadagnare i soldi, la sicurezza e l'amore di cui aveva bisogno.

Mi ricordo che la prima notte che passai senza un tetto sopra la testa, soffrivo la mancanza di mia nonna con un dolore che aveva preso il sopravvento su tutto il corpo.

Mi immaginavo lei nella sua cucina a mescolare un qualche impasto per una torta, il sorriso sul volto e nella mia mente le chiedevo cosa fare.

«Chiedi aiuto, dev'esserci qualcuno che ti aiuta.» disse lei. «La maggior parte delle persone sono gentili e troverai qualcuno disposto ad aiutarti.» Era questa la lente attraverso cui vedeva la vita e per lei le persone erano in gran parte gentili.

Io, però, non ho mai avuto quella capacità. Mi aspettavo sempre di essere trattata male, evitata e disprezzata.

Non avevo idea di dove trovare aiuto, così mi allontanai dalla casa di Luka finché arrivai a un parco. Avevo freddo, ero stanca, avevo fame ed ero profondamente disperata. Mi sedetti con la mia valigia su una panchina e aspettai che il sole scendesse sotto la linea dell'orizzonte. C'era un'area giochi per bambini e riuscivo a vedere una di quelle casette da gioco.

Pensai che, una volta calato il buio, mi sarei rifugiata lì dentro. Almeno avrei avuto una protezione in caso di pioggia. Non c'era nient'altro che potessi fare se non arrivare al mattino.

E così feci. Aspettai che facesse buio e poi mi infilai nella casetta, aprii la valigia e tirai fuori più vestiti che potevo, infine mi rannicchiai appallottolata. Era ancora presto, ma ero esausta e mi addormentai, anche se avevo i brividi.

Fui svegliata da una mano sulla spalla e passai dal sonno profondo all'essere accovacciata con la schiena premuta contro la parete della casetta, il terrore nelle vene mentre guardavo qualcuno che mi stava puntando addosso una torcia.

«Non puoi dormire qui.» disse una voce maschile.

Qualsiasi scenario terrificante di cui avessi mai letto, o di cui mi fosse mai stato raccontato mi si palesò all'improvviso ed ero certa che sarei morta.

«Ok, me ne vado.» dissi rapida, pregando che si voltasse per andarsene.

«Perché sei qui?» chiese lui, spostando il fascio di luce a lato così che potessi vederlo. Era un poliziotto in uniforme, un uomo giovane con le orecchie a sventola e un cranio quasi del tutto rasato. «Qualcuno dall'altra parte della strada ti ha vista startene qui seduta al buio e ci ha chiamati. Perché sei qui?» ripeté.

«Non ho un altro posto dove andare.» dissi io, scoppiando in lacrime.

«I tuoi genitori?»

«Mi hanno sbattuta fuori di casa. Non vogliono che ritorni, Non posso tornare. Mi odiano.» singhiozzai.

«Quanti anni hai?»

«Sedici.» gli risposi.

«Beh, non possono cacciarti via. E se lo fanno devono assicurarsi che tu abbia un posto dove stare e i soldi per soddisfare le tue necessità.»

«Mi odiano.» dissi.

«Forza.» sospirò. «Ti troverò un posto per stanotte.»

Non sapevo se fidarmi di lui, ma non avevo scelta. Uscii dalla casetta, trascinandomi dietro la valigia.

Mi portò alla stazione di polizia dove mi diede una cioccolata calda, diluita e senza sapore, ma almeno calda. «Mi chiamo Jim.» mi disse. «Sicura che non vuoi tornare dai tuoi genitori?»

Annuii. «Per favore non mi obblighi. Non vogliono più vedermi, mai più.»

Un'ora dopo il nostro arrivo alla stazione di polizia, mi disse di avermi trovato posto per quella notte in una casa famiglia.

Nella mia testa casa famiglia significava "prigione". Pensavo che mi avrebbe portato in un posto con le sbarre alle finestre, stanze sovraffollate colme di adolescenti arrabbiati e violenti. Ero davvero terrorizzata mentre mi portava là in auto, ma non avevo alternativa.

La "maggior parte delle persone gentili" di cui parlava mia nonna, in effetti, gestivano la casa famiglia. Era una casa grande e fatiscente, con pavimenti scricchiolanti e mobili della cucina scheggiati, ma era gestita da Delia e il suo compagno Beverly, il tipo di persone che speri sempre di incontrare. Emanavano gentilezza e mi offrirono subito una ciotola di zuppa bollente e un panino, prima di mostrarmi la stanza dove un'altra ragazza stava dormendo. Il letto singolo aveva un materasso sottile sfondato nel mezzo, ma era rivestito di morbide lenzuola vecchie e coperte calde. Ero così grata di non essere più fuori al freddo che non riuscii a frenare le lacrime. «Andrà tutto bene.» disse Delia, dandomi qualche carezza sulla schiena mentre piangevo. Portava lunghi capelli grigi e un pigiama a tema natalizio, nonostante fossimo a metà anno.

A un certo punto qualcuno deve aver contattato i miei genitori. Ricordo una serie di conversazioni con un'assistente sociale e so che poi i miei genitori accettarono di pagare affinché rimanessi nella casa famiglia. Non mi volevano davvero più con loro. Li odiai per avermi rifiutata con tanto accanimento, ma non ero la sola quella situazione. Tutte le ragazze della casa odiavano i loro genitori per una ragione o per l'altra. Ci unì avere lo stesso nemico.

Quando cominciai a guadagnare sul serio, supportai Beverly e Delia con generose donazioni alla loro struttura finché entrambi andarono in pensione e si trasferirono nel Queensland.

Passai due anni con loro e anche se non era facile a causa del costante viavai di ragazze adolescenti, alcune delle quali violente, non ho mai dimenticato la loro accoglienza e il loro calore.

Lasciai la scuola a sedici anni, come consentito a quell'epoca in Australia. Non avevo idea di cosa avrei fatto della mia vita, ma il bisogno di lavorare per guadagnare soldi mi portò a trovarmi un lavoro come assistente in un centro estetico piuttosto squallido gestito da una donna che si chiamava Maria, che aveva una predilezione per il trucco pesante e le ciglia finte e che chiamava tutti "tesoro".

Qualche mese dopo aver iniziato a lavorare lì, lei mi suggerì di iscrivermi a qualche corso della scuola professionale. «Sei sveglia, tesoro.» mi diceva. «Magari un giorno potrai gestire un centro tutto tuo.»

Una cosa del genere mi sembrava impossibile, ma era l'idea che mi dava la forza di alzarmi dal letto tutte le mattine. Mi *diede anche la spinta a iscrivermi all'università per studiare Economia. Tutto ciò che volevo era avere un centro estetico, solo uno. Non mi sarei mai aspettata di fare quello che sono riuscita a fare.*

Non mi sarei mai aspettata la vita che sono riuscita a costruirmi. E devi capire, bambina mia, che non mi sarei mai aspettata di ferire le persone nel modo in cui le ho ferite. Non me lo sarei mai aspettata.

TRENTUNO
GRACE

Ava sembra sconvolta e ansiosa di ritorno dalla pausa caffè con suo marito. È stata via solo dieci minuti, quindi immagino che non sia andata molto bene.

Vorrei chiederle cosa è successo, ma non ne ho la possibilità con il telefono che squilla sempre e Ava in riunione su Zoom dal suo computer per tutto il pomeriggio.

Alla fine della giornata le dico che vado a fare una passeggiata e prendo la metro per tornare a casa. Ho bisogno di un po' di tempo da sola. Io e Melody ci siamo completamente ignorate a vicenda. E mi sta bene.

«Ci vediamo domani mattina.» dice Ava con un netto cenno del capo, immagino che anche lei abbia bisogno di un po' di tempo per sé.

Non ho voglia di vedere Melody uscendo, ma mentre raccolgo le mie cose, la vedo entrare nell'ufficio di Collin e mi dirigo verso l'ascensore.

Siamo oltre l'orario lavorativo, quindi non mi importa se la reception viene lasciata scoperta, ma mentre passo di lì, una leggera vibrazione mi suggerisce che il telefono di Melody sia sulla scrivania. Incredibile che l'abbia lasciato lì, perché ce l'ha quasi sempre in mano. Non era di sicuro sua intenzione stare via per più di un minuto, ma credo sia il flagello della sua generazione distrarsi così facilmente. Collin è di bell'aspetto e affascinante. Per un attimo mi chiedo cosa stia succedendo in realtà nel suo ufficio, mentre fisso il suo telefono. Decido di correre il rischio e scorro il dito sullo schermo e, una volta sbloccato, rimango scioccata dal trovarmi davanti gli addominali scolpiti di un uomo, con una piccola aquila tatuata su un fianco. Distolgo lo sguardo rapida, affrettandomi verso l'ascensore mentre sento la porta di Collin aprirsi.

Ancora una volta vago per la città finché non sono esausta e poi mi prendo un panino da 7-Eleven, inghiottendo rapida il pane lievemente raffermo e facendolo seguire da una bottiglietta d'acqua.

Anche se non vorrei, non posso fare a meno di tornare sull'articolo, leggendo gli ultimi paragrafi più di una volta e ricordando ogni dettaglio.

Per un ultimo fatale errore, una sera Ms Morton rientrò a casa ubriaca e secondo la sua testimonianza, «accesi qualche candela per dare sollievo alla mia anima».
Poi si addormentò e si svegliò quando la casa era piena di fumo.
I vicini chiamarono i vigili del fuoco dopo aver visto le fiamme prendere possesso della casa e trovarono poi Ms Morton, intossicata e a piedi nudi, che guardava la casa in fiamme dal giardino. Per fortuna la figlia, Cordelia, era con delle amiche.

Sapevo che sarebbe rimasta fuori. Avevo pagato a lei e alle sue tre migliori amiche una stanza in un hotel per festeggiare la fine del loro ultimo anno di scuola. La parte delle candele era anche quella una bugia.

Mentre mi dirigo verso la fermata della metro, mi ritorna in mente la notte, la terribile notte, in cui diedi fuoco non solo a quella che era casa mia, ma a tutta la mia vita. Ricordo l'odore di fumo, rivedo le fiamme di un giallo-arancio brillante che erompevano dal tetto.

Durante il viaggio in treno verso casa, il cuore mi palpita forte nel petto, mentre mi assale l'immaginario suono del legno che si spezza e del vetro che va in frantumi.

Mi sembra che non arriverò mai, che non riuscirò mai ad allontanarmi dagli sguardi altrui, ma finalmente mi chiudo nel piccolo appartamento sopra il garage della casa di Ava, dove afferro la bottiglia di vodka dal freezer, il vetro ghiacciato che si incolla subito alla mano. La tengo stretta, sentendo le lettere in rilievo imprimersi sul palmo.

Durante il mio processo Cordelia spiegò che la notte in hotel era in programma da settimane come regalo per aver concluso gli esami. Mi descrisse come una buona madre nonostante la dipendenza, anche se sapevo che era furiosa perché non guardava nemmeno nella mia direzione, quindi magari un briciolo di amore per me nel suo cuore c'è ancora. È il motivo per cui continuo a provare, il motivo per cui non rinuncerò mai a lei.

Si trova a Melbourne con un uomo che è uguale a suo padre. So che è come suo padre. Le ragazze tendono ad avvicinarsi a uomini che sono all'opposto dei loro padri o le loro copie. Robert era l'opposto di mio padre sotto ogni aspetto. Amava il cibo e bere e ridere e amare. Era chiassoso, carismatico e gioioso.

Era un traditore, un bugiardo e un adultero e so, anche se solo tramite un leggero stalking, che Cordelia sta con un uomo della stessa risma.

Forse nutro sospetti su tutti gli uomini, ma forse semplicemente so cosa cercare.

Quando vedo Ava e la sua famiglia, riesco a percepire che ciò che è accaduto a me potrebbe accadere a lei con gran facilità. So che sta già accadendo, anche se lei lo sospetta solo.

Prima di riuscire a impedirmelo, sblocco il telefono e mando un messaggio.

Io e te dobbiamo parlare. So cosa sta succedendo.

Aggiungo un orario e il posto dove mi trovo, in modo da scongiurare qualsiasi malinteso e poi afferro la bottiglia di vodka, lasciando che il vetro mi geli le mani mentre siedo e aspetto.

Quando sento un leggero colpo alla porta, so di aver fatto la cosa giusta. Faccio un bel respiro e attingo alla mia forza, tutta la forza che ho dovuto trovare in quanto bambina non amata, donna imprenditrice senza formazione, donna che ha dovuto riprendersi dopo un terribile incidente. La prendo tutta, così da riuscire a fare ciò che occorre.

Il mattino seguente dopo aver dormito pochissimo, rinuncio alla colazione per precipitarmi in cucina ad aiutare Ava.

È pallida e sbrigativa mentre dice a Hazel di «spicciarsi.» e a Chloe di «smetterla.»

«Posso aiutarti?» chiedo esitando.

«Finn non è tornato a casa.» mi sussurra.

«Oh.» dico. Non so proprio come reagire, così dico, «Lascia che finisca io con le bambine.»

Annuisce ed esce dalla cucina, mi chiedo se stia per chiamare la polizia e immagino che oggi non andrà al lavoro.

Quando torna, però, è vestita per l'ufficio con la custodia del PC in mano. «Pronte per andare?» chiede e io annuisco. Sento uno strano orgoglio nei suoi confronti. Non sta facendo quello che ho fatto io.

Quando la mia vita sembrava crollare, anche io sono crollata, Ava invece sta tenendo duro. C'è in ballo il suo posto come CEO.

Sistemiamo le bambine in auto e le lasciamo a scuola. Mentre ci allontaniamo dall'asilo di Chloe, Ava chiama sua madre. «Avrei bisogno che andassi tu a prendere le bambine a scuola.» dice con un tono piatto.

«Oh, come mai? Dov'è Finn? Ne sarei felice, ovvio, certamente.» dice sua madre al telefono.

«Finn deve lavorare.» dice lei. «Portale a casa, sai cosa fare. Non arriverò tardi, ma puoi ordinare la pizza per far loro una sorpresa.»

«Sono contenta di cucinare, tesoro. Devo...» risponde sua madre, ma Ava non aspetta di sentire la domanda, termina la chiamata. È nervosa e tesa.

«Cosa credi sia accaduto?» le chiedo.

«Qualcosa di brutto.» dice Ava, scuotendo la testa. «Penso sia accaduto qualcosa di brutto.»

TRENTADUE

AVA

Grace è taciturna, aspetta che sia Ava a parlarle mentre Ava si chiede se sia il caso di dirle qualcosa.

Ieri sera era stata contenta di poter fare il viaggio di ritorno a casa da sola, perché pensava che sarebbe riuscita a parlare con Finn dopo il suo strano comportamento alla caffetteria. Qualche volta parlare al telefono è più facile.

Mentre guidava l'aveva chiamato ma il telefono aveva continuato a squillare a vuoto, finché non era scattata la segreteria.

«Chiamami, Finn.» disse la prima volta.

«Dobbiamo parlare.» disse la seconda volta.

«È assurdo, chiamami e basta. Non puoi presentarti nel mio ufficio, dire quelle cose e poi non rispondere alle mie chiamate.»

Quando rientrò a casa, Finn non c'era. C'era, invece, sua madre Doreen.

«Doreen?» disse Ava, scioccata dal vedere sua suocera.

«Ava, come stai? Abbiamo trascorso uno splendido pomeriggio con le bambine e per cena ho preparato loro le mie crocchette di pollo speciali. Ho portato tutto da casa quando Finn mi ha chiesto di sostituirlo per qualche ora.»

«Perché?»

«In che senso perché? Mi ha detto qualcosa sull'incontrare Hector. Te ne ha parlato di sicuro, no? È quasi pronto per la mostra, una mostra a cui lui tiene molto. So che ha bisogno del tuo supporto, Ava.»

Ava non voleva dire a Doreen che Finn stava mentendo, che di sicuro non era con Hector, perché aveva già chiamato Hector per verificare.

Si limitò a ringraziarla invece. «Oh sì, certo. Mi era scappato di mente.» disse. «Grazie molte per essere venuta. Io e Finn te ne siamo riconoscenti.»

«Sono sempre a disposizione. Venite a dare un bacio alla nonna che va via.» disse chiamando le bambine, raccolse le sue cose dalla cucina, inclusa una terrina, e Ava intuì la critica sottintesa – ovvero l'idea che Ava potesse non avere una terrina, dato che era una madre lavoratrice.

Chloe e Hazel arrivarono diligenti dal salotto per dare un bacio alla nonna e poi Ava fece loro il bagno e le mise a letto, contando i minuti che la separavano dal momento in cui sarebbe stata sola e avrebbe potuto chiamare di nuovo Finn. Si convinse che forse anche lui stava aspettando il momento in cui sapeva che le bambine sarebbero state a letto, in modo che potessero parlare in tranquillità, ma allora perché non era tornato a casa?

Finalmente le bambine si addormentarono e Ava si versò un bicchiere abbondante di vino e chiamò di nuovo Finn. Questa volta rispose e lei sentì un'ondata di sollievo invaderle il corpo. Almeno stava bene, ma poi si arrabbiò per tutto ciò che le stava facendo passare con quella strana confessione seguita dal silenzio stampa.

«Che cosa succede?» chiese.

«Ava, ascolta.» disse lui, «Ho bisogno di... un po' di tempo. Non posso spiegarti nulla ora, ma ho solo bisogno di un po' di tempo.»

E riagganciò.

Ava richiamò, ma lui non rispose. Richiamò dieci volte

prima di rinunciare. Poi andò di sopra nella sua mansarda per vedere se ci fosse qualcosa che potesse darle un indizio su ciò che stava accadendo con suo marito.

Ma lì non c'era nulla, solo l'odore chimico della pittura e il ritratto di Anita ad asciugare sul cavalletto.

«Magari posso aiutarti.» dice Grace, distraendo Ava dai suoi pensieri.

«Ieri Finn è venuto nel mio ufficio, come sai. Siamo scesi per prendere un caffè e mi ha detto di aver fatto una cazzata, ma prima che potesse spiegarmi cosa intendesse, Melody è entrata nella caffetteria ed è venuta al nostro tavolo e lui se n'è andato di punto in bianco.

Ieri sera mi ha detto che aveva bisogno di tempo e io non... so proprio cosa pensare. Non ne ho idea.» Scuote la testa.

«Strano.» mormora Grace.

«Sì, e sembra che tutto quanto stia andando in pezzi. Patricia annuncerà la nomina del CEO alla fine della prossima settimana e dovrei concentrarmi solo su questo. Mi pare che la mia vita intera sia nel caos più totale e non so cosa farci.» Ava si sente in imbarazzo nell'accorgersi di avere gli occhi pieni di lacrime.

Grace si allunga per carezzare Ava sul braccio, solo una lieve carezza di conforto. «Finché non sai cosa è successo, non c'è molto che puoi fare. Le bambine sono al sicuro a scuola e tua madre si prenderà cura di loro nel pomeriggio. Finn ti ama. Ama le bambine. Ti contatterà non appena sarà in grado di spiegare.»

«Lo pensi davvero?» chiede Ava mentre entra nel parcheggio del garage. «Voglio dire, cosa potrebbe aver fatto? Pensi che abbia una storia con la mamma di Sami? Mi sta tradendo e ora deve decidersi tra noi due? È davvero troppo, anche solo da immaginare.» Le lacrime che stava cercando di controllare presero a sgorgare.

«Ava, ascoltami.» dice Grace. «Se Finn ti sta tradendo,

sopravvivrai. Non sarà facile ma sopravvivrai, perché sei una madre e devi per forza. Se è qualcos'altro, magari puoi aiutarlo. L'unica cosa che mi sento di dire è che non puoi lasciare che le tue preoccupazioni prendano il sopravvento. Fidati quando ti dico che devi mantenere il controllo.» Le parole pronunciate con risolutezza hanno l'effetto di fermare le lacrime di Ava, mentre pensa alle sue bambine. Qualsiasi cosa sia accaduta, deve farsi forza per loro.

«Hai ragione.» dice lei. «Devo concentrarmi sul lavoro. Devo riuscire ad arrivare a fine giornata e magari stasera tornerà a casa.» Annuisce mentre parla. «Si può risolvere tutto quanto.»

«So per certo che si può.» dice Grace e Ava è riconoscente per la sicurezza del suo tono di voce.

Finn non è ancora pronto per parlarle.

Aspetta in auto per cinque minuti mentre Grace sale, fa respiri profondi e cerca di calmare il cuore che batte all'impazzata. «Posso gestire questa cosa, posso gestire questa cosa.» dice a sé stessa e poi esce dall'auto e sale, pronta a farsi distrarre dal lavoro finché suo marito non si deciderà a chiamarla.

Come ha detto Grace, sarà in grado di gestire qualsiasi cosa succeda. È una madre e il suo primo dovere è nei confronti delle figlie.

Almeno c'è Grace ad aiutarla ad attraversare questo momento. Lei è l'unica scintilla luminosa in questa strana giornata orribile.

Non sono certa che Ava sarà in grado di seguire il mio consiglio, ossia quello di affrontare con determinazione ciò che l'aspetta, qualsiasi cosa sia. Io non ci sarei di certo riuscita quando ero sposata – infatti non ci riuscii – ma non posso permettere che ciò che è accaduto a me succeda anche a lei. Devo aiutarla ad attraversare questo momento.

Melody è in cucina a bere il caffè, o meglio, a flirtare con Collin, che a sua volta sta prendendo il caffè. Mi fissa con aria di sfida mentre entro e io abbasso lo sguardo. Lasciamole pensare che ha vinto. So io chi avrà la meglio.

«Giorno, Collin.» dico.

«Buon giorno, Grace.» Sorride. «Hai passato una buona nottata?»

«Sì, grazie.» rispondo alla domanda banale. «E tu?»

Melody emette un grugnito, trattenendo una risata, io scelgo di ignorarla e prendo le tazze preparando il caffè più veloce che posso. Sento che più passo del tempo con Melody nella stessa stanza, più si avvicina il momento in cui condividerà con tutti quell'articolo.

«Sai,» dice Collin, «hai un volto molto familiare – sicura che non ci siamo mai incontrati prima?» Un altro grugnito-risata da Melody.

«Sicura.» dico subito ed esco dalla cucina. La reception è incustodita e mi chiedo per quanto tempo Melody la lascerà così.

«Devi vedere questo TikTok.» sento che le dice Collin.

Metto le tazze di caffè sul ripiano e vado alla scrivania.

Melody e Collin stanno ridendo in cucina e mi sento avvampare dall'umiliazione. Sono certa che stanno ridendo per l'articolo. Molto presto lo diranno ad Ava e lei mi chiederà conto del mio curriculum inventato e del nome diverso.

Il cuore batte all'impazzata ma cerco di fare grandi respiri, inspirando ed espirando. È incredibile quanto il corpo si calmi rapidamente.

Abbasso lo sguardo sul computer di Melody, dove ci sono molte finestre aperte, una di queste è un sito per acquisti online.

«Davvero poco professionale.» mormoro.

Dopo qualche minuto, decido che la scrivania della reception non è un mio problema, prendo le tazze di caffè e torno nell'ufficio di Ava.

«Sei stata via un po'.» dice.

«Melody è in cucina con Collin. Volevo evitarli ma alla fine non ci sono riuscita. Sembra che entrambi siano alle prese con passatempi migliori del lavoro.»

«Penso proprio che dovrei parlarle di quel messaggio.» dice Ava.

«Non preoccuparti.» dico. «Sono sicura che è stato solo un momento di crisi. Io lascerò perdere e tu dovresti fare lo stesso. Guardiamo insieme la scaletta per la riunione del CdA con Patricia della prossima settimana?»

«Sì.» geme Ava. «Sento che non sarò felice al termine di quella riunione.»

«Meglio che tu dica tutto quello che vuoi dire allora.» le suggerisco e lei annuisce.

Per la mezz'ora successiva lavoriamo sui punti che Ava vuole sollevare e sui progressi che sono stati fatti, così può raccontare a Patricia tutto quello che sta facendo.

Si rivela utile l'aver passato in rassegna tutto quanto, perché arriva una mail da Patricia che chiede ad Ava di incontrarsi domani pomeriggio, prima di quanto previsto. *Domenica ho un volo – mi spiace tenerti impegnata durante il fine settimana,* aveva scritto Patricia nella mail.

«Andrà tutto bene.» dico ad Ava e lei annuisce ma sembra preoccupata.

«Lo so, è solo che...»

Veniamo interrotte dalle urla di Collin. «Melody, che diamine!»

Ava si alza. «Non l'ho mai sentito gridare prima d'ora.» dice.

«Cosa credi che sia successo?» chiedo e lei alza le spalle.

«Dovremmo andare a vedere?» mi chiede mentre sentiamo Melody dire, «Non l'ho fatto apposta, non l'ho fatto apposta, scusami.»

«Penso che dovremmo.» dico e insieme ci dirigiamo verso l'entrata dell'ufficio dove si trova la scrivania della reception.

Collin si erge su Melody puntandole contro il dito.

«Ma ti rendi almeno conto di quanto ci rimetterà l'azienda per questa cosa? Come diavolo pensi che faccia a rimediare adesso?»

Melody guarda in basso stritolandosi le mani.

«Collin finiscila di gridare, che cosa cavolo stai facendo?» dice Ava.

Collin si ferma e la guarda. «Ha mandato alla scuola una mail che era rivolta a me.»

«Ok,» dice Ava, «non sarà una tragedia. Di cosa parlava la mail?»

«Non ce la faccio.» dice Collin, allontanandosi da Melody. «Non posso gestire questa merda oggi. Pensaci tu, Ava. Io devo andare a fare delle chiamate.»

Melody si mette a piangere.

«Che cosa è successo esattamente?» chiede Ava a Melody e la ragazza alza lo sguardo, il volto rigato dal mascara che cola.

«Ho mandato a Collin una mail che doveva essere uno scherzo – era solo per ridere e non so come sia potuto succedere, ma l'ho inviata alla scuola.»

«Non capisco.» dice Ava e Melody singhiozza e indica lo schermo del computer. Ava fa il giro della scrivania per guardare e, anche se non me l'ha chiesto, la seguo.

C'è uno scambio di mail con una scuola molto prestigiosa di Melbourne. Sapevo che c'erano stati dei problemi nel procurare i materiali necessari agli studenti per partecipare al programma della Barkley ed era una faccenda di cui doveva occuparsi Collin. Evidentemente lui ha coinvolto Melody. Non rientra nelle mansioni di Melody, ma dato che James è stato via un paio di giorni per far visita a sua madre malata, immagino che Collin abbia chiesto a Melody un aiuto. Avrebbe dovuto chiedere a me. Sono molto più brava di lei. So anche che la scuola si è già lamentata due volte, perché i genitori hanno dovuto pagare una maggiorazione per questo corso, nonostante la retta della scuola sia già esorbitante.

Sembra che stamattina la scuola abbia mandato un'altra mail di lamentela e Melody l'abbia girata a Collin con una battuta divertita sulla situazione, peccato che non l'abbia girata solo a Collin ma anche alla scuola.

La mail iniziale della scuola contiene una rimostranza educata ma inferocita.

A chi di competenza,

Questa è la terza volta che siamo costretti a contattarvi in merito ai materiali necessari per il progetto. A questo punto siamo preoccupati di non avere abbastanza tempo per implementare il lavoro delle classi del penultimo anno prima che partano le altre attività scolastiche. Tenendo conto del forte esborso, crediamo che risolvere la questione debba essere la vostra priorità assoluta.

Il Dirigente scolastico,
Liam Smith

Melody aveva scritto:

Il pallone gonfiato della scuola siamo-ricchi-da-fare-schifo si è lamentato di nuovo. Giuro che secondo me il tizio è duro di comprendonio. Gli è stato detto che stiamo cercando di risolvere. Quanto stupido deve essere il coglione?

«Non volevo che arrivasse a lui, ovviamente. Non l'ho fatto apposta.» piagnucola Melody.

Fatico a non ridere sotto i baffi. Tutti abbiamo delle giornate storte. Tutti prendiamo decisioni, piccole o grandi che siano, delle quali poi possiamo pentirci. Melody non è più così compiaciuta e sicura di sé.

È proprio conciata male.

«Forse dovresti andare a darti una rinfrescata.» dico a bassa voce e Melody singhiozza e poi annuisce, alzandosi.

È contenta di potersene andare per un po'.

È fortunata ad essersene andata in bagno, perché proprio in quel momento Collin esce dall'ufficio. «Vogliono indietro i loro soldi, sono migliaia di dollari, migliaia.» dice lui, gesticolando verso Ava, come se fosse colpa sua.

«Si è trattato di un errore, Collin.» dice Ava. «In ogni caso non dovrebbe mandarti mail del genere. Te ne manda spesso?»

«Lei... Ascolta, a me piace rapportarmi ai miei dipendenti in modo amichevole. Non pensavo che fosse un'idiota totale.» dice Collin infuriato mentre Melody torna dal bagno.

«Io l'ho inviata solo a te.» dice Melody. «Qualcun altro deve aver... Devono averlo... Non so come è potuto succedere.»

«È il tuo computer, Melody. Mi spiace ma non possiamo soprassedere a un errore come questo. Devi andartene.» dice Collin a denti stretti.

«In che senso?»

«Nel senso che il tuo periodo con noi è terminato, Melody. Qui non c'è più lavoro per te.» chiosa Collin.

«Che cosa?» dice Melody. «Non mi puoi licenziare per questo. Ti dico che io l'ho mandata solo a te. Il computer deve aver avuto un guasto o qualcosa del genere.»

«Che assurdità. I computer non si guastano mettendosi a mandare mail.

Adesso per cortesia, non rendere le cose difficili. Ava, sono sicuro che concorderai con me, non possiamo far finta di niente. Liam potrà prendere in considerazione di rimanere nel programma solo se la licenziamo.» Collin sembra più in preda al panico di quanto non l'abbia mai visto ed è chiaro che ciò che lo spaventa di più è la perdita di guadagno. Guarda Melody dall'alto al basso, con le labbra lievemente incurvate come se provasse disgusto nei suoi confronti.

«Penso che tutti quanti dovrebbero fare un passo indietro.» dico.

«Dio santo, cosa dirò a Patricia? Lei e Liam sono amici. Sarà furiosa.» dice Collin.

«Penso che sia meglio che tu vada a casa per oggi, Melody. Ho bisogno di parlare con Collin e Patricia.» dice Ava con fermezza e vorrei gioire per lei. Sta prendendo in mano la situazione, invece di permettere alle proprie paure e preoccupazioni di prendere il sopravvento.

Melody fa il giro della scrivania, prende la sua borsa infilandoci dentro cose. «Ve ne pentirete. Non mi merito di essere trattata così e ve ne pentirete tutti.» mormora, mentre affiorano altre lacrime.

Poi si dirige verso le scale e se ne va, lasciando tutto l'ufficio in un silenzio attonito.

«Forse dovremmo tornarcene tutti a lavorare.» dico. «Posso lavorare da qui, così c'è qualcuno in reception.»

«Sì,» dice Collin, annuendo, «grazie, Grace.» e torna nel suo ufficio.

Mi volto verso Ava. «Posso connettermi alla mia mail dal computer della reception. Ho pensato che serve qualcuno che gestisca le cose da qui.»

«Ok, va bene, va bene.» dice Ava e sento che c'è una punta di sollievo nella sua voce. Solo una punta, ma c'è. In questo momento non ha bisogno che qualcos'altro vada storto. «Chiamerò Patricia e vedo cosa dice.» Si allontana verso il suo ufficio.

Mi siedo al computer e faccio il login, lasciandomi andare a un sorrisetto.

Che sciocca a prendersi gioco di me, a minacciarmi. Non sapeva assolutamente chi aveva davanti. Adesso se ne è andata e Collin sta annaspando per cercare di non perdere un grosso cliente. Patricia sarà molto delusa.

Melody non avrebbe dovuto mandare mail del genere a Collin. Soprattutto avendo l'abitudine di lasciare il computer incustodito per così tanto tempo.

Potrebbe capitare di tutto.

TRENTAQUATTRO
AVA

Mentre guida verso casa si sente sfinita per la giornata melodrammatica, la preoccupazione per Finn, il non sapere dove si trovi e lo stato del suo matrimonio.

Occorrerà procedere con cautela rispetto a quanto accaduto al lavoro. Che cosa intendeva Melody quando ha detto che se ne pentiranno tutti quanti? Era solo una frase buttata lì da una dipendente arrabbiata?

Aveva combinato un guaio e sapeva che perlomeno Ava non era soddisfatta delle sue prestazioni al lavoro.

Ava e Collin avevano avuto una videoconferenza con Patricia, la quale aveva detto che avrebbe provato a risolvere le cose con Liam, ma che licenziare Melody era necessario. «È per salvare le apparenze ovviamente.» aveva detto Patricia. «Avrei preferito che avesse ricevuto almeno un richiamo prima.»

Ava si era morsa la lingua mentre si domandava se fosse il caso di dire qualcosa. «Le avevo inviato un messaggio limitandomi a chiederle di non usare il telefono.»

«Ottimo, cerca quella mail se puoi e inoltramela.» aveva detto Patricia. Ma quando Ava era andata a cercare la mail, non era riuscita a trovarla. Era stata cancellata chissà come dalla cartella delle mail inviate.

«Non preoccuparti, ci penso io.» aveva detto Grace e Ava fu felice di lasciarle questa grana.

Patricia era molto arrabbiata con Collin per questa eccessiva familiarità con una dipendente, una giovane donna per giunta.

Ava avrebbe mentito se non avesse ammesso di aver provato piacere nel vederlo così a disagio.

«Penso che dovrei dare a Melody delle buone referenze.» dice Ava a Grace, che stasera viene a casa con lei.

«Sì,» concorda Grace, «può essere una buona idea. Potrebbe trovarsi qualcos'altro e decidere di voltare pagina dopo quello che è successo. Non serve darle ulteriori richiami e trasformare la faccenda in ciò che non è.»

Quando gira nella strada di casa, Ava è un po' preoccupata perché non vede l'auto di sua madre. Potrebbe aver parcheggiato dietro l'angolo. Prima che i suoi timori prendano il sopravvento, rammenta a sé stessa che se le bambine non fossero state ritirate da scuola avrebbe ricevuto subito una chiamata.

Parcheggiando nel garage, rimane di stucco nel vedere Finn davanti alla porta che conduce in casa.

Ferma l'auto ed esce. «Finn.» dice.

«Scusa, ma ora dobbiamo proprio parlare...»

«Mamma, mamma.» dice Chloe, precipitandosi in garage e afferrandole le gambe.

«Ciao tesoro.» dice Ava, scompigliando i fini capelli biondi della figlia.

«Mamma,» dice Hazel, arrivandole da dietro, «Nonnina ci ha ritirato da scuola e poi abbiamo mangiato la pizza fatta da lei e nonnina stava per darci il gelato, ma poi papà è arrivato a casa e ha detto no e nonnina è andata a casa.»

Ava sbatte le palpebre mentre cerca di elaborare tutte le informazioni. «Dunque...» inizia.

«E tutt'e due vogliamo il gelato.» dice Hazel, tenendo la mano a Chloe.

«Gelato.» dice Chloe.

«Cosa ne dite se porto le bambine al parco e vi lascio un po' di tempo per rilassarvi prima di cena?» dice Grace e Ava si volta verso di lei, si era scordata della sua presenza.

«Oh no, non potrei mai chiederti una cosa simile.» dice Ava.

«Mi sembra una buona idea.» dice Finn con gli occhi che guizzano da Ava a Grace e viceversa.

«Mi fa piacere farlo.» insiste Grace.

«Grazie, Grace.» accenna Finn con un tono sommesso che rende Ava ancora più preoccupata.

«Però il gelato.» protesta Hazel.

«Dunque, so che al parco c'è il gelato e so che il chiosco che lo vende rimane aperto fino a tardi in estate, quindi scommetto che se la mamma dice di sì...» Grace non finisce la frase.

«Sì.» esclama Ava.

«Le preparo.» dice Finn con lo sguardo che, per un istante, si ferma su Grace. Poi si allontana seguito dalle bambine.

«Grazie.» chiosa Ava.

Grace sfiora dolcemente il braccio di Ava. «Avrai il tempo che ti serve e io con loro mi diverto. Riuscirai a risolvere, Ava. So che ce la farai.»

«Te ne sono davvero grata.» risponde Ava e lo è, ma la sua emozione preponderante è la paura. *Che cosa mi dirà Finn?*

Una volta soli, Ava si toglie le scarpe mentre Finn versa a entrambi un bicchiere di vino.

«Ok.» dice Ava dopo che si sono seduti. «Dimmi.»

«Ok.» sospira Finn e allunga le braccia oltre la testa come se avesse un dolore alla schiena. Ava guarda la sua camicia sollevarsi, mostrando il piccolo tatuaggio a forma d'aquila che ha sul fianco. Lui è in splendida forma, ancora in splendida forma e lei è in sovrappeso e arrabbiata e stanca e si lamenta sempre. Può fargliene una colpa se la sta tradendo?

«Si tratta di Melody.» dice lui.

«Oggi l'abbiamo licenziata.» esordisce Ava.

«Cosa avete fatto? Perché?» chiede Finn.

«Ha fatto troppe cazzate. Perché ti importa?»

Finn manda giù il vino, il volto gli si colora mentre se ne versa un altro bicchiere e il battito cardiaco di Ava accelera mentre aspetta che lui inizi a parlare.

«Non avrei mai voluto dirtelo.» mormora.

«Dirmi cosa?» chiede lei, con la paura che la immobilizza, la mano serrata intorno al bicchiere.

«Ava, ti ricordi l'ultima festa di Natale?» I suoi occhi scrutano la stanza, come se la vedesse per la prima volta.

«Si tratta solo di un paio di mesi fa, Finn, quindi sì.»

«Melody era ubriaca e mi sono offerto di portarla a casa.» La guarda dritta negli occhi.

«Lo so. Mi ero arrabbiata perché dovevamo andare a casa dato che c'era la babysitter.»

Finn annuisce. «Già. Ma eravamo venuti con due auto, così io l'ho riportata a casa e tu sei tornata qui.»

Ava si sforza di ricordarsi quella sera. Non le sono mai piaciute le feste di Natale. Parlare del più e del meno con le persone con cui hai lavorato tutto il giorno non era divertente, ed era sempre preoccupata che Finn dicesse qualcosa di sbagliato o che lei dicesse qualcosa di sbagliato. Di solito era un'esperienza faticosa.

L'ultima festa di Natale non fu diversa e, in effetti, l'unica che sembrava divertirsi era Melody, che ci aveva dato dentro con la bottiglia di champagne per poi iniziare con i cocktail. Ogni festa di Natale le ricorda la prima a cui aveva partecipato con la Barkley, quando fece quel tremendo errore con Collin, per questo era contenta di vedere la moglie di Collin attaccata a lui per tutta la serata. C'era sempre più di una giovane dipendente a cui lui riservava il suo sorriso speciale.

Quando Melody arrivò per congedarsi, Ava e Finn erano insieme.

«Come torni a casa?» le chiese Ava.

«Prendo la m...metro.» disse Melody con una risatina, come se fosse divertente.

«Non dovresti tornare da sola,» disse Finn, «hai bevuto molto e le persone in questo periodo dell'anno sono bizzarre.»

«Magari mi faccio un nuovo amico.» biascicò Melody.

«No, io sono con la mia auto e ho bevuto solo un paio di drink. Ti accompagno a casa.» insistette Finn.

Ava lo tirò in disparte e gli disse di lasciare che la ragazza andasse a casa da sola, potevano chiamarle un taxi.

«E se le succede qualcosa?» chiese lui e lei si sentì in colpa e responsabile nei confronti della sua dipendente.

Finn posa il bicchiere di vino sul tavolino.

«Sì, l'hai accompagnata a casa, ma perché questa cosa dovrebbe essere rilevante?» gli chiede mentre fissa suo marito che si muove di continuo sul divano, come se i cuscini fossero all'improvviso diventati scomodi.

La guarda e poi distoglie rapidamente lo sguardo ancora una volta. «Dunque, lei... lei e io...» Finn non riesce a pronunciare le parole, ma Ava vede il suo volto pallido mentre si morde il labbro e non è necessario che le senta quelle parole.

«Oh mio Dio, Finn. Oh mio Dio, sei un... Come hai potuto? Come hai potuto?» dice lei, scuotendo la testa. Si tocca il petto dove sente dolore. «Sei andato a letto con Melody... con Melody?» Non può credere che sia possibile una cosa del genere. Si conoscono a malapena.

«Non capisco.» dice. Lui non sta negando.

Finn si sporge in avanti, lascia cadere la testa tra le mani come se non potesse sopportare di guardarla negli occhi. «È stata solo, tipo, una cosa di una volta sola e non so nemmeno... Lei si è avvicinata e sul momento...»

«Hai solo fatto sesso? Sul momento hai solo fatto sesso con la mia receptionist? È assurdo.»

«Lo so.» dice Finn, guardandola in faccia. «Lo so, ok, lo so e me ne pento ogni giorno da quella volta e volevo dirtelo ma lei... lei non vuole farsene una ragione. Continua a contattarmi ed è per questo che ho cambiato il codice di sblocco del telefono. Vuole incontrarmi di nuovo. Vuole continuare a vedermi e continua a minacciarmi di dirtelo.»

«E l'hai vista altre volte? Ci sei andato a letto ancora?» Ava sta stringendo il bicchiere di vino così forte che ha paura possa andare in frantumi, così lo appoggia con cautela sul tavolino, sedendosi sulle mani, così Finn non può vedere come tremano.

«No, no,» dice Finn, scuotendo la testa. «non ti farei mai una cosa del genere.»

«*Di nuovo*, non mi faresti una cosa del genere di nuovo.» sentenzia Ava.

«Ascolta,» dice Finn, alzando la voce. «non voglio vederla mai più. È stato un errore e so che dovrai trovare il modo di perdonarmi. Devi, devi, Ava. Non posso vivere senza di te, senza le mie bambine. Ho fatto una cazzata, una cazzata gigante, ma non voglio che questo unico errore terrificante ponga fine al nostro matrimonio. Amo te e la nostra famiglia. Non posso stare senza le mie bambine. Senza di te.»

«Senza i miei soldi, vuoi dire,» sibila Ava ed è contenta di vederlo trasalire.

«Sai che non è vero.»

«L'hai già fatto altre volte? Con quante altre donne sei andato a letto *per sbaglio*?» chiede Ava.

«Nessuna. Non l'ho mai fatto prima e non lo farò mai più. Non puoi sapere l'effetto che questa cosa ha avuto su di me. Non sono stato in grado di...»

«Risparmiami il racconto dell'effetto che ha avuto su di te,

Finn.» dice Ava, alzando la mano. «Che cosa mi dici della mamma di Sami? Cosa mi dici della bella Anita che hai *dovuto* per forza dipingere?»

«Anita?» chiede Finn, uno smarrimento genuino sul volto. «Anita è solo un'amica. Sta uscendo con un medico e lottando con il suo ex per la custodia tutelare. È solo un'amica. Non lo farei mai con qualcuno della scuola di Hazel. Che persona pensi che sia?»

«Qualcuno che è andato a letto con la mia receptionist.» dice Ava secca.

Finn sospira, a lungo e forte. «Ava sono veramente mortificato per quello che ho fatto. Penso, però, che dovremmo concentrarci sul momento presente. Melody mi sta mandando messaggi, mi chiede di incontrarla e ho continuato a rifiutarmi. Ora mi ha mandato questo.» Finn sblocca il telefono e lo porge ad Ava. «Non avrei dovuto venire in ufficio. Non avevo pensato a quello che sarebbe successo se mi avesse rivisto. Deve averla fatta arrabbiare ancora di più ed ecco... guarda.»

Come ti permetti di trattarmi come se fossi una nullità?
Non lascerò che mi ignori, Finn. Tu e quella troia di tua
moglie aspettate di vedere che succede.
Entrambi perderete tutto quanto.

La paura si propaga attraverso il corpo di Ava mentre riconsegna il telefono a Finn. Melody sarà ancora più arrabbiata ora e non è stata nemmeno Ava a licenziarla, ma adesso capisce che, a causa della stupidità di Finn, sarà lei a pagarla per il fatto che Melody ha perso il lavoro.

«Non volevo dirtelo. Volevo solo incontrarla e cercare di parlarle ma poi io...»

«Poi tu cosa?»

«Poi io... ci ho pensato e ho capito che stavo per fare la cosa sbagliata. Devo proteggere la mia famiglia.»

Ava si alza e inizia a camminare per la sala, un migliaio di possibili scenari le scorrono nella mente.

Finalmente si ferma. «Devi mandarle un messaggio carino, chiedendole di lasciarci in pace. Se succede qualcosa di strano, tipo se siamo obbligati a chiedere un'ordinanza restrittiva, per lo meno c'è qualcosa di scritto sul tuo telefono.»

«Che tipo di messaggio carino, Ava?» chiede Finn, appoggiando la schiena al divano, il volto pallido. «Gliene ho già mandati un bel po', ma non ha colto il segnale, non ha mai smesso.»

«Dammi il telefono.» gl'intima Ava e Finn non esita, porgendoglielo.

Ava si siede su una poltroncina di tessuto grigio, ricordandosi per un istante la domenica in cui l'aveva acquistata insieme a Finn quando era incinta di Hazel. L'avevano trovata a un mercatino di beneficienza e a entrambi era piaciuto il tessuto grigio lavorato e i braccioli di legno sbiancato.

Fa un bel respiro e apre i messaggi tra Finn e Melody, con la bile che le sale in gola.

Scorrendo la conversazione fino all'inizio, comincia con il primo messaggio che Melody gli ha mandato, il giorno dopo la festa di Natale dello scorso anno.

È stato divertente, Finn, dovremmo rifarlo.

Guardando le date dei messaggi, Ava vede che Finn si era preso un paio di giorni prima di risponderle. E quando legge quello che lui le ha mandato, capisce perché.

Ciao Melody. Guarda, quello che è accaduto è stato un errore. Amo mia moglie e non so come ho fatto a lasciare che le cose arrivassero a quel punto. Sei una ragazza adorabile ma sono sposato e non lo rifarò mai più. Mi

sento molto a disagio, ma non posso proprio rivederti.

Nel messaggio successivo mandato da Melody, Ava riesce a percepire la rabbia di lei.

Non puoi scaricarmi in questo modo, Finn. Io ti piaccio, lo so che ti piaccio. Voglio vederti di nuovo. Tua moglie non deve saperlo. Sarà il nostro segreto.

Ava continua a leggere gli altri messaggi e constata come suo marito diventi man mano più disperato e Melody sempre più minacciosa.

Mi spiace ma non posso più vederti. È stato un errore.

Ti è piaciuto, lo sai che ti è piaciuto e non è stato un errore. Abbiamo la giusta chimica. Proviamo a incontrarci e parliamone.

Mi spiace, ma la risposta è no. Per favore non contattarmi più.

Solo un incontro, un incontro.

Occorre che ci incontriamo, Finn.

Perché stai ignorando i miei messaggi?

Per favore smettila di scrivermi. Ho una moglie e dei figli. Le mie bambine sono molto piccole. Per favore lascia perdere. Mi spiace che sia accaduto.

Io non sono dispiaciuta e voglio vederti di nuovo. Forse sarebbe meglio se io dicessi tutto ad Ava. Così poi possiamo vederci quando vogliamo.

Per favore, ti supplico, non farlo. Non voglio vederti o stare con te. Per favore lasciami in pace. Devi smetterla.

Se no?

Smettila e basta, per favore.

Incontriamoci così possiamo parlare. Voglio solo parlarti e poi me ne vado, promesso.

No, mi spiace ma no. Per favore smettila di scrivermi.

Ho delle foto di noi due, sai.

Cosa???

Incontriamoci e te le mostro.

Ok, dove?

Ava smette di scorrere i messaggi e alza lo sguardo dal telefono. Finn è chinato in avanti, le mani sulle ginocchia mentre si morde il labbro inferiore.

«Avevi detto di non averla più vista.» dice lei.

«Non l'ho fatto. Come hai visto ho preso accordi, ma non sono andato. Sapevo che stava bluffando. Stavo solo cercando di farle abbassare i toni. Pensavo che se non mi fossi presentato lei si sarebbe sentita... non so, in imbarazzo e avrebbe lasciato perdere o una cosa così.»

È la verità o un'altra bugia? Come posso fidarmi minimamente di quello che mi dici? Come potrò fidarmi ancora di te?

Ava scuote la testa e poi abbassa di nuovo lo sguardo sul telefono.

La testa pulsa e i muscoli del collo sono corde tese mentre stritola il telefono di Finn nella mano. Detesta essere lì a leggere quelle cose.

C'è un bar vicino al mio palazzo in Axel Street. Incontriamoci lì martedì alle 13.

Ok

Ciao Finn, sono qui.

Dove sei? Ti sto aspettando da dieci minuti e ho solo quarantacinque minuti di pausa pranzo.

Dove sei?

Dove sei?

Faresti meglio a rispondere ai miei messaggi.

Devo tornare al lavoro. Sei uno stronzo, Finn. Te ne pentirai.

Finn si alza e si mette in piedi dietro di lei, leggendo da sopra la sua spalla. «Quello è l'ultimo messaggio che mi ha mandato fino a ieri.»

«Ma quindi se ti ha mandato un messaggio solo dopo averti visto, che cosa eri venuto a dirmi?»

«Volevo... Volevi dirti tutto della conversazione con Collin.

A dire il vero speravo che Melody se ne andasse via. Pensavo che mi avrebbe lasciato in pace e si sarebbe interessata a qualcun altro. Sono venuto da te a parlare di Collin, però, perché mi sentivo in colpa per non averti raccontato tutto quello che mi aveva detto.»

La parola **TRADIMENTO** appare nella mente di Ava. La riesce a vedere in lettere cubitali nere, come se l'universo gliela stesse urlando. Così tante bugie, così tanti segreti dall'uomo che si suppone sia il suo compagno di vita. Un matrimonio non dovrebbe essere così. Chiude per un momento gli occhi, desiderando che questa giornata non sia mai esistita e, per un istante, desiderando che Finn non sia mai esistito.

Scuote la testa. Cosa dovrebbe dire di tutto ciò?

«So che vuoi l'incarico dirigenziale, ma lui mi ha detto che non pensa che tu sia in grado e mi ha chiesto di convincerti a rifiutare nel caso Patricia lo offrisse a te.» continua Finn veloce, come se potesse leggerle nel pensiero e avesse bisogno di dirle tutto ciò che stava nascondendo prima che abbia il tempo di reagire. «Mi ha detto di pensare alla nostra famiglia. Non era la prima volta che mi chiamava, a dire il vero. Mi ha chiamato qualche settimana fa per dirmi che dovevo essere consapevole della quantità di viaggi che implica una posizione dirigenziale. Volevo parlartene ma mi ci ha fatto riflettere e io... io ho pensato perlopiù a me stesso e a cosa sarebbe successo se tu avessi ottenuto l'incarico.»

Mentre lui parla, Ava annuisce. Questa è una verità che lei conosceva da molto tempo, una verità che continua a cercare di respingere. Finn pensa sempre e solo a sé stesso.

«So che pensi che mi occupo solo di me stesso, ma non è così.» dice lui, avvicinandosi per accovacciarsi davanti a lei. Alza lo sguardo verso di lei e lei riesce a vederci della paura. Ha paura di ciò che la rivelazione di tutti questi segreti significherà per la sua vita.

«Anche se dovrai viaggiare, anche se avrò meno tempo per

lavorare, non me ne importa più nulla. So che ti farà felice e tu meriti di essere felice... così ero venuto a parlartene perché pensavo che dovessi sapere quello che lui aveva detto e non riusciamo mai a parlare a casa... con le bambine e il mio lavoro.»

Sembra sincero. Lo è? Ha solo paura che tutta la sua vita vada in pezzi o ha davvero avuto un ripensamento, ha davvero capito di essere stato un egoista?

«Così eri venuto a dirmi questo e poi hai visto Melody alla caffetteria.» dice lei, mettendo insieme le tessere del puzzle.

«Già, e sono andato nel panico. Pensavo che avrebbe detto qualcosa, così... me ne sono andato. Me ne sono andato e ho iniziato a camminare e poi, più tardi, ho ricevuto un suo messaggio ed è tutto un casino, è tutto un gran casino.»

«E dove sei stato la scorsa notte?» *Con lei? Eri con lei? Si tratta solo di una bugia ben confezionata?*

«Solo... a camminare, a pensare.» dice, strofinandosi le braccia mentre si alza e si sposta lungo il salotto. «Ti giuro che è la pura verità.»

Ava si china in avanti e prende il suo bicchiere di vino, lo finisce con un unico sorso e se ne versa un altro. È circondata da persone che sembra vogliano ferirla e non capisce perché. Collin è un vero problema e non esiste che la passi liscia per aver parlato con suo marito, ma è un problema che affronterà domani. Ora è Melody la grande questione. Melody che passa molto tempo a parlare a Collin.

Ava percepisce come la sua carriera, la sua famiglia, la sua intera vita siano in bilico sull'orlo di un abisso.

«Ti meriti di più da parte mia.» dice Finn sedendosi di nuovo e finendo il suo vino.

Ava annuisce. Si merita di meglio. Si è sempre meritata di meglio e, invece di pretenderlo, si è sentita in colpa di essere una madre lavoratrice, in colpa di aver bisogno di un vero compagno. Odia Finn per averla fatta sentire in quel modo, ma non riesce ad odiarlo abbastanza da dirgli di lasciare tutto, di andarsene.

Ha fatto un errore tremendo con Melody, ma dieci anni fa lei ha fatto un errore tremendo con Collin. Lei non era sposata, ma Collin sì e lei lo sapeva.

Riprende il telefono di Finn e legge di nuovo il messaggio che Melody aveva mandato ieri.

Come ti permetti di trattarmi come se fossi una nullità?
Non lascerò che mi ignori, Finn. Tu e quella troia di tua moglie aspettate di vedere che succede.
Entrambi perderete tutto quanto.

Prova un moto di compassione per Finn. Ha fatto una cazzata, senza dubbio, ma può immaginarsi l'ansia che deve aver provato mentre accadeva tutto questo. Quando l'aveva sentito al telefono, evidentemente stava supplicando Melody di lasciarlo in pace. Sembrava disperato e triste e forse è proprio così che si sentiva ed è così che si sente ora.

Senza dire nient'altro, Ava inizia a digitare una risposta.

Scusami Melody. Non potevo proprio incontrarti. Non credo che tu abbia davvero delle foto. Mi devi lasciare in pace o ti dovrò denunciare per molestia. L'ho detto ad Ava e ora è tutto finito.

La risposta di Melody è immediata. È una foto del busto di Finn, con il suo piccolo tatuaggio a forma d'aquila in bella vista.

Vieni e incontriamoci se non vuoi che la tua famiglia intera ne soffra.
Immagina cosa penseranno al lavoro. Cosa penseranno alla scuola delle tue figlie. Tu l'hai detto ad Ava, ma io lo dirò a tutti quanti, anche a Patricia.

«Merda.» dice Ava.

«Dio.» dice Finn, allontanandosi da lei, infilandosi le dita tra i capelli e tirandoli in preda allo sconforto. «E adesso? Cosa faccio adesso?»

«Dammi solo un minuto per pensare.» dice Ava. Si alza portando il telefono con sé in cucina, dove riempie un bicchiere di acqua. Rimane di stucco nel vedere che il sole sta tramontando. Sono quasi le 20. Lei e Finn non hanno cenato, non hanno fatto nulla a parte arrancare nel fango del disastro che lui ha fatto.

Si sta facendo tardi e le bambine dovrebbero essere a letto.

Ma dove sono le bambine? Dov'è Grace? Dovrebbero essere già tornate dal parco ormai, no?

«Finn.» lo chiama e lui arriva in cucina. «Dovrebbero essere rincasate.» dice lei.

«Lo so, ci stavo giusto pensando.» Ava sente salire il panico.

Melody non può sapere dove sono le bambine. Non è possibile e lei non farebbe del male... Ava scuote la testa. Sono al sicuro con Grace.

Lo sono?

«Dobbiamo andare a cercarle.» dice lei. «Dobbiamo andare ora.»

Finn prende le chiavi ed escono, la porta sbatte dietro di loro.

Una volta per strada, Finn le afferra la mano e entrambi iniziano a correre, ansimando dalla paura e dalla preoccupazione.

Ci siamo dentro insieme.

Ma dove sono le nostre bambine?

Mentre giriamo l'angolo, rimango di stucco nel vedere Ava e Finn che corrono verso di noi, puro terrore sui loro volti.

D'istinto entrambe le bambine mi stringono le mani.

«Oh.» dice Ava, fermandosi quando ci raggiunge.

«Pensavamo...» ansima lei, «pensavamo...» Si interrompe e si inginocchia abbracciando entrambe le bambine.

«No, mamma, sei sudata.» dice Hazel, allontanandosi.

«Mi spiace tanto.» dico. «Pensavo che vi occorresse un po' di tempo e loro erano così contente e c'è ancora luce. Avevo il telefono acceso nel caso aveste voluto che tornassimo prima.» Le mostro il telefono come se avesse bisogno di una prova.

«Non importa.» dice Ava, scuotendo la testa.

Finn si strofina gli occhi e sembra affranto. So cosa è successo tra loro. Non sono però sicura di quello che accadrà ora.

«Sono stanca papà.» dice Chloe, allungando le braccia in alto verso il padre.

«Ok, piccola.» dice lui, chinandosi e prendendola in braccio.

«Forza Hazel. Andiamo a fare il bagno e poi tutte e due a letto.»

Prende la mano di Hazel e si volta per ritornare a casa.

«Grazie, mi sono divertita un sacco.» dice Hazel educatamente, accennando con la mano a un saluto.

«Sarò da voi tra un attimo.» dice Ava e fa un respiro profondo, coprendosi per un istante gli occhi con le mani.

«Ava, tutto ok?» le chiedo mentre siamo in strada con il sole che tramonta e una brezza fresca che dissipa il calore della giornata.

«No.» dice lei e intanto scuote la testa. «Non sto bene e non...» Si interrompe e mi guarda. «Ho bisogno di parlare con qualcuno, di raccontare a qualcuno perché penso che abbiamo un problema serio. Però, Grace, se te ne parlo, devi... devi tenerlo per te. Tu...»

Provo compassione per Ava. È così difficile fidarsi di qualcuno che non conosci bene, soprattutto se lavora per te. Di Tamara mi fidavo, pensavo che fosse quasi parte della famiglia, ma il suo tradimento è stato enorme e orribile e poi lei l'ha aggravato mentendomi. Mi fidavo di Liza ma, alla fine, è stata dalla parte di tutti quelli che erano contro di me, anche ora, come nuova proprietaria della mia azienda, ha accettato con riluttanza di darmi delle referenze perché potessi rimettermi in piedi. Sono scioccata al pensiero di non avere nessuno al mondo di cui fidarmi. Mia figlia non mi parla e sono stata allontanata dai miei genitori. Spazzo via questi pensieri dalla mente. Posso esserci per un'altra donna che, come me allora, è in difficoltà. Posso esserci per Ava.

«Puoi fidarti, sarò la discrezione in persona, Ava. Te lo prometto.» dico.

Ava cammina verso casa e io l'affianco prendendo il suo ritmo.

«Finn e Melody sono andati a letto insieme dopo la festa di Natale dell'anno scorso.» esordisce.

«Oh.» è l'unica cosa che riesco a dire mentre mi si forma un buco nello stomaco. Perché accade sempre a noi? Alle donne che con fatica cercano di essere tutto per tutti? Perché veniamo punite in questo modo? La mia personale caduta nella spirale dell'alcolismo mi investe con tutta la sua forza, facendomi fermare per un istante. Non importa in quanti modi io cerchi di spiegarlo a me stessa, è questo ciò che è accaduto. Sono ancora un'alcolizzata?

Lo sarò per sempre o adesso sono in grado di mantenere un controllo sulla mia droga prediletta? Non lo so. Ora, però, non si tratta di me.

«Lo so, è terribile.» dice Ava. «Ma la storia non finisce qui, tutt'altro.»

Annuisco. «Parla, ti ascolto.» le dico. «Poi penseremo a cosa fare.»

Camminiamo piano, arrivando fino a casa e poi oltrepassandola, mentre Ava continua a parlare e io ascolto quanto accaduto. Finn ha fatto un errore e ora la sta pagando, grazie a Melody. Non come Robert, che ha trasformato la mia assistente nel suo raggio di sole mentendomi e poi ha minacciato di portarmi via tutto. Mentre termina il racconto Ava fa un respiro profondo. «E ora non so cosa dobbiamo fare, quello che dobbiamo dirle. Se decide di mostrare la foto o le foto a tutti quanti al lavoro o a scuola. O anche solo se fa girare la voce. Potrebbe essere tutta una finta, ma dopo oggi dev'essere ancora più arrabbiata. Ha perso il lavoro e Finn non vuole parlarle. Non so cosa potrebbe essere capace di fare.»

Ci fermiamo su una panchina vicino al marciapiede. «Sediamoci.» le dico e lei esegue. Chiudo gli occhi e mi vergogno ad ammettere che il primo sentimento che provo è invidia. Perché io non ero abbastanza per Robert? Anche se una volta era andato a letto con Tamara, perché non ero abbastanza per lui affinché capisse che si era trattato di uno sbaglio e che occorreva voltare pagina? Mi immagino una scopa che spazza via il pensiero. Non posso tornare indietro e non voglio che Ava soffra per le scelte di suo marito nel modo in cui io ho sofferto per le scelte del mio.

Ava siede in silenzio, giocando con il suo anello nuziale, togliendoselo e rimettendolo di nuovo.

«Ok.» dico dopo qualche minuto. «Ecco quello che faremo.»

TRENTASEI

AVA

Quando lei e Grace rientrano a casa, Finn sta scendendo da basso. «Dormono entrambe, sfinite. Grazie mille Grace per averle prese con te. Ava dobbiamo parlare.»

«Ho detto a Grace cosa sta succedendo.» dice Ava.

Finn si limita a fare un cenno col capo facendo intendere che l'aveva immaginato.

«Ava aveva bisogno di un'altra opinione.» dice Grace a fior di labbra.

Ava è soddisfatta nel vedere Finn che lascia cadere lo sguardo. Arrossisce e lei sa con esattezza cosa prova. Umiliazione e vergogna. *Bene, è proprio quello che deve provare.*

Eppure sente un altro moto di compassione nei suoi confronti. Quando aveva sedici anni ed ebbe la sua prima relazione seria, si ricorda che mentre era al telefono con una delle sue amiche, raccontandole tutto ciò che non andava in lui, sua madre aveva origliato la conversazione.

«Non ti importa più di questa relazione.» le aveva detto sua madre.

«Sì, che mi importa.» Aveva protestato Ava.

«No, mia cara. Stai parlando dei suoi difetti con tutti. Significa che la tua relazione non è più privata, non è più qualcosa che riguarda solo voi due e tu non sei più così coinvolta.»

Ava avrebbe voluto discuterne, ma si rese conto che sua madre aveva ragione. Lasciò il ragazzo poco dopo.

Ora ha parlato del suo matrimonio e di tutto quello che è accaduto con Grace, una donna che conosce a malapena. Eppure è ancora coinvolta emotivamente nel suo matrimonio. Ama ancora Finn. Ha bisogno d'aiuto, entrambi ne hanno bisogno. Grace è più anziana, più saggia e Ava si fida di lei. E ormai le ha detto tutto. Non si può tornare indietro. Almeno Grace sa che tipo di persona è Melody e sa qual è la posta in gioco per Ava, ciò che significa per lei raggiungere la posizione dirigenziale.

«Vuoi qualcosa da bere, Grace?» chiede Ava.

Grace esita un istante prima di dire, «Magari un bicchiere di vino.»

«Buona idea.» dice Ava. Il vino in salotto è finito anche se Ava non ricorda di averlo finito. Prende dalla dispensa una bottiglia di vino che le aveva donato Patricia lo scorso anno all'interno della strenna natalizia. La tira fuori e guarda l'etichetta, lasciando che quel vino costoso le procuri un po' di dolore mentre pensa allo scorso Natale. Finn era sembrato strano già allora? Non ne ha idea. Il periodo natalizio è frenetico per lei, dato che cerca con fatica di organizzare i regali e il pranzo di Natale per l'intera famiglia allargata. Lei e Finn erano d'accordo di tenere la bottiglia per un'occasione speciale come la mostra di Finn o la promozione di Ava. «Fanculo.» dice, togliendo dalla credenza della cucina tre bicchieri da vino puliti.

Nel salotto Finn è seduto sulla poltroncina e Grace sul divano. Non parlano. Ava versa il vino, porgendo un bicchiere ciascuno a Finn e a Grace e facendo una gran sorsata dal suo. Non mangia dalla pausa pranzo e ha già bevuto due bicchieri abbondanti. Il vino si deposita subito nello stomaco vuoto, dandole acidità ma anche facendola sentire lievemente frastornata.

Grace fa un bel sorso e sospira. «Un buon vino.»

«Me l'ha regalato Patricia,» dice Ava.

Grace annuisce. «Finn,» continua lei. «so che è davvero difficile, ma potrei vedere i messaggi?»

«Uhm... ok.» dice Finn, mentre lo sguardo si ferma su Grace per un istante. Grace gli fa cenno con la testa porgendo la mano.

«Sa tutto, Finn, e forse troverà una soluzione. Dai mostraglieli.» dice Ava con un sospiro.

Finn porge il telefono a Grace che veloce legge la fila di messaggi mentre Finn distoglie lo sguardo.

«Ok.» dice Grace leggendo e fermandosi ogni tanto per bere un altro sorso di vino. Ava le riempie di nuovo il bicchiere e poi lei e Finn siedono in silenzio.

«Dunque,» esclama Grace quando ha finito. «è arrabbiata, ma non credo che farà nulla. Penso si tratti solo di minacce. Ecco la mia proposta.»

Digita il testo di un messaggio sul telefono e poi lo porge ad Ava, che lo legge e annuisce. «Pensi che possa andare?» Ava passa il telefono a Finn che, a sua volta, legge il messaggio.

«Vale la pena tentare.» dice lui.

«Mandalo.» dice Ava e Finn fa un profondo respiro e preme invio.

Ciao Melody. Non riuscirò mai a scusarmi abbastanza per quanto accaduto dopo la festa di Natale, ma allo stesso tempo non possiamo più vederci. Amo mia moglie e le mie figlie e se hai bisogno di mostrare alle persone quella foto o altre, c'è ben poco che io possa fare. So, però, che oggi sei stata licenziata e se acconsenti a lasciar perdere l'intera faccenda, farò in modo che Ava

scriva un'ottima lettera di referenze e che ti aiuti a trovare un altro lavoro. Sei una bellissima donna, Melody.
Ti meriti un marito e una famiglia che siano tuoi.
Ti meriti di voltare pagina. Entrambi lo meritiamo. Per favore lascia perdere ora.
Non ti porterà niente di buono. Ancora una volta, mi dispiace.

Ava si sente il cuore in gola mentre tutti e tre sorseggiano il vino in silenzio aspettando la risposta di Melody. Quando arriva, il suono fa sobbalzare Ava e le fa quasi cadere il bicchiere di mano.

Finn legge il messaggio. «Oddio.» dice, porgendo il telefono ad Ava.

Guarda un po' quello che succede ora, Finn. Rovinerò tutte le vostre vite. La tua. Quella di Ava e della sua odiosa assistente. Aspetta e vedrai.

«Che cosa facciamo ora? Cosa facciamo?» dice Ava, la voce cresce di tono per il panico.

«Penso,» dice Grace con calma, «che non dobbiate più rispondere. È palese che c'è qualcosa che non va in lei. Domani mattina dovreste andare dalla polizia e richiedere un'ordinanza restrittiva. Ava, credo che tu debba informare anche Patricia quando vi incontrate. Il problema non scomparirà da solo, ma se ne parlerai apertamente, puoi mitigare gli effetti negativi.»

Ava vorrebbe protestate, vorrebbe dire a Grace che devono continuare a parlare con Melody finché non trovano una soluzione, ma sono passate le 21 e tra il non aver mangiato nulla e il vino, sente di non riuscire a pensare in modo lucido. Ha bisogno di dormire. Tutti quanti ne hanno bisogno.

«Ok,» dice, alzandosi, «lo faremo domani mattina.

Grazie, Grace, per aver provato ad aiutarci e...»

«Lo so, non preoccuparti,» dice Grace, alzandosi. «non lo dirò mai a nessuno.»

Ava la accompagna alla porta.

«Domani pomeriggio lascio l'appartamento. Il mio condominio è pronto.» dice Grace sulla soglia della porta. «Grazie molte per avermi dato la possibilità di stare qui.

Avrei voluto che le cose andassero diversamente per te. Mi ha fatto molto piacere conoscere meglio te e le bambine e spero... spero che tutto ciò sia solo un piccolo intoppo, qualcosa che sparirà presto.»

«Non penso che sarà così,» dice Ava, «ma ti ringrazio per l'aiuto che ci hai dato con le bambine e con tutto il resto.»

Grace annuisce e se ne va. Ava la guarda salire le scale verso l'appartamento sopra il garage.

Rientrata, ripone i bicchieri nella lavastoviglie e la fa partire.

«Ava, ascolta.» dice Finn, arrivando in cucina.

«Finn,» dice lei, tenendo la mano sollevata, «devo dormire, non posso tornare ancora sull'argomento. Andiamo a dormire e basta, poi domani andrai dalla polizia. Io devo andare al lavoro perché ho un incontro con Patricia ed è disponibile solo sabato pomeriggio.»

«Mi dispiace tantissimo.» dice Finn con voce rauca.

«Lo so.» dice Ava.

Finn cerca il contatto, ma Ava si tira indietro e poi si allontana, lasciandolo in cucina.

È frastornata da quanto accaduto. Il tradimento, le bugie, la paura. È davvero frastornata e ha bisogno di dormire.

Domani si sentirà di nuovo in forze, sarà mamma Ava e la direttrice generale Ava e Ava la sostenitrice di tutti quanti. Stasera, però, basta così.

TRENTASETTE
GRACE

Mentre salgo le scale che portano all'appartamento sopra il garage, so che Ava mi sta guardando. Mi si spezza il cuore pensando a lei, ma anche pensando a me.

Mi ricordo come è stato scoprire che Robert mi aveva tradito, mi ricordo la vorticosa serie di domande rispetto al mio matrimonio, alla mia vita e a me stessa.

Allora Cordelia era già più grande. Non oso immaginare come sarebbe stato affrontare tutto ciò con dei bambini così piccoli. So come ho reagito io, ma non auguro ad Ava la stessa cosa, non voglio che si ritrovi a passare quello che ho dovuto passare io. Potrebbe perdere tutto nello stesso modo in cui io ho perso tutto. Un cuore spezzato può portare le persone alla pazzia. Di certo su di me ha avuto quell'effetto. E adesso Melody vuole smascherarmi davanti al mondo intero.

Non avrei dovuto bere il vino, ora la testa mi ronza visto che non bevevo un goccio da anni, al tempo stesso però, i miei pensieri sono più a fuoco, nitidi.

Quando la mia vita è andata in pezzi, non c'era nessuno a cui potevo rivolgermi e nessuno che si preoccupasse per me, ma ora sono l'assistente di Ava e il mio compito è renderle la vita più facile e farò tutto ciò che devo per riuscirci.

È quello che ho cercato di fare ieri sera quando mi sono resa conto che Melody aveva una foto di Finn sul suo telefono. Avrei dovuto capire che aveva lasciato il telefono incustodito sperando che Ava l'avrebbe vista. Invece sono io ad aver riconosciuto il tatuaggio, perché l'avevo intravisto la scorsa domenica quando mi hanno invitato a cena.

Non appena ho visto la foto sul telefono di Melody, sapevo di dover fare qualcosa per aiutare Ava. Ho scritto a Finn, con la consapevolezza che, se non ci fosse stato nulla di cui preoccuparsi, non sarebbe venuto. Si sarebbe chiesto se avessi mandato il messaggio alla persona giusta.

Ho tenuto il telefono in mano dopo aver mandato il messaggio, ho aspettato, sperando che mi avrebbe risposto dicendomi, *Ciao Grace, credo che tu abbia spedito il messaggio al numero sbagliato.*

Lui, però, non mi ha risposto. È venuto a farmi visita, invece.

«Grace?» ha detto quando ho aperto la porta dopo il lieve bussare. Era molto tardi ma avevo capito che non era tornato a casa. I capelli erano in disordine, la camicia rigata dal sudore e aveva la barba incolta. Sembrava che... si sentisse braccato.

«So di te e Melody.» gli ho detto mentre indietreggiavo per farlo entrare e poi ho chiuso la porta alle sue spalle. Nonostante quelle parole, speravo che avrebbe negato e che in qualche modo mi stessi sbagliando.

«Che cosa sai?» ha chiesto lui scettico, stringendo gli occhi castani.

«Lei ha una tua foto sul telefono. Ho riconosciuto il tatuaggio.»

Si è accasciato su sé stesso, tutta la sua persona sembrava appesantita dalla consapevolezza che sapevo tutto.

«Oh... Dio, Oh mio Dio.» ha detto, camminando su e giù per la piccola zona giorno. «Non so cosa fare, non so... l'hai detto ad Ava? Glielo dirai? Per favore, per favore, ti supplico. Sto provando a... sistemare tutto, ma io... non so... cosa fare. Ho chiamato Ava e le ho detto che avevo bisogno di tempo ma io... non so proprio cosa fare.»

Si è seduto sul piccolo divano e ha abbassato la testa, le spalle hanno iniziato a sussultare. Non riuscivo a credere che stesse piangendo. Non so cosa mi aspettassi. Forse la stessa reazione che aveva avuto Robert, invece era devastato, pieno di vergogna e rimorso.

Così ho capito che Finn è un uomo molto diverso da Robert. Non un uomo perfetto. È egoista e immaturo e viziato, ma non è un manipolatore vendicativo. Non vuole prendersi tutto ciò che Ava ha e distruggerla.

Mentre mi raccontava la storia tra i singhiozzi, ho capito che aveva fatto un errore, un errore di cui si era pentito quasi all'istante. Ama Ava e le sue bambine e non è necessario che paghi per i suoi errori più di quanto non stia già facendo.

«Domani dopo il lavoro dirai tutto ad Ava.» gli ho detto.

«No, devo dirglielo adesso. Vado a svegliarla.»

«No.» gli ho intimato e lui mi ha guardata, il volto pallido nella luce giallastra del salotto. «Ha bisogno di riposarsi. Questo è un momento importante per lei e manderesti tutto a monte. Lasciale portare a termine la sua giornata lavorativa e poi le dirai tutto. Sarò lì ad aiutare.»

«Non posso tornare a casa e non dire niente. Non posso stare con lei senza dirglielo.» ha detto lui.

«Allora stai alla larga, Finn.» gli ho ordinato. «Non mi importa dove vai, ma stai alla larga.»

Mi sono sentita in colpa per avergli detto di rimanere fuori casa tutto solo, ma è lui la ragione per cui Ava ora è in questo disastro.

Il mattino dopo gli ho scritto.

Fai in modo di essere a casa quando torniamo dal lavoro.
Non dirle che so qualcosa, non dirle nulla.

Ok. La mia vita è finita.

Ti ho detto che ti aiuterò, Finn e lo farò.

Poi sono scesa ad aiutare Ava.

Lui ha fatto esattamente ciò che gli ho detto, ma Melody non lascerà perdere. C'è un motivo preciso dietro il suo desiderio di stare con Finn e devo sapere che cos'è. E devo fermarla.

Tamara sta vivendo la sua vita da qualche parte e io sono rimasta senza nulla.

Non lascerò che accada ad Ava. Ha il marito dalla sua parte, ma Melody può ancora distruggerle la carriera e la famiglia.

Non glielo permetterò. Neanche per sogno.

TRENTOTTO

AVA

Ava dorme, tormentata da incubi in cui perde le sue bambine in un mercato affollato.

«Le mie bambine sono sparite. Ho bisogno d'aiuto.» continua a urlare.

Un poliziotto le ride in faccia e le dice che deve vendere la sua casa. Finn rimane sdraiato per terra immobile e si rifiuta di alzarsi.

Spalanca gli occhi e fissa i numeri rossi della sveglia. È l'una di notte passata. Vorrebbe chiamare sua madre, ma è troppo tardi per farlo, troppo tardi per svegliarla.

Potrebbe essere troppo tardi per tutto quanto.

«Ava, sei sveglia?» sussurra qualcun davanti all'ingresso della camera da letto, nel buio si vede solo la luce dello schermo di un telefono.

«Non ora, Finn.» mugugna.

«Lo so ma non posso... non possiamo... sento che quando il sole sorgerà, il nostro matrimonio sarà finito. Sento che ho distrutto il nostro rapporto e non posso lasciare che il sole sorga senza parlarti.»

Ava sospira. *Perché non può lasciarmi in pace fino a domani, darmi del tempo per digerire il tutto?*

«Per favore, Ava.» dice lui e lei apre la bocca per mandarlo via, ma si rende anche conto che forse ha ragione. La parola divorzio girava nella sua testa da mesi e questa è stata l'ultima goccia, sarà l'ultima goccia. *Ma cosa potrebbe dire per cambiare le cose? Cosa potrebbe dire?*

«D'accordo.» dice lei perché hanno due bambine che dormono pacifiche nella loro stanza, inconsapevoli del fatto che le proprie vite potrebbero essere sul punto di cambiare in modo irrevocabile. «Non accendere la luce.» dice lei, sapendo che qualsiasi cosa abbia da dire sarà più facile da ascoltare se non lo guarda, se non può vederlo.

Finn entra nella stanza e lei sente il letto abbassarsi mentre lui si siede sul bordo.

«Sono stato un marito di merda e un padre di merda.» dice lui.

«Sì.» conviene lei, perché è ora di smetterla di appoggiare sempre Finn.

«So che in casa non faccio abbastanza, che non aiuto con le bambine tanto quanto dovrei e ho lasciato a te il compito di sostenerci e già tutto questo sarebbe sufficiente per lasciarmi – lo capisco – e poi questo... Melody.»

Ava si morde la lingua, lasciando che il silenzio sia la sua risposta.

«Io ero... Ero da basso a riflettere e poi ho cominciato a scrivere delle cose, ho iniziato a dire quanto ci sto male e a spiegare i motivi per cui l'ho fatto e...»

Ava si muove nel letto, all'improvviso accaldata. *È davvero seduto qui a dirmi queste cose?*

«Ma poi,» dice rapido, «ho provato a ribaltare le cose e a vedere tutto dalla tua prospettiva e io sono... non sono stato l'uomo che avrei dovuto essere. Non ho dato aiuto né supporto, non ho fatto nessuna delle cose che un buon marito e un buon padre dovrebbe fare. Lo so. È come se...» Lui si interrompe e lei gli rivolge lo sguardo, vede il suo volto nella luce fioca dello schermo del telefono e riesce a vedere il luccichio delle lacrime. «Mi sembra che qualcuno mi abbia colpito in testa e mi abbia svegliato, Ava. E volevo venire a chiederti – no... a supplicarti – di darmi la possibilità di dimostrarti che ho capito quanto ho sbagliato, non solo per via del mio tradimento, ma anche per tutto il resto. Voglio solo un'altra possibilità.»

Ava ora è completamente sveglia, il cuore le palpita forte mentre lo ascolta. Pensa al divorzio, a trovare un avvocato e iniziare da zero, a come sarebbe dire alle bambine che non vivranno più insieme in questa casa, al Natale in case separate e ai fine settimana in cui non le vedrà e alle sere qui senza il padre che racconta le storie della buona notte. Poi, per la prima volta dopo molto tempo, pensa a sé stessa, a cosa vuole dalla propria vita e dal proprio futuro. Una madre sola che cerca con fatica di lavorare e prendersi cura delle figlie devastate dalla separazione? Una donna sposata che ha perdonato suo marito? È troppo difficile decidere in questo momento, ma sa anche che non può prendere la decisione con leggerezza.

«Le cose devono cambiare, Finn, intendo che devono cambiare per davvero.»

«Cambieranno.» dice lui.

«E devi impegnarti a venire in terapia con me.»

«Assolutamente.»

«E non ti garantisco nulla. Non sto dicendo sì all'una o all'altra cosa, ma penso... penso di volerci provare.» Perché davvero lo vuole, volerci provare significa che per qualsiasi decisione prenderà in futuro, avrà vagliato ogni possibilità.

Vuole poter vivere la propria vita libera da rimpianti, a prescindere da ciò che alla fine deciderà.

«Oddio.» dice lui con la voce rotta, «Grazie, grazie.»

Si alza e lei sa che sta per venire da lei e sarebbe così facile lasciare che la tocchi e la stringa, perché lei si scioglie tra le sue braccia, ma sa anche che deve tener duro.

«Ho bisogno che tu torni al piano di sotto ora.» dice lei. «Ho bisogno di tempo e devo provare a dormire un po' prima che le bambine si alzino. Possiamo parlarne di nuovo domani.»

«Ok.» dice lui. Si muove verso la porta della camera da letto. «Ti amo. Non devi rispondermi niente, ma solo sapere che amo te e le bambine più di qualsiasi altra cosa al mondo, e qualsiasi cosa serva per raddrizzare le cose, la farò, giuro.»

Ava rimane in silenzio e poi sente il leggero click della porta che si chiude. È sfinita – dal punto di vista fisico, psicologico, emotivo – e tutto ciò di cui ha bisogno ora è sprofondare nel nulla per un po'.

Chiude gli occhi, si concentra sul respiro e spazza via dalla mente ogni singolo pensiero turbolento.

Domani mattina sarà più facile. Deve esserlo.

Afferrando la bottiglia di vodka dal freezer e poche altre cose, mi dirigo verso l'auto. Ho bevuto solo un paio di bicchieri di vino, ma di sicuro stanno avendo un certo effetto su di me.

Se riuscissi a parlare con Melody, potrei salvare la situazione prima che distrugga le vite di tutti.

Guido con prudenza mentre mi dirigo verso il suo appartamento. Conosco l'indirizzo grazie al file dei dipendenti a cui una mattina avevo dato una veloce occhiata.

Forse se beviamo qualcosa insieme, smetterà di stare sulla difensiva e sarà disponibile a parlare. Non l'ho mai trattata gentilmente, quindi forse devo provarci. Forse riuscirò a disinnescare la bomba prima che esploda ferendo le persone coinvolte.

È quello che spero, ad ogni modo.

Mi concentro molto mentre guido, non voglio essere fermata, non voglio fare un incidente e non appena arrivo al suo palazzo senza alcun contrattempo, mi dico che questo è il segno che sto facendo la cosa giusta, che finirà tutto per il meglio.

Manca poco alle 23 quando suono al citofono del suo palazzo, premendo forte sul numero sei.

«Sì, chi è?» Chiede Melody e la sua vocina scontrosa mi irrita subito.

«Un pacco per lei.» farfuglio all'altoparlante, rendendo quello che dico volutamente difficile da capire. C'è un ronzio e la porta si apre. Sapevo che sarebbe stato così facile. Melody mi pare il tipo di donna che non sa bene quanti pacchi ha ordinato o ricevuto finché il conto in banca non è prosciugato.

In più i pacchi vengono consegnati a tutte le ore al giorno d'oggi. Non a quest'ora di solito, ma ho rischiato sperando che non mi facesse domande.

Il suo appartamento è al secondo piano e prendo le scale.

Non occorre farsi vedere in ascensore, dove di solito ci sono le telecamere.

Busso e lei apre subito la porta, sul volto la trepidazione di chi ha ordinato qualcosa per farsi un regalo e poi se n'è scordato.

«Tu.» dice e si sposta per chiudere la porta con violenza.

«Melody, per favore. Voglio solo parlarti. Non penso che ti meritassi di essere licenziata e penso di poterti aiutare a riprenderti il lavoro.» dico parlando veloce prima che mi sbatta la porta in faccia.

È vestita per la notte, indossa un ridicolo pigiama rosa con l'immagine di Topolino sul davanti. Perché mai una donna adulta dovrebbe vestirsi così? Eppure anche vestita così, Melody è bella. Tutto quanto è carnoso e curvilineo e liscio. Il dono della giovinezza.

Era ciò che anche Tamara aveva.

«So cosa significa perdere tutto quanto.» tento di dire, lasciando cadere lo sguardo con fare umile. «Non voglio che succeda anche a te.»

«Non era previsto che succedesse.» dice lei stringendo gli occhi.

Ci sono molte cose che non so di questa storia, ma ho bisogno che si fidi di me prima che inizi a parlare.

«Ho portato della vodka, così possiamo berci qualcosa e parlare.» dico.

«Ma non sei un'alcolizzata?» dice lei e io arrossisco, ricordandomi che ha letto l'articolo.

«La mia non è mai stata una vera dipendenza. Mi è servito in un periodo difficile, ma ora posso farmi un drink. Andrà tutto bene.»

Compare sul suo volto un lieve ghigno mentre arretra per farmi entrare, come se si divertisse all'idea di guardarmi mentre mi ubriaco.

Il suo appartamento è ammobiliato con gli stessi mobili poco costosi che ho usato per ammobiliare il mio. Un divano blu prodotto in serie è ricoperto da piccoli cuscini viola che si abbinano all'orribile tappeto viola posato sul pavimento. L'appartamento è un monolocale con una piccola cucina, i piatti sono impilati nel lavandino e il ripiano è coperto da resti di cibo. È ancora una bambina con la cameretta in disordine. Non ha idea di quello che sta facendo, non sa con chi ha a che fare.

«È Ava che ti ha mandata?» dice lei, incrociando le braccia.

«Ava?» chiedo. «No, perché?»

«A dire il vero,» dice lei, «non credo che sia una buona idea, voglio che te ne vada.»

«Ascolta, voglio solo parlare,» dico. «Possiamo berci una cosa e parlare come due persone adulte. Magari riusciamo a trovare un modo per farti riavere il lavoro.»

«Non mi serve il tuo aiuto ma va bene, come vuoi.» dice alzando gli occhi al cielo e mi trattengo dal prendere a schiaffi quella stupida faccia. Non sa che so tutto, che ho visto i messaggi mandati a Finn e ho letto le minacce.

Si volta allontanandosi e la seguo nella piccola cucina, dove prende due bicchieri e del succo di mirtillo.

«Siediti, faccio io.» dico e lei fa spallucce. Non mi piace lavorare nella sua cucina con il ripiano tutto appiccicoso, ma cerco semplicemente di non toccare nulla.

Una volta versato un bicchiere a ciascuna, le porto il suo mentre lei è stravaccata su una poltrona di velluto viola.

«Mi dispiace per oggi. Voglio dire, tu non avresti dovuto mandare la mail ma loro non ti hanno lasciata spiegare.»

Il suo volto si rabbuia e fa una gran sorsata del suo drink. «Non so come è potuto succedere. Non avrei mai fatto una cosa così stupida e poi Collin... avrebbe dovuto difendermi sempre ma oggi... sembrava che non gli importasse più nulla.» Fa un'altra sorsata del suo drink. «Ad ogni modo, non penso di aver inviato quella mail. Penso che qualcuno mi abbia incastrata.» Mi guarda dritto negli occhi, il mento proteso con fare accusatorio.

«Incastrarti?» chiedo con un lieve sorriso. «La Barkley è solo un istituto che si occupa di formazione, Melody, perché mai qualcuno avrebbe dovuto farlo? Se devo dire la mia, sei troppo in gamba per fare solo la receptionist. Mi sono resa conto che il lavoro ti annoiava. Magari può essere una buona opportunità per trovare qualcosa di più stimolante?»

Melody scuote il capo con veemenza. «Ho una laurea in economia e Collin mi ha detto...» Si interrompe per finire il suo drink.

«Collin ha detto...» le suggerisco e poi aspetto, lasciando che il silenzio tra noi cresca finché non sarà lei a riempirlo.

«Collin mi avrebbe dato una promozione una volta ottenuto il posto come CEO.»

Non mi sorprende questa cosa. Melody è a malapena in grado di gestire la reception ma, come molte persone della sua generazione, si considera una stella splendente. La colpa è di Instagram e TikTok. Se avesse una qualche forma di intelligenza, non lascerebbe che l'adulassi in questo modo. «Ti meritavi un lavoro più importante,» dico, «non di essere licenziata per un piccolo errore.»

«Me lo meritavo e lo otterrò.» dice cupa. «Nessuno mi fermerà.»

«Beh, magari potrebbe essere una buona idea passare a qualcosa di meglio, andare dove puoi essere maggiormente apprezzata.»

«Non me ne vado da nessuna parte, Grace. È questo che non capisci. Pensi di essere tanto sveglia perché un tempo dirigevi un'azienda, perché avevi soldi e bei vestiti? Non sei così brillante come credi. Mi ci sono voluti cinque minuti con Google per trovare te e la storiella triste della tua vita, davvero patetica. Non sei nulla, Grace, nulla e nessuno. Da lunedì sarai tu quella senza un lavoro, tu e Ava sarete disoccupate, così, all'improvviso,» dice lei, facendo schioccare le dita, il rumore secco riverbera nel piccolo appartamento. «Farò in modo che sia così.»

«Come pensi di farlo, Melody?» chiedo, assicurandomi di non alzare la voce. Vorrei sembrare solo curiosa, ma ho la bocca asciutta e il cuore accelerato.

Scuote la testa. «Vattene, Grace, vattene dal mio appartamento e dall'azienda. Nessuno vuole avere intorno una vecchia alcolizzata triste. Se ti limiti ad andartene, non dovrò occuparmi anche di te.»

Vorrei balzare in piedi e dare uno scossone a questa piccola strega, ma non lo faccio. Sono qui per un motivo. Melody sta nascondendo molto più di un semplice incontro con Finn. C'è un'altra ragione per cui disprezza Ava così tanto? Perché mai Ava dovrebbe perdere il suo lavoro?

«Sono qui per cercare di aiutarti, Melody. Puoi non crederci, ma è così. Ho ancora molti contatti nel mondo degli affari. Posso aiutarti a trovare un nuovo lavoro, in qualche posto interessante che ti sia di stimolo. Ti piacerebbe?»

«Non ho bisogno del tuo aiuto. Cambierà tutto alla Barkley, fidati. Ava si ritroverà a essere molto infelice.»

«Lascia che te ne serva un altro.» dico, alzandomi e prendendole il bicchiere, con la speranza che abbia bevuto abbastanza drink da desiderarne un altro. Se mi chiede ancora di andarmene, dovrò farlo, ma invece annuisce.

«Non mi pare che tu stia bevendo granché.» dice lei e io prendo il bicchiere e lo bevo in un sorso solo.

«Sono anch'io pronta per il prossimo.» dico con un sorriso.

Le porgo il drink, è ancora più forte dei precedenti.

Il mio ha solo un sentore di vodka, solo un sentore, eppure riesco ad assaporare il meraviglioso bruciore in ogni sorso.

Melody ha lo sguardo lievemente velato e riesco a sentire che è vicina a svelare la verità. Credo che voglia dirmi perché sembra che odi Ava. So che non può essere solo la mail che ho mandato per conto suo. E non penso sia davvero innamorata di Finn dopo una sola notte insieme. Qualunque sia il suo segreto, di sicuro non ce la fa più a tenerlo per sé. Per quelli della sua generazione è vitale condividere tutto.

Un altro piccolo incoraggiamento, ancora un po' di alcol e poi saprò tutto, e spero di riuscire a convincerla a lasciar stare Ava e Finn e andare avanti con la sua vita. Non voglio neppure che mi smascheri davanti a tutti. Non posso lasciarglielo fare. La priorità, però, è proteggere Ava.

Devo riuscire a cancellare tutte le foto che ha di Finn, fare piazza pulita di tutti i messaggi che si sono scambiati. È questo il vero motivo per cui sono qui.

Senza quelli è la sua parola contro quella di Finn e, se la mia esperienza mi ha insegnato qualcosa, è che alle donne si crede di rado.

«Hai un segreto, vero Melody?»

«Di cosa stai parlando?» volta la testa dall'altra parte e il ghigno compare di nuovo. «Non so perché tu sia qui.» dice mentre torna a guardarmi e all'improvviso intuisco che Melody non è solo una dolce ragazzina che si è arrabbiata con me e mi ha minacciato, non è solo una giovane donna che ha creato problemi perché l'uomo con cui non avrebbe dovuto andare a letto non vuole più vederla. È molto più di tutto ciò.

Decido di affrontarla di petto.

«So di te e Finn, il marito di Ava.»

Melody alza le spalle e finisce il suo drink con un unico sorso rapido.

Mi alzo e le porgo la mano per avere il bicchiere, che lei mi dà volentieri, e lo riempio di nuovo velocemente.

«E quindi?» dice lei. «Che cosa farai a riguardo?»

«So che Finn non vuole più vederti.»

«Come fai a saperlo?»

«Hanno dei figli, sono una famiglia.» dico senza rispondere alla domanda.

«Non gli importava molto quando abbiamo fatto sesso. Allora sembrava essersi scordato del tutto di avere dei figli. E adesso vuole che io stia alla larga da lui e dalla sua preziosa... preziosa famiglia,» dice lei, digrignando i denti e poi beve di nuovo. «E perché a te importa? Cosa ci fai qui? Mi hai detto che non è stata Ava a mandarti, allora perché sei qui? Solo per dirmi che sai che suo marito ha scopato in giro?»

«Melody,» dico paziente, ritirandole dalla mano il bicchiere vuoto, «voglio solo che pensi a cosa è meglio per te e volti pagina. Posso fare in modo che Ava ti scriva un'ottima lettera di referenze.» Le rabbocco il bicchiere e glielo passo mentre mi fissa. «Posso aiutarti a cercare un lavoro che sia stimolante e ti permetta degli scatti di carriera. Ava è una donna in gamba e Finn è solo un uomo ed è meglio se non ti metti a creare problemi.»

«Ava è una troia,» sghignazza, facendo un altro sorso del suo drink, «e Finn è un idiota. Non mi importa se lui... non mi vuole... vedere.» Chiude per un istante gli occhi. «Non mi importa.» dice, reclinando la testa e appoggiandola allo schienale. «Tutto quello che doveva fare era incontrarmi un'altra volta, una sola volta ancora e poi Ava ci avrebbe visti... ci avrebbe visti ed era tutto... pianificato. Sarebbe impazzita, come hai fatto tu.» ridacchia in modo isterico e l'urgenza di colpirla mi fa premere le unghie contro il palmo della mano. Invece mi limito a fare un altro sorso del mio drink.

«Come hai fatto tu.» ripete ancora con lo stesso risolino e le viene il singhiozzo.

È davvero troppo ubriaca. Non avrei dovuto versargliene così tanto.

«Se pensi che Finn sia un idiota, perché lo tormenti?» le chiedo alzando la voce per fare in modo che rimanga sveglia. L'ultima cosa di cui ho bisogno è che si addormenti.

Alza la testa e si scola il drink. «Sei così... stupida, tu e la tua... capa non sapete quello che so. Ne voglio ancora.» Mi porge il bicchiere e io mi alzo per versargliene un altro, aggiungendo più succo e ridandoglielo.

«Che cosa sai?» le chiedo sottovoce.

«Collin mi ama. Mi ama e sa che il lavoro di Ava dovrebbe essere mio. Dobbiamo solo levarcela di torno. Collin mi ama e io avrò il lavoro di Ava e ci sposeremo.»

Eccolo lì. Melody pensa che otterrà il lavoro di Ava.

È ridicolo ma lei sembra credere che succederà. È ammaliata da Collin ed è probabile che creda a tutto ciò che lui gli ha detto.

Mi siedo sul divano e scolo il mio di drink.

Melody si guarda intorno confusa. «Sono stanca.» dice.

«E dovresti dormire,» rispondo. «Ma prima spiegami, Melody. Tu ami Collin?»

«Io amo Collin e lui ama me.» dice lei, facendo cenno col capo e mi sembra di intravedere una Melody sedicenne con la sua cotta adolescenziale. Eppure lei non è un'adolescente.

«Ma Collin è sposato.»

«La odia e ama me.» dice chinandosi in avanti, mentre gli occhi velati le si illuminano dal desiderio di condividere proprio questo segreto con qualcuno. «La lascerà quando diventerà CEO e staremo insieme.»

«Ava, però, non va da nessuna parte. Cosa succede se è Ava a diventare CEO?» chiedo con un brivido alla schiena.

«Non è possibile.» ridacchia Melody. «Ho un video, glielo manderò, lo manderò a Patricia. E così, all'improvviso,» si sfrega le mani come se si stesse pulendo dalla sporcizia, «niente più Ava.»

Sto iniziando a capire cosa succede. «È stato Collin a dirti di sedurre Finn?» sono troppo scioccata per sapere cosa provare.

«Ava deve stare a casa con le sue bambine. A Patricia non piacciono gli scandali.» dice Melody e poi appoggia di nuovo la testa e chiude gli occhi.

«Dove è il video?» chiedo, e lei sposta la testa da una parte all'altra.

«Non sono stupida.» canticchia.

«Non ci credo che hai un video.» dico io.

Con un'esplosione di energia che solo una persona giovane come Melody può avere da ubriaca, lascia il bicchiere sul tavolino e prende il suo portatile dal tavolino rotondo coordinato. «Guarda qui.» dice rabbiosa e dopo aver aperto il computer, clicca su un file.

Appaiono delle immagini, non sgranate e buie come mi aspettavo, ma girate in una luce intensa. Sono Melody e Finn e riesco a vedere con esattezza cosa stanno facendo e sono disgustata. «Non ha voluto vedermi... e avrebbe dovuto. Gli sarebbe piaciuto il video.

Ma sono sicura che ad Ava piacerà e anche le sue bambine apprezzeranno.»

«Ma come puoi volerlo diffondere,» dico, «ci sei anche tu.»

«Penso di essere uscita bene.» dice, trascinandosi giù dalla sedia e andando in cucina, dove prende la bottiglia di vodka e si riempie di nuovo il bicchiere, versandone un po' fuori.

«Dovresti sederti e bere del succo.» dico veloce mentre mi alzo di scatto e le afferro il bicchiere, lo riporto in cucina e aggiungo del succo. L'immagine di lei e Finn insieme mi si è impressa nella mente e per un momento desidererei bere fino all'oblio per non doverla vedere.

Le porgo il bicchiere. È di nuovo stravaccata sulla sedia con il portatile aperto, il video in riproduzione. Chiudo lo schermo del portatile, incapace di sostenere la visione.

«Devi cancellarlo.» dico con una lieve disperazione nel tono. Ava sarebbe devastata. Non avrebbe più alcuna possibilità di riuscire a perdonare Finn. È tutto esibito in modo così brutale; il godimento di Finn è fin troppo chiaro. La famiglia di Ava andrà in pezzi. Ava andrà in pezzi se il video verrà condiviso. Riesco quasi a sentire la sua umiliazione.

Melody si siede dritta e mi rendo subito conto che non è così ubriaca come pensavo. «Obbligami.» dice con un sorrisetto. Solleva il bicchiere alle labbra e lo beve tutto.

«Per favore, Melody.» dico, sperando di riuscire a farla ragionare.

«No, devi andartene ora.» Si alza e prende il portatile e mi rendo conto che si è presa gioco di me. L'alcol non ha avuto quasi nessuna influenza su di lei.

«Melody, tu sai che Collin ti stava solo usando, vero?

Sai che se anche mostri questo video a Patricia e Ava, non riavrai il tuo posto di lavoro. Collin non ti ama. Voleva solo rovinare Ava.»

«Sì invece... Gli ho scritto una mail e mi riprenderà... Mi ama e prenderò il posto di Ava. Devi andare.» dice lei con un tono di voce basso e minaccioso.

«Non me ne vado finché non cancelli quel video.» dico.

Si siede di nuovo e apre il portatile. «Potrei mandarlo ora. Ce l'ho pronto per essere mandato a Ava, Patricia e Finn.» E potrei anche metterlo sul mio Instagram. Non c'è niente di peggio che la cattiva pubblicità, vero?» Arcua un sopracciglio e fa una smorfia.

«Non puoi farlo.» dico debolmente, mentre guardo la sua mano posizionarsi sulla tastiera.

«Guardami, Grace, guardami.» dice con un ghigno.

Le dita toccano i tasti, mi alzo di scatto e afferro il computer, allontanandolo da lei e gettandolo su una sedia.

«No,» grido, «non lo farai.»

Si alza e si avvicina a me, mi mette le mani al collo e inizia a stringere. Io sono forte, ma lo è anche lei e mi spinge giù sul divano. Dimenandomi, cerco di afferrare qualcosa, qualsiasi cosa, la mia mano tocca un soffice cuscino viola, lo afferro e la colpisco con quello. Non le può far male, ma la costringe a lasciarmi andare, indietreggia e inciampa sul tappeto, ora l'alcol ovviamente comincia a fare effetto.

«Tu puttana,» ringhia lei. «mi hai fatto cadere.»

«Mi spiace,» annaspo, «mi spiace tanto. Lascia che ti prenda del succo. Penso che tu abbia bisogno di un po' di succo.» Vado veloce in cucina e le verso un bicchiere di succo.

«Non voglio più bere.» dice lei, sedendosi sul tappeto, ma le porgo comunque il succo.

«Hai bisogno di un po' di succo. Ti sentirai meglio e se lo bevi e mi dimostri che non sei troppo ubriaca, me ne vado.» dico, cercando di sembrare materna. Ha la stessa età di Cordelia, ma è così diversa da lei che potrebbero esserci decenni di distanza tra di loro.

Cordelia non si comporterebbe mai così. Cordelia non vorrebbe mai ferire qualcuno nel modo in cui Melody vuole ferire Finn e Ava. Non la capisco questa ragazza, per nulla.

Mi prende il bicchiere di mano, rovesciando un po' del contenuto, ma poi beve tutto il resto. «Eccoti, ora esci dal mio appartamento prima che chiami la polizia... tu, tu...» Appoggia una mano sulla testa. «Sono così stanca.»

«Sdraiati e dormi,» le dico, «sdraiati qui un po'.» Prendo il cuscino e glielo porgo e mi rendo conto che finalmente ho raggiunto il mio obiettivo perché non oppone resistenza, si limita a sdraiarsi per terra, mettendo il cuscino dietro la testa e rannicchiandosi su un lato.

«Vattene via.» biascica.

«Me ne sto andando.» le dico e mi alzo dirigendomi verso la porta, non può vedermi dalla posizione in cui è, sdraiata dietro il divano. Faccio finta di andarmene anche aprendo e chiudendo la porta d'entrata, ma non vado da nessuna parte. Rimango, invece, nei pressi della porta e aspetto fino a che non sento il suo respiro cambiare.

Ci vogliono quindici minuti e ogni minuto è pesante come un macigno, attendo con i muscoli tesi e il cuore palpitante. Non parla più.

Finalmente penso che sia davvero addormentata come si deve, così mi avvicino a lei e la tocco sulla spalla. Non reagisce, così sollevo delicatamente un braccio e lo lascio andare; si affloscia sul pavimento. Mi chino su di lei, più vicina per sentire i profondi respiri del sonno.

Ma non respira e mi rendo conto che il suo corpo è immobile.

Davvero troppo immobile.

«Oh.» dico annaspando. Era troppo. Gliene ho dato troppo.

«Melody.» provo scuotendola con vigore, ma non si muove.

Il corpo è molle come quello di una bambola di pezza.

«Melody.» riprovo, schiaffeggiandola piano sulla guancia, ma non ricevo risposta.

Mi allontano da lei pensando a cosa devo fare ora.

Devo farle il massaggio cardiaco e chiamare un'ambulanza. Mi alzo e vado verso la borsa, prendo il telefono ma poi mi fermo.

Vuole distruggere Ava e anche me. E ora sarà tutto molto, molto peggio. Non ci sarà nessuna clinica in cui potrò rimediare a questo errore. Se si sveglia, farà in modo che io vada in prigione. Non posso permetterlo.

Così, invece, rimango seduta sul divano per altri dieci minuti.

«Melody.» dico, ma lei non risponde. «Melody.» ripeto un po' più forte, ma non si muove di un centimetro.

Mi alzo e prendo il suo computer, uso la password che le ho visto digitare. Trovo e cancello il video. Cancello la cronologia di ricerca e poi svuoto anche il cestino.

Non cancello la mail che trovo nella cartella delle bozze.

Collin,

non posso credere che tu l'abbia fatto. Non mi meritavo di essere licenziata. Dopo tutto quello che ho fatto per te? Come hai potuto? Pensavo che mi amassi. Devi rimettere le cose a posto. Chiamami. Per favore chiamami. Ti amo.

Non la cancello ma aggiungo delle frasi alla mail. Frasi necessarie.

Per favore, Collin. Non posso vivere senza di te. Non posso esistere senza di te. Non posso.

Programmo l'invio della mail a un'ora da adesso, arriverà sia a Collin che a Patricia.

Poi apro un'altra finestra, cercando annunci di lavoro per assistente, lavori che sono molto oltre le sue capacità.

Clicco su uno di quelli che trovo e lo lascio aperto.

Stai cercando una nuova sfida? Ti senti stimolato in un ambiente dinamico? Allora questa posizione potrebbe fare al caso tuo.
Il nostro CEO sta cercando un candidato lungimirante, con senso di intraprendenza e in grado di adeguarsi al contesto.

Idealmente siamo alla ricerca di un candidato da inserire stabilmente all'interno dell'azienda.

Deve averla fatta sentire molto triste rendersi conto che non era abbastanza qualificata nemmeno per il posto di assistente. Pensava che sarebbe diventata la direttrice generale. Immagino che perdere il lavoro e forse anche l'amore di Collin in un unico giorno debba averla ferita moltissimo.

Il suo telefono è sul tavolino, lo raccolgo e uso il suo pollice per sbloccarlo. Cerco il video per qualche minuto, lo trovo e lo cancello ovunque. Poi scorro tutta la galleria di immagini, assicurandomi che non ci sia nulla che potrebbe usare per far del male ad Ava.

Ha una copia dell'articolo che parla di me salvata sul telefono e cancello anche quella, insieme ai messaggi tra Melody e Finn e quelli tra me e lei. Cancello me e Finn dalla lista dei contatti.

Melody continua a dormire. *Sta solo dormendo*, continuo a ripetermi. *Solo dormendo.*

Inizio a coprire le mie tracce, pulendo bene tutto con lo straccio, tutto ciò che ho toccato, perché odio lasciare in disordine.

Metto due scatole di Panadol, una vuota e l'altra mezza piena sul tavolino. Metto sul tavolino anche un blister vuoto di sonniferi. Poggio la bottiglia vuota di vodka per terra accanto a lei, velocemente passo la mano sull'etichetta argentata prima di pulirla e poi ci appoggio sopra una delle mani di Melody. Quella bottiglia è sempre stata con me da quando sono uscita dalla clinica, ma non mi serve più ora.

Non so proprio come faceva a continuare a essere reattiva con tutte quelle pastiglie nel corpo. Doveva solo addormentarsi, ecco tutto.

Mi guardo attorno un'ultima volta. Povera ragazza. Davvero pensava che lui le avrebbe dato il lavoro di Ava?

Apro la porta d'ingresso, controllo il pianerottolo e me ne vado di fretta. Guido lentamente verso l'appartamento e mi preparo a fare i bagagli.

È tutto finito ora. Non può più far loro del male. Non può più far del male a nessuno.

QUARANTA

AVA

Alle 7 del mattino il telefono di Ava vibra sul suo comodino. Lo ignora finché smette. Le bambine si sveglieranno presto e, dopo un sonno tormentato, pensa che se riuscisse ad approfittare di questi venti minuti prima che Hazel e Chloe arrivino in camera da letto, sarebbe più operativa e potrebbe riuscire in qualche modo ad affrontare l'incontro pomeridiano con Patricia senza scoppiare in lacrime nella sala riunioni.

Un secondo dopo il telefono vibra di nuovo e Ava stringe i denti mentre sente Chloe urlare il suo abituale saluto mattutino a sua sorella: «Hazel, sono svegliata, sono svegliata.»

Il telefono continua a vibrare. Forse starà meglio se riuscirà a prendersi quindici minuti per un riposino verso l'ora di pranzo, se Finn porta fuori le bambine.

Forse starà meglio se si concentra solo sul discorso da fare a Patricia e si scorda di suo marito che l'ha tradita con Melody e delle relative minacce di Melody di rivelare la loro tresca al mondo intero. «Ok, ho capito.» dice Ava ad alta voce quando il telefono smette per poi ricominciare subito a vibrare.

«Benvenuta nella tua vita, Ava Green.» sospira lei, prendendolo e dando un'occhiata allo schermo.

È Patricia. Alle 7 appena passate di sabato? L'aria trema un poco mentre Ava fa scorrere il dito sullo schermo, il cuore le batte così forte che le sembra di soffocare. Sa che in questo momento la sua vita intera le sta crollando intorno.

«Patricia?» dice Ava, non avendo le energie per un saluto più educato.

«Abbiamo un problema, puoi parlare?»

Hazel irrompe nella camera da letto, tenendo la mano di sua sorella.

«È il sabato dei pancake.» urla.

«Il sabato dei pancake.» le fa eco Chloe.

«Solo un secondo.» dice Ava.

Scende dal letto afferrando la sua vestaglia estiva e indossandola.

Fa i gradini due alla volta, con le bambine che la seguono, e trova Finn al piano di sotto che dorme sul divano. Lo scuote dalla spalla. «Ho Patricia al telefono, devi prendere le bambine.» dice secca.

Finn si siede dritto, il panico sul viso al pensiero di quello che la capa di Ava potrebbe già aver saputo. «Ok.» dice e si alza mentre Hazel e Chloe arrivano alla fine delle scale ripetendo in coro «il sabato dei pancake.»

«Forza,» dice Finn, «facciamo i pancake con le gocce di cioccolato.»

Ava sfreccia al piano di sopra, riprendendo il telefono in mano. «Patricia?» dice.

«Ok, Ava, so che è presto ed è sabato, ma è successo qualcosa. Adesso ti racconto e tu ascolti e poi mi puoi fare le domande.»

Ava lavora per Patricia da più di dieci anni.

È abituata al suo modo di fare un po' brusco e non la prende sul personale. La paura scorre in ogni fibra del suo corpo. Melody le ha mandato la foto o le foto? Patricia sta per licenziarla? È così che finisce tutto? In un caldo mattino di febbraio, mentre suo marito cucina i pancake e le sue bambine gioiscono per la colazione speciale? «Ok.» dice Ava, stringendo una mano a pugno, lasciando che le unghie si imprimano nel palmo, ricordandosi di mantenere la calma finché non ha ascoltato tutto quanto.

«Dunque,» dice Patricia. «ho appena ricevuto una chiamata dalla polizia.

Melody è... Melody si è tolta la vita. Sembra che abbia ingoiato un mix di pastiglie e alcol. Stamattina molto presto è arrivata da Adelaide un'amica che sarebbe rimasta da lei qualche giorno, la ragazza aveva il doppione della chiave per poter entrare in casa senza svegliare Melody. L'ha trovata e ha chiamato il numero di emergenza. La polizia mi ha contattata questa mattina.»

«Oh.» sussulta Ava, una notizia del genere è difficile da metabolizzare.

«Non ha lasciato messaggi, ma il computer era aperto e mostrava una mail inviata a Collin. L'ha inviata anche a me. L'ho appena vista.

Sembra che avessero una relazione, una storia. Per questo mi hanno chiamata. Non si tratta di un biglietto d'addio però...»

«Collin e Melody?» chiede Ava, non riuscendo a evitare di interromperla.

«Sì, e ora abbiamo un problema. Ho chiamato lui prima di chiamare te e ha confessato che andava a letto con lei. Ovviamente il suo incarico è stato revocato immediatamente. È roba seria questa, Ava, e non so se la sua famiglia ci farà causa o cos'altro accadrà, ma quello che so è che tutto deve procedere come al solito e oggi devi andare al lavoro e assicurarti di riuscire a giocare d'anticipo nel gestire questo disastro. Devi occuparti di tutti i suoi clienti e ovviamente sarai tu il nuovo CEO. Devi assumere un direttore generale.»

«Patricia, hanno trovato qualcos'altro sul suo telefono o computer, qualcosa che possa spiegare perché l'ha fatto?»

chiede Ava, mentre gli occhi le si riempiono di calde lacrime. Melody aveva solo ventiquattro anni – una bambina.

Ha fatto una cosa terrificante e non era una brava persona però, in ogni caso, era abbastanza giovane per cambiare la propria vita e imparare dagli errori.

«Non hanno trovato nulla – solo cose attinenti al lavoro e la mail indirizzata a me e a Collin. Nel suo telefono c'erano anche molte chiamate a Collin, in particolare dopo che l'ha licenziata.»

Ava sente le unghie penetrarle nella pelle. Fa un respiro profondo. Non riesce a credere a nulla di tutto ciò.

«Mi occuperò io di tutto, Patricia,» dice con fermezza, «non preoccuparti.»

«Ottimo, ottimo. Sapevo di poter contare su di te. Se devo essere onesta, l'anno scorso Collin ha sentito per caso una conversazione telefonica tra me e mio marito, in cui gli dicevo che avrei voluto te come CEO. Avrei dovuto dirtelo, ma Collin mi ha supplicata di dargli un po' di tempo per farmi cambiare idea. Mi sentivo in dovere di concederglielo, dato che è con me in azienda sin dall'inizio, ma non pensavo che avrei cambiato idea e ora sono contenta di non averlo mai fatto.» «Anche io. Grazie, Patricia. Non preoccuparti, fai ciò che devi. Io posso occuparmi del resto.»

«Grazie, ci aggiorniamo presto.» E Patricia riattacca.

Ava si avvicina alle tende color crema e le scosta, guarda il giardino dietro casa e la strada retrostante, mentre un paio di lorichetti passano svolazzando.

Collin andava a letto con Melody. Melody è morta. Collin sapeva dall'anno scorso che Ava sarebbe diventata CEO? Non ha alcun senso. Non può fare in modo che tutto ciò abbia senso, ma può prepararsi per andare al lavoro nonostante sia sabato. Può fare ciò che ha detto a Patricia che avrebbe fatto e forse dopo questo lei e Finn potranno trovare il modo di proseguire nel loro matrimonio. Non hanno trovato i messaggi diretti a Finn? Perché mai Melody avrebbe dovuto cancellarli?

Prova un senso di angoscia per quella ragazza tormentata dal dolore, un dolore che teneva nascosto. Era innamorata davvero di Finn o di Collin? Cosa stava cercando di fare con Finn?

Ava scuote la testa. La verità non la saprà mai, forse, ma finché la sua famiglia è al sicuro, dovrà accettare che le cose stanno così.

Senza lasciarsi altro tempo per pensare, sfreccia nella doccia. Grazie a Dio può contare su Grace. Sarà dura il primo periodo, ma sente di poter riuscire a tenere tutto sotto controllo.

Una volta vestita e pronta per il lavoro, scende al piano di sotto dove le bambine stanno mangiando i pancake mentre Finn sorseggia una tazza di caffè. Alza lo sguardo quando la vede, il viso pallido, già intento a mordersi il labbro inferiore.

«Vieni in salotto.» dice e lui la segue.

Parla veloce, spiegando tutto, gli tocca la spalla mentre sul volto di lui compare un'espressione di orrore alla notizia che Melody si è tolta la vita.

«Sono stato io?» chiede lui. «È stato a causa mia?»

«No,» dice lei con fermezza. «non penso.» E lo crede davvero.

Finn era solo una pedina nel gioco a cui Melody e Collin stavano giocando, qualunque esso fosse. «Penso che lei e Collin... Ascolta c'è dell'altro, ma ora come ora devo passare a prendere Grace e andare a lavorare.»

«Ci penso io alle bambine, non preoccuparti.» Fa un cenno con il capo e un po' di colorito ricompare sul volto. «Sarà tutto... diverso, ora, te lo prometto.» dice lui, ripetendo ciò che già aveva detto qualche ora prima. È sollevato così come lo è lei, ma il sollievo è mescolato a molte altre emozioni. Shock, disperazione, rabbia, preoccupazione.

Ava vorrebbe avere un po' di tempo per pensare, per pensare a Melody e metabolizzare quanto accaduto, ma Patricia conta su di lei, così come le altre persone che lavorano per la Barkely.

Non c'è nessun altro che può gestire l'azienda ed entro lunedì deve essere certa di avere tutto sotto controllo. È sconvolgente pensare che questo è ciò per cui ha sempre lavorato, ma il modo in cui l'ha ottenuto è terrificante. Collin sarà stato furioso quando Patricia gli ha comunicato che non sarebbe diventato CEO. Voleva davvero incastrare Finn e Ava facendo andare a letto Melody con Finn? È possibile una cosa del genere?

Ora non ha tempo di sviscerare la questione. Deve fare ciò che ha detto a Patricia, perché ha bisogno del suo lavoro e perché ha una famiglia di cui prendersi cura. Lei e Finn hanno molta strada da fare, ma in questo momento le ha dimostrato di aver capito cosa occorre fare.

E così anche lei.

Non vede l'ora di dire tutto a Grace.

QUARANTUNO

GRACE

Sono passate da poco le 4 del mattino quando chiudo la porta dell'appartamento sopra il garage. Le chiavi sono all'interno e ho in mano la valigia. Ho lasciato l'appartamento nel modo in cui l'ho trovato, pulito e ordinato. Do un'occhiata alla casa, le luci sono tutte spente. Spero che Ava si stia riposando. Dovrà essere lucida e reattiva domani mattina.

Tutto ciò che accadrà da qui in poi, sono sicura che Ava riuscirà a gestirlo. È forte e intelligente e si merita tutto il meglio che c'è.

Scendo le scale ed entro in auto, sperando che nessuno mi fermi. La macchina è a noleggio e la riporterò all'aeroporto.

Mentre mi allontano dalla casa, provo un po' di tristezza pensando alla famiglia Green, perché mi sarebbe piaciuto conoscerli meglio. Provo tristezza per Melody, che si è messa in mezzo ed è stata usata da Collin. E provo tristezza per la Grace che sono stata e che non sarò mai più, non importa quanto mi sforzi. Devo imparare ad accettarlo, ma so che c'è una nuova Grace che sta emergendo e so con esattezza ciò che farà ora.

È stata costretta a gettarsi nel mondo da coloro che hanno tradito la vecchia Grace, quelli che hanno cercato di rubarle la vita. Immagino che ce l'abbiano fatta, ma nessuno ci riuscirà più d'ora in poi. Nessuno tocca la nuova Grace.

La notte del terrificante incendio mi perseguita.

Avevo detto alla polizia, alla mia avvocata, a tutti quanti che ero tornata a casa e avevo acceso qualche candela e poi avevo bevuto talmente tanto alcol da perdere coscienza. Ma non è così che è andata.

Ero tornata tardi, intrufolandomi di nascosto nella mia stessa casa. Sapevo che Robert c'era perché l'auto era nel vialetto.

Sapevo che dormiva nella stanza degli ospiti con la porta chiusa a chiave, perché una o due volte avevo cercato di entrare dopo una sessione alcolica particolarmente intensa, decisa ad affrontarlo.

Ero rimasta in un bar finché il gestore non mi aveva invitata, dapprima con gentilezza e poi in maniera più risoluta, ad andarmene.

Avevo preso un taxi per andare al lavoro e uno per tornare a casa, facendo fatica a inserire la chiave nella serratura mentre cercavo di non farmi sentire.

Una volta all'interno levai le scarpe e sprofondai nel divano bianco in salotto, con l'intenzione di lasciarmi scivolare nel sonno. La deliziosa ebbrezza provocata dalla vodka stava già svanendo.

Il mio telefono emise il suono di un messaggio.

*So che vedrai il messaggio domani mattina, ma grazie
per questa splendida serata. Ci siamo divertite un sacco.
Spero che le cose si sistemeranno per te, mamma. Ti
voglio bene e spero che starai meglio.*

C'era una foto di Cordelia con le sue tre migliori amiche in una stanza d'hotel, i visi coperti da maschere per il viso in tessuto, tutte quante indossavano morbidi accappatoi bianchi.

Si scorgevano i rimasugli di un banchetto consumato in camera, ma niente alcol. Cordelia non beveva. Le avevo prenotato la notte fuori quando aveva iniziato i suoi esami finali, mostrandole il bel premio che l'attendeva una volta finiti. Era entusiasta e credo che avere un'occasione speciale a cui mirare l'abbia aiutata a studiare e gestire tutto lo stress derivante dagli esami.

Passai le dita sopra il suo bel viso, sapendo che mi voleva bene ma odiava che bevessi così tanto. Non poteva capire. Robert aveva parlato con lei della mia paranoia, le aveva detto che assolutamente non aveva una tresca con nessuno. Lei gli aveva creduto. Tutti lo avevano fatto.

Invece di andare a dormire, mi alzai dal divano e mi diressi nell'ufficio di Robert, sperando, ancora una volta, di trovare una qualche prova della sua tresca. Non pensavo che avrei trovato nulla. Ma dovevo tentare. Il bisogno di provarci mi dava la forza di muovermi e con il cervello non più troppo offuscato dal velo dell'alcol, cercavo tra i cassetti della sua scrivania.

Per qualche motivo, non saprò mai perché, tolsi l'ultimo cassetto della scrivania e poi mi accucciai, sentendo la cucitura della gonna nera attillata che indossavo che si strappava, e rovistai nello spazio lasciato vuoto dal cassetto che avevo tolto.

Le mani toccarono una lettera e la estrassi.

Robert Morton, Architettura per il Verde Urbano, era marcata così e poi c'era l'indirizzo del suo ufficio.

La fissai per un istante e poi quasi la ignorai. Era stata inviata al suo ufficio ed era una lettera d'affari.

Forse era caduta dietro il cassetto e si era incastrata in quello spazio.

Mi sedetti sul tappeto, con la schiena appoggiata alla libreria coordinata che era piena dei preziosi libri di architettura di Robert.

Poi aprii la lettera, leggendo veloce le parole sulla carta da lettere rosa e poi rallentando e poi ancora più lentamente.

Caro Rob,

mi sembra un modo bizzarro di comunicare. Non credo di aver mai scritto una vera lettera dall'ultima che scrissi a Babbo Natale. Mi sembra che lei osservi tutto quello che faccio. Sento che è riuscita a fare in modo che quel detective entrasse nel mio telefono. So che sembro paranoica – non paranoica come lei – ma non riesco a togliermi questa idea dalla testa. Avevo solo bisogno che sapessi che ti penso. So che ora non possiamo stare insieme, ma attendo con asia il giorno in cui sarà possibile. È sempre più squilibrata al lavoro e dopo che mi ha urlato contro la scorsa settimana, Liza mi ha detto che non pensa che si possa andare avanti così ancora a lungo.

Penso che potresti richiedere il divorzio ora. Non avrebbe le energie per lottare contro di te, non più. Metà della casa, metà dell'azienda sarà tua e non ci vorrà molto prima di riuscire a levarcela di torno.

Sogno questo futuro mentre sono sdraiata da sola sul mio letto. So che mi hai detto di essere paziente e io sono paziente. Ti amo così tanto, Rob. Ti amo mia luna e stelle. Più di quanto pensavo sarebbe mai stato possibile.

Il tuo raggio di sole,

Tamara

La vodka ribolliva nello stomaco e mi coprii la bocca con la mano, mordendomi il labbro e lasciando che il dolore permettesse alla mente di concentrarsi. Non volevo vomitare.

Eccola lì, la prova. La prova inequivocabile. Avevo ragione. Avevo avuto ragione sin dall'inizio.

Eppure mentre leggevo di nuovo quelle parole, sapevo che non importava.

Nessuna prova sarebbe stata abbastanza.

Mi avrebbero preso tutto. Anche in quello stato di ubriachezza, riuscivo a capire che era stato tutto pianificato dettagliatamente.

Robert voleva metà della mia azienda, metà della mia casa e un nuovo raggio di sole.

«No.» sussurrai, guardando le parole. «No.» ripetei. Non avrei lasciato che succedesse.

Con fatica mi alzai in piedi, sentendo la gonna strapparsi ulteriormente e guardai la scrivania di Robert. Teneva in bella vista un accendino d'oro che suo nonno aveva ricevuto in dono per il pensionamento. Condividevano il nome, così Robert l'aveva ereditato. *Dono per i cinquant'anni di servizio di Robert Morton. Sentiti ringraziamenti.*

Afferrai l'accendino dalla scrivania e mi diressi al piano superiore, la lettera e la busta in mano. Rimasi fuori dalla porta della camera degli ospiti e appoggiai la testa contro il legno liscio color crema, cercando di sentire mio marito che era lì dentro, cercando di sentire l'amore che avevo provato per lui. Ma c'era solo rabbia ardente.

Ad ogni lato della porta avevo appeso dei bei tappetini persiani fatti a mano, comprati durante un viaggio che io e Robert avevamo fatto in Turchia per una seconda luna di miele.

Stando in piedi in equilibrio precario, aprii l'accendino e premetti il grilletto finché non apparve la fiamma. Lo avvicinai alla lettera, guardando la carta rosa curvarsi mentre prendeva fuoco. Lasciai cadere la lettera sul pavimento davanti alla porta, premetti di nuovo sull'accendino e lo avvicinai al primo tappetino, e poi al secondo.

Presero fuoco con un rapido fruscio di un arancio sfolgorante, uno strano odore di tappeto bruciato riempiva l'aria.

Mi allontanai veloce, dirigendomi al piano di sotto in salotto, dove usai l'accendino per accendere qualche candela.

Forse avevo immaginato che i tappetini si sarebbero bruciati e sarebbe finita lì. Ma so che ero profondamente grata che Cordelia non fosse a casa. Sarebbe stato tutto diverso se lei ci fosse stata. Ero ferita così nel profondo dalla verità scritta in quella lettera, così arrabbiata. Con la sobrietà del senno di poi, avrei dovuto tenere la lettera e usarla per smascherare pubblicamente Robert, usarla per mostrare a Cordelia e a tutti gli altri che avevo ragione dal principio, ma ero ubriaca e ribollivo di rabbia per il tradimento subito. Inoltre sospettavo che non sarebbe stato abbastanza, perché niente lo era. Il mio istinto non era abbastanza, le foto non erano abbastanza e la lettera sarebbe stata rinnegata e liquidata come tutto il resto. Non pensavo con lucidità e l'unica certezza era che non potevo far vincere Robert e Tamara.

Lasciando che i tappeti bruciassero, andai al piano di sotto e mi sdraiai sul divano, frastornata e in procinto di sprofondare, sfinita, in un sonno indotto dall'alcol. Quando mi svegliai l'intera casa era in fiamme.

Non mi ricordavo neppure che Robert fosse nella stanza degli ospiti, mi limitai a correre fuori e a stare lì a guardare finché un vicino di casa non arrivò gridando e chiedendomi se avevo chiamato il numero delle emergenze.

Non l'avevo fatto. Per quanto mi riguardava, non c'era alcuna emergenza. La mia vita era già stata ridotta in cenere. Erano solo i resti quelli che stavano bruciando ora.

Nel buio silenzioso, percorro l'autostrada. Mi è stato tolto tutto in ogni caso. E ho anche perso mia figlia. Sono felice che tutto ciò non accadrà ad Ava.

L'aeroporto è tranquillo al mio arrivo, lascio le chiavi nell'apposita scatola fuori dalla ditta di noleggio auto. Non ho un biglietto, così mi siedo e uso la mia nuova carta di credito per comprarmene uno.

L'aereo parte tra tre ore.

Posso aspettare.

Ho tempo.

QUARANTADUE

AVA

Alle 8 della mattina Ava corre per le scale che portano all'appartamento sopra il garage e bussa alla porta, prima con un tocco leggero poi facendo più rumore. «Grace.» chiama una o due volte e poi, non ricevendo risposta, prova ad abbassare la maniglia aspettandosi di trovare chiuso, ma la porta si apre.

«Grace, scusami, sono io. So che è presto ma avevo bisogno di...»

Si guarda intorno. All'interno la stanza ha lo stesso identico aspetto che aveva prima che Grace arrivasse. È tutto pulito e ordinato. Ava si sposta nel salotto e arriva nella stanza da letto, dove le lenzuola sono state tolte e impilate con ordine pronte per essere lavate. Si avvicina alla credenza e la apre. È vuota, ma sapeva che lo sarebbe stata. È ovvio che Grace se ne sia andata.

Scuotendo la testa, torna in cucina, dove sul ripiano vede una busta bianca. *Grace se n'è andata? Come è possibile? Forse è solo tornata a casa sua, anche se aveva detto che avrebbe lasciato questo appartamento solo nel pomeriggio? Eppure con un semplice messaggio mi avrebbe potuta avvisare. Grace se n'è andata per via di tutto ciò che ha scoperto la notte scorsa? Sono diventata, a causa di Finn, quel tipo di capo che prende decisioni poco sensate dal punto di vista etico? Grace non vuole avere più niente a che fare con me?*

Ava sa che se chiedesse a Grace di venire al lavoro, lei verrebbe, ma prima di mandarle un messaggio, estrae un unico foglio di carta fine dalla busta e legge le parole scritte nella calligrafia fin troppo ordinata di Grace.

Cara Ava,

Grazie mille per avermi prestato questo splendido appartamentino. Ti ho lasciato una lista di papabili candidati che potrebbero prenderlo in affitto, dalle un'occhiata.

Mi spiace farti questo in un momento così difficile per te, ma temo di non avere scelta.

La zia inglese di cui ti ho parlato ora è davvero molto malata. Sono stata chiamata dai suoi dottori, i quali mi hanno riferito che non resisterà per più di uno o due giorni.

Devo andare da lei. Devo vederla e dopodiché mi occuperò di chiudere le questioni che ha in sospeso. Non potrò mai scusarmi abbastanza per averti messo in questa situazione, ma la famiglia è la cosa più importante che c'è. Ricordatelo, Ava. Tu e Finn avete attraversato un periodo difficile ma la tua famiglia, la tua bella famiglia, è la cosa più importante che c'è.

Sono così contenta di averti conosciuta e aver lavorato per te e so per certo che l'incarico dirigenziale ti calzerà a pennello. Non ho dubbi che lo otterrai. Forse l'appartamento sopra il garage potrebbe essere adatto per una ragazza alla pari, in modo che sia tu che Finn possiate lavorare sapendo che c'è qualcuno che si prende cura delle bambine.

Grazie ancora per tutto,

Grace Enright

Ava si alza fissando la lettera, leggendola di nuovo.

Si tratta solo di una coincidenza? È la verità?

Non può perdere Grace. Come farà a gestire tutto? Come farà a dirigere l'azienda e assumere qualcuno che faccia il lavoro finora svolto da lei? Come farà a tenere insieme il tutto? Le sembra impossibile.

Eppure non lo è, sente dire, come se Grace fosse lì in piedi accanto a lei. *Sei perfettamente in grado di farlo.*

«Sono perfettamente in grado di farlo.» dice Ava ad alta voce. Esce dall'appartamento, il telefono all'orecchio mentre chiama Grace. Le augurerà buona fortuna e la ringrazierà.

«Il numero da te composto non è attivo. Ti preghiamo di verificarlo e di riprovare.»

Ava guarda il telefono. È di sicuro il numero di Grace e anche se fosse già su un aereo, la chiamata dovrebbe finire in segreteria.

Lo compone ancora una volta, ma riceve lo stesso messaggio. Sta per riprovarci quando il telefono vibra segnalando una chiamata.

«Oh Dio, Ava.» geme James, «Patricia mi ha chiamato. Che cosa facciamo ora?»

«Io sto andando in ufficio, James, e ho bisogno che venga anche tu. So che è sabato, ma Grace non può venire e ho bisogno di te. Lavoreremo insieme e risolveremo tutto.» dice Ava con fermezza. «Entro ora in auto. Ti darò una lista di cose con cui cominciare – sei pronto?»

«Sono pronto.» dice James.

E Ava inizia a parlare.

EPILOGO

Mi sono comprata un biglietto in prima classe, nonostante Melbourne sia solo a un'ora di distanza. Odio volare per cui, se devo farlo, voglio almeno essere comoda.

Sono da poco passate le 7 del mattino. A breve Ava e Finn scopriranno che Melody se n'è andata, che si è tolta la vita. Poverina. È stata spinta ad andare a letto con Finn perché innamorata di Collin.

Una cosa così triste e stupida. Avrebbe dovuto sapere che Collin l'avrebbe presto abbandonata. È incredibile che Collin non abbia pensato alle conseguenze quando l'ha licenziata, ma d'altronde è un essere presuntuoso, arrogante ed egocentrico. Stava semplicemente usando Melody per ottenere ciò che voleva.

Perché le donne fanno ancora queste cose? Dopo tutto quello che abbiamo imparato e tutto quello che sappiamo – perché lasciamo che gli uomini ci feriscano così?

«Del succo di frutta?» chiede una hostess sorridente porgendomi un vassoio e io prendo un bicchiere di succo d'arancia.

«Grazie.» dico mentre si allontana.

Quando iniziano gli annunci di sicurezza, estraggo le lettere dalla borsa.

Le ho scritte per la mia bambina, le ho scritte per dare spiegazioni a lei e a me stessa, credo. Era parte del percorso terapeutico concordato con il dottor Gordon. Non ha mai chiesto di vedere le lettere, così ho scritto con disinvoltura l'esatta verità.

«Credo che ci siano dei traumi, un dolore risalente al passato che non hai ancora esplorato.» mi disse. «Sono i segreti che nascondiamo a noi stessi quelli che causano più danni. Scrivili Grace. Scrivi tutto in un diario o sotto forma di lettera, ma continua a scrivere finché non rivelerai quello che tieni nascosto, tiralo fuori e poi riuscirai ad affrontarlo.»

Potrei essermi fatta beffe di lui quando mi disse di farlo, ma nel momento in cui tirai fuori la penna, le prime parole arrivarono subito: *Cara bambina mia.*

Seppi all'istante a chi stavo scrivendo.

Non le ho mai spedite, né mai lo farò, ma rileggo l'ultima che avevo scritto il giorno in cui lasciai la clinica. Allora avevo già iniziato a fare programmi e sapevo cosa avrei fatto.

Cara bambina mia,

Non potevo sapere ciò che mi sarebbe accaduto il giorno in cui mi hanno cacciato di casa. Così come non potevo sapere di essere incinta.

Quando l'ho scoperto, ho deciso di non dirlo a Luka, di non dire a nessuno chi fosse il padre.

Sapevo che avrei dovuto rinunciare a te. Non ero in grado di occuparmi di un bebè ma, in ogni caso, ti amavo.

Il tuo parto fu molto diverso da quello che ebbi con la tua sorellastra, Cordelia.

Darti la vita fu terrificante, doloroso e colmo di tristezza. Una delle ragazze che gestiva la casa famiglia, Beverly, era lì con me. Mi teneva la mano e mi diceva di respirare, diceva tutte le cose che le venivano in mente per farmi stare tranquilla.

Aveva già organizzato l'adozione. Si trattava di una coppia che non poteva avere bambini. Non li ho mai incontrati né mai li incontrerò, ma spero che siano stati dei buoni genitori. Spero che ti abbiano amata come io non avrei potuto fare. Spero che tu sia felice e abbia una tua famiglia.

Sospiro, asciugando una lacrima. È stato così strano stamattina scrivere finalmente il suo nome su una lettera, il nome datole da chi l'ha cresciuta. Quando le ho lasciato il messaggio, avrei voluto scrivere *Cara bambina mia* invece di *Cara Ava*.

Avrei dovuto dirglielo? Avrebbe fatto una qualche differenza?

Non penso. Non avrei mai dovuto scoprire chi fosse diventata, ma non potevo fare a meno di chiedermelo. Eppure non ci avevo mai provato finché non mi ricoverarono in clinica per aver mandato in pezzi la mia intera vita.

Ho avuto il tempo di far emergere in superficie il trauma del suo parto, dell'aver dovuto rinunciare a lei, l'ho visto, l'ho esaminato e sono rimasta ad accogliere le emozioni.

Poi ho avuto il tempo di fare delle ricerche, di rintracciarla.

Non penso che sappia di essere stata adottata. O forse lo sa ma non ci pensa mai davvero, ma è pur sempre mia figlia e, se assomiglia anche solo un po' alla sorellastra, vorrebbe sapere tutto. Non volevo ferire lei o le mie bellissime nipoti cambiando radicalmente la percezione della loro intera vita. Volevo solo assicurarmi che fosse felice, in salute e al sicuro.

Quando ho scoperto chi era, ho iniziato a osservarla e ho capito che aveva bisogno di me.

Una madre lo sa.

Dovevo assicurarmi che mia figlia ottenesse ciò che voleva, che potesse avere la vita che desiderava. Non avevo idea di quanto le servisse il mio aiuto. Non avevo idea di quante persone stavano complottando contro di lei, cercando di ferirla.

Tra circa un'ora, atterrerò a Melbourne per andare a far visita alla figlia che non vuole parlarmi, ma che ha anche estremamente bisogno di me. Il mio cuore sarà sempre gonfio d'amore per Ava e le sue bambine e le osserverò per sempre, seguirò il loro percorso mentre crescono.

Sulla carta d'imbarco il nome è Grace Morton, ma ben presto darò il via alle procedure legali che mi permetteranno di cambiare nome. Preferirei essere Grace Enright.

Mi piacciono i miei capelli ramati.

Mi piace Grace Enright.

È una donna che porta a termine le cose, una che non si lascia sviare dal cuore e una che sopravviverà sempre.

Mentre l'aereo decolla, mi immagino il viso di Cordelia.

Sto arrivando, tesoro, penso. *Sono quasi lì.*

UNA LETTERA DA NICOLE

Ciao,

vorrei ringraziarti per esserti presa/o il tempo di leggere *Una madre non abbastanza brava*. Se questo romanzo ti è piaciuto e vuoi rimanere aggiornato sulle mie ultime pubblicazioni, puoi registrarti al seguente link.

Il tuo indirizzo mail non verrà mai condiviso e puoi annullare l'iscrizione in qualsiasi momento.

italia.bookouture.com/subscribe/

Credo che molte donne si identificheranno con Ava e capiranno la frustrazione che prova mentre cerca di destreggiarsi tra famiglia, lavoro e lo stress psicologico derivante dall'essere responsabile di tutto.

I problemi con Finn potrebbero non essere finiti, ma credo che ora abbiano imboccato insieme una strada migliore.

Forse non così tante lettrici si identificheranno con Grace, che aveva un piano tutto suo, ma spero che la sua rabbia risulti comprensibile dopo tutto quello che ha passato nel tentativo di costruirsi una propria vita.

Essere manipolato da qualcuno che dovrebbe amarti è un'esperienza difficile per chiunque e Grace avrebbe potuto gestirla meglio. Anche se forse metterai in discussione le sue scelte, spero che capirai, almeno in parte, le sue motivazioni.

Non vedo l'ora di scoprire quello che farà Grace in questo

nuovo capitolo della sua vita e spero che riesca a riprendere i contatti con Cordelia. Spoiler: Grace tornerà per un secondo libro.

Come sempre, mi farebbe piacere se lasciassi una recensione del romanzo, soprattutto se ti è piaciuto – ti chiedo però il favore di evitare fastidiosi spoiler.

Adoro sapere cosa pensano i miei lettori/le mie lettrici, puoi metterti in contatto con me tramite i canali social.

Ogni recensione è gradita e le leggo una a una. Cerco di rispondere a tutti i messaggi che ricevo.

Grazie ancora per la lettura,

Nicole x

facebook.com/NicoleTrope

x.com/nicoletrope

instagram.com/nicoletropeauthor

RINGRAZIAMENTI

Il mio primo ringraziamento va a Ellen Gleeson, che mi ha accompagnata nella ricerca del prologo perfetto. Grazie per tutte le intuizioni avute lungo il percorso e gli adorabili commenti che mi hai lasciato da leggere mentre editavo.

Brindiamo al prossimo libro e alle nuove avventure di Grace.

Vorrei anche ringraziare Jess Readett per tutto il supporto e la pazienza. E per avermi aiutata a portare il romanzo nelle mani di molti avidi lettori.

Grazie a DeAndra Lupu per la revisione. È stato splendido poter lavorare di nuovo con te. E a Liz Hatherell per l'approfondita correzione di bozze.

Grazie a tutto il team di Bookouture, tra cui Jenny Geras, Peta Nightingale, Richard King, Alba Proko, Ruth Tross e tutti coloro che sono coinvolti nella produzione dei miei audiolibri e nella vendita dei diritti.

Ringrazio mia madre, Hilary, che è un'eccellente beta reader.

Grazie anche a David, Mikhayla, Isabella, Jacob e Jax.

E ancora una volta grazie a coloro che leggono, recensiscono e scrivono sui propri blog dei miei lavori e mi contattano sui social per farmi sapere che il mio libro è piaciuto. Adoro leggere le vostre storie e i motivi per cui siete entrati in sintonia con un romanzo.